언젠가
떠내려가는
집에서

조경란 소설집

언젠가 떠내려가는 집에서

펴낸날 2018년 6월 8일

지은이 조경란
펴낸이 이광호
편   집 조은혜 최지인 이민희 박선우
펴낸곳 ㈜문학과지성사
등록번호 제1993-000098호
주소 04034 서울 마포구 잔다리로7길 18 (서교동 377-20)
전화 02)338-7224
팩스 02)323-4180(편집) 02)338-7221(영업)
전자우편 moonji@moonji.com
홈페이지 www.moonji.com

ⓒ 조경란, 2018. Printed in Seoul, Korea

ISBN 978-89-320-3106-4 03810

이 도서의 국립중앙도서관 출판예정도서목록(CIP)은 서지정보유통지원시스템 홈페이지
(http://seoji.nl.go.kr)와 국가자료공동목록시스템(http://www.nl.go.kr/kolisnet)에서
이용하실 수 있습니다. (CIP제어번호: CIP2018015710)

조경란 소설집

언젠가
떠내려가는
집에서

문학과지성사

차례

매일
건강과
시

그녀는 이 도시에 밤에 도착했다.

네다섯 채의 커다란 쓰레기통들이 주인처럼 보이는 거리
였다. 집은 폭이 좁고 가파른 계단 3층에 있었다. 안쪽 1층
집 앞에 빨래 건조대를 세워놓아 지나가는 것도 쉽지 않았다.
12월인 데다 이곳의 엄청난 집세에 비하면 방을 얻은 것만도
다행이라고 여기는 편이 나았다. 집 대리인이라고 밝힌 여자
는 숨긴 것이 없는 게 맞을지도 몰랐다. 엘리베이터는 없고
세금은 집값에 포함되고 세탁기와 보일러실이 있는 옥상은
혼자 쓸 수 있다고 했으니까. 집을 소개한 사진들을 그대로
믿었던 것도 아니다. 바람이 불면 망가진 덧창들이 벽에 부딪

쳐 내는 소리와 보일러가 자주 고장 난다는 사실들을 사진은 담지 못할 테니.

대리인은 아래위로 헐렁한 운동복을 입고 식탁에 비스듬히 몸을 기대고 있었다. 그녀 혼자 3층까지 트렁크를 들어 올리고 현관 앞에서 신발을 벗을까 말까 망설이는 것을 지켜보았다. 두꺼운 패딩과 목도리 속으로 그녀는 겁이 나려는 자신을 밀어 넣곤 먼저 안녕하세요, 인사를 했다. 얼굴이 까무잡잡한 여자가 한 손을 들어 올렸다. 한 달 치 집세를 꺼내기 위해 그녀는 어깨에 메고 있던 가방을 그 집 식탁에 내려놓았다. 그녀가 항공권을 예약하고 낯선 도시에서 지낼 곳을 알아보자 동생이 제주도도 안 가본 사람이, 했다. 같이 살고 있는 어머니는 네가 가긴 어딜 간다고, 믿으려 들지 않았다. 직장에 사표를 냈을 때에야 어머니도 동생도 더 이상 내색하지 않았다. 그녀는 평생 처음 비행기를 타고 낯선 도시로 날아와 집 계약을 하는 게 생각보다 어렵지 않은 일이라는 데 놀랐다. 매년 휴가마다 이런 일을 해왔던 것처럼. 휴가 때 그녀는 아무 데도 가지 않았다. 베개를 등에 대고 앉아 책을 펼쳐 들 뿐이었다. 그러면 사막이나 북극까지, 어디든 갈 수 있었고 일부러 낯선 도시를 헤매고 다른 사람들을 만날 필요를 느끼지 못했다.

이런 일은 처음이었다. 그녀는 계약서에 사인을 하다 말고 대리인에게 물었다.

이 집은 안전합니까?

자신이 듣기에도 서툰 외국어였다.

물론이지, 집은 안전해.

에리카라는 이름의 대리인이 이상하다는 듯 고개를 갸웃거
렸다.

성모의 팔에 안긴 그리스도 조각품으로 유명한 성당이 있
는 도시였다. 시내 어디든, 좁은 골목들 사이사이에도 크리스
마스 장식을 해놓아 도시 전체가 흔들면 계속 눈을 뿌려대는
스노우볼 같아 보였다. 그녀는 지도도 들지 않은 채 돌아다녔
다. 무턱대고 걸어도 모든 골목들이 연결돼 있는 것 같았다.
광장과 분수와 성당 들. 숙소 앞을 오가는 버스 노선은 저절로
외우게 되었다. 모든 게 처음이라면 집으로 가는 방법만은 기
억하는 게 좋을 거였다. B가 살았던 집은 어디인지 알지 못한
다. 그런 내용은 기사에 나오지 않았다. 그녀가 그날 아침 신
문을 보고 알게 된 사실은 B가 이 도시에 살았으며 그가 그 참
사로 죽은 자들의 명단 속에 있었다는 것뿐.

미리 정해져 있던 거라고 느껴지는 일들이 그녀에게도 몇
가지 있었다. 고등학교를 졸업하고 모교의 행정실에서 시간
제 일을 시작하다 직업이 돼버린 일도 그렇고 부모와 살던 집
에서 독립을 할까 하던 때에 아버지가 돌아가신 일, 서른아홉
을 앞둔 가을에 B의 사고 소식을 접하게 된 것도. 어쩌면 그

런 일들은 더 있을지도 모른다. 그녀가 지금 기억하는 건 그게 다였다. 세번째 일이 앞의 두 일보다 크고 중요하다고 말할 수 없다. 그러나 순종해버리고 지나갈 수 없는 일이었다. 대개의, 앞날이나 미래에 관해 짐작하게 하는 일들처럼. 시인이 되겠다거나 누군가의 아내나 엄마가 되겠다고 결심한 적은 없지만 이루어지지도 않았다. 그것은 한 명이라도 속내를 털어놓을 수 있는 친구를 갖고 싶다는 바람같이 혼자 애를 쓴다고 해서 이루어지는 일은 아닌 모양이었다. 최소한의 반경만을 오가던 그녀는 마흔이 되기 전엔 한 번도 가본 적이 없는 곳에서 살아보기로 결심했다. B에 관한 마지막 소식은 가장 적절한 순간에 찾아온, 그녀가 한 결심을 부추기려는 속삭임 같았다. 어떤 사람이 죽었다는 소식이 자신에게 그런 힘이 된다는 걸 믿고 싶지는 않았지만 그 이전처럼은 살 수도 없었다.

100번 버스는 아르젠티나 광장 앞도 지나갔다. 버스 정거장 바로 앞에 있는 건물이 이 도시에서 가장 크다는 서점이었다. 그녀가 읽어낼 수 있는 책들은 한 권도 없었지만 B가 여기 와서 읽었을 만한 책들을 찾아보는 것만으로도 하루가 지나갔다. 이제 그녀는 50센트를 주고 화장실도 이용하고 언제나 만원인 2층 카페에서 참을성 있게 기다렸다가 테이블을 차지하고 앉게도 되었다. 집이 아닌 곳에서 하루를 보내려면 화장실과 마실 물과 잠시 앉아 있을 곳이 필요했다.

이 도시에 도착한 두번째 주말에도 그녀는 이 광장에 왔다.

크리스마스가 가까워올수록 어떤 길은 걷는다기보다 인파에 떠밀려 다닐 때가 많아졌다. 비 아니면 짧은 햇빛. 서울로 치면 초가을 비슷한 날씨인데도 추위에 익숙하지 않은 듯 사람들은 털옷을 입고 모자를 쓰고 다녔다. 퍼로 만든 방울이 달린 털모자가 유행이었다. 그녀도 옷을 껴입고 노점에서 산 털모자를 쓰곤 인파가 움직이는 대로 걷고 인파가 사라지면 가로등이 켜지는 쪽으로 걸었다. 그 주말 오후에 아르젠티나 광장 앞에서 연주를 하고 있는 한 거리음악가를 보았다. 서점 정문 옆이었다. 뒤집어놓은 프라이팬, 플라스틱 물통, 바가지나 대야 비슷한 용기들, 크기가 다른 스테인리스 그릇들을 스틱으로 두드려가며 내는 소리가 관광객들의 시선을 집중시키고 있었다. 목 뒤로 땀이 흘러 털모자를 벗어 손에 든 채 그녀는 관광객들 속에 섞여 연주를 들었다. 그럴듯하지도 않고 좋은 소리를 낼 성싶지도 않은 생활용품들을 모아놓고 두드리는 소리가 박자 때문인지 리듬 때문인지 아니면 날씨 때문인지 반짝거리고 부풀고 둥둥 떠다니는 것같이 들려왔다. 눈물인가. 그녀는 얼른 뺨을 손바닥으로 닦았다. 두드리고 치고 문지르고 쓰다듬고…… 거리음악가는 고개 한번 들지 않았다. 연주에 몰입해 자기 앞에 얼마나 많은 사람들이 몰려 있는지 모르는 듯했다. 그녀는 서점으로 들어갔다.

좋았나 봐요?

책을 찾고 있는데 옆에서 남자 목소리가 들렸다.

괜찮았죠?

방금 전 밖에서 털모자를 벗다 눈이 마주친 동양 남자였다.

뭐가요?

그녀는 키가 작고 머리를 스포츠머리처럼 바짝 밀어버린 남자에게 되물었다.

연주 말예요.

난 음악에 대해선 몰라요.

그런 건 몰라도 돼요, 중요한 건.

네?

눈물.

남자가 씩 웃었다. 그녀가 서가 쪽으로 눈을 돌리려는데 남자가 다시 말했다.

나도 음악은 잘 모르는데, 생각해보니 나도 연주자네요.

그녀는 고개를 한 번 끄덕였다. 이야기를 그만 끝내자는 뜻으로.

나는 레이. 이름이 뭐예요?

은숙.

당신은 어디서 왔어요?

서울. 당신은요?

저기, 자니콜로 언덕에서요.

어디죠, 거긴?

이런저런 사람들이 모여 사는 데라고 할까요.

그녀는 수줍게 웃고 있는 듯한 남자를 바라봤다.

이런저런 사람들?

그러니까 내 말은,

남자는 말을 고르고 싶어 하는 듯 미간을 찌푸렸다.

뭐, 화가나 건축가나 사진작가 같은 사람들요.

……거기 혹시 시인도 있나요?

남자의 말을 믿지 않으면서 그녀는 물었다.

그럼요, 당신도 시인인가요?

아뇨, 아니에요.

무슨 책을 찾고 있어요?

　행정실 업무 중에서 그녀는 수납을 담당하고 있었다. 학생
들의 등록금이나 보충수업비, 급식비를 수납하고 미납된 것
을 처리하는 일이었다. 어렵지도 복잡하지도 않았다. 조금만
익히면 누구나 할 수 있는 단순한 일이기도 했다. 그런 일을
19년 동안이나 할 수 있을 거라고 생각진 않았지만 행정실
에 있는 실장과 그녀를 포함한 직원 네 명 중 그녀가 가장 오
랫동안 그 일을 한 것도 아니었다. 고등학교 선배이자 실장은
농구부 선수였는데 실업팀에 뽑히지 못하고 있다가 행정실로
오게 되었다고 들었다. 그녀가 사표를 냈을 때 가족들보다 더

반대한 사람이었다. 겨울 여름, 두 번 가는 휴가는 경력에 따라 기간이 다르지만 휴가로 처리해놓는 방법을 찾아보겠다고까지 했다. 송별회를 하던 저녁에 실장이 우리도 애들처럼 방학이란 게 있으면 좋을 텐데, 라고 말했다가 일찍 취해버린 후배 장한테 하나 마나 한 소릴 한다고 핀잔을 들었다. 행정실은 비울 수가 없잖아요. 후배 장이 실장의 물 잔에 술을 따랐다. 가족 외에 오랫동안 시간을 보내온 사람들인데도 일을 그만두는 이유에 대해서는 말할 수 없었다.

　방학이 시작되면 학교는 며칠 갑자기 텅 빈 것같이 느껴졌다. 빈 교실에 들어가보거나 자신이 예전에 교복을 입고 앉았던 자리로 가보곤 했다. 학창 시절에 학교는 느리고 지루한 삶이 모여 있는 장소였고 그게 나쁜 것만은 아니라고 여겼다. 모험심이나 동경심이 부족한 사람을 그렇다고 여길 수 없듯. 그때 그녀는 시를 읽지도 쓰지도 않았지만 대신 편지를 썼다. 국어 선생님한테도 쓰고 친구들한테도 쓰고 그녀 자신에게도 썼다. 받는 사람을 고려하지 않은, 오직 쓰는 사람만이 위로받을 수 있는 편지에 가까웠을 테지만 그런 것을 알리는 없었다. 나중에 시라는 것을 써보고 싶다고 느꼈을 때 그녀는 자신이 끄적거리는 시가 그 시절의 편지에 가까울까봐 누구에게도 털어놓지 않으려고 했다. B가 오래전 이 교실의 역사반 학생들에게 초급 이태리어를 가르치러 오기 전까지만 해도.

그녀는 커피도 술도 못 마신다는 레이와 아시안 식당에 갔다. 중국계 미국인인 레이가 1년 동안 초대를 받아서 왔다는 아카데미에 대한 이야기를 듣느라 그녀는 볶음국수에서 숙주를 골라내는 것도 잊었다. 세계에서 유망한 건축가 작곡가 포토그래퍼 화가 디자이너, 그리고 작가들을 초대해 머물게 한다는 공간이었다. 그런 데는 들어본 적도 없고 가본 적도 없었다. B는 이 도시에 그런 데가 있다는 걸 알고 있었을까. 어쩌면 그가 이 도시에 살았던 5년 동안 머문 적이 있지 않을까. B는 이미 시인이었으니까.

혼자 걸어 다니면 다닐수록 말들이 차올랐다. 그녀는 라디에이터가 돌아가는 저녁 7시 전의 숙소가 얼마나 썰렁한지에 대해서, 병을 던져 넣게 돼 있는 집 앞의 쓰레기통에서 나는 유리 깨지는 소리 때문에 방에서는 잘 수도 없다는 것에 대해서, 그녀가 사는 거리의 꼬챙이 같은 쇠갈고리를 들고 쓰레기통을 뒤지러 다니는 사람들에 대해서 말하고 싶었다. 1층에 사는 할머니와 인사를 나누게 되었고 집으로 가는 버스에는 보통 무임승차한다고도. 그러나 그녀가 알고 있는 단어로는 역부족이었다. 의사 전달을 하는 것만으로도 언어는 어렵게 느껴질 뿐이었다. 언어로 할 수 있는 게 그것만이 아니라는 걸 모르는 편이 나을 수도 있다. 그녀는 침울해지고 싶지 않았다. 그럴 필요가 없었다. 지금은 시를 쓰는 게 아니고 단지 말이 하고 싶은 거니까. 이 도시에서 마주 앉게 된 첫번째 사람에게 질문보다 자신의 이야기를 더 많이 하고 있다는 사실에도 태연해하고 싶어 했다.

크리스마스 날 아침이었다. 그녀는 돌아누웠다. 또 그 소리가 들리고 있었다. 이 건물에 네 가구가 살고 있다고 들었지만 3층에는 이 집밖에 없었다. 현관 앞까지 계단을 올라 다니는 사람은 그녀밖에 없어야 맞다. 혹시 누군가 집을 잘못 찾고 있어도 건물 밖 문에서 벨을 눌러야 안으로 들어올 수 있는 구조였다. 벌써 몇 번째 이른 아침에 현관 밖에서 엿보는 듯한 기척, 뭔가를 들춰대는 소리가 들렸다. 누굴까. 보일러가 작동되지 않았던 밤에 찾아왔던 집 대리인과 그녀의 남자 친구라는, 붉은색 두건을 쓴 남자가 떠올랐다. 인사도 없이 집 안으로 성큼 들어와 드라이버를 찾아 들곤 옥상 보일러실에 올라갔던. 길 건너 식료품점 주인도 있었다. 생수 한 박스를 굳이 3층까지 들어다 주곤 숨을 몰아쉬며 우린 이웃이야, 하며 뺨을 만지려고 한. 다시 돌아누우려다 그녀는 벌떡 몸을 일으켰다. 그렇게 일어나지 않으면 헝클어진 긴 머리의 눈이 푹 꺼진 여자인 채로 몇 날 며칠 누워 있게 될 게 뻔했다. 현관문은 재빨리 열 수 없다. 걸쇠를 풀고 빗장을 젖혀야 했다. 그 기척만으로도 밖의 누군가는 유유히 사라지고도 남을 만큼.

밥을 짓고 달걀지단을 부쳐서 김밥을 쌌다. 싱크대 서랍들을 다 열어보아도 김밥을 담아 갈 만한 일회용 용기는 보이지 않았다. 한 번도 쓰지 않은 것처럼 보이는 크고 작은 사기그릇 세트가 맨 아래 깊은 서랍에 박스째로 들어 있었다. 값이 나가 보이기도 했고 쓰지 말아달라는 뜻 같기도 했다. 특별한 날에만 쓰는 그릇인가. 머뭇거리다가 그녀는 그중에서 제일 바닥이 넓고 둥근 볼같이 생긴 접시를 꺼내 김밥을 담고 뚜껑 대신 랩을 씌웠다. 감은 머리를 높이 말아 올리고 옷을 갈아입었다. 거실 한쪽 벽면 전체를 다 차지하게 걸어둔 그 도시의 지도 앞으로 가서 자니콜로 언덕쯤 되는 곳에 손가락으로 동그라미를 쳐봤다. 두번째 만난 날, 그녀를 크리스마스 포틀럭 파티에 초대하면서 레이는 택시를 타면 그녀가 사는 동네에서 자니콜로 언덕까지 10분이면 될 거라고 알려주었다. 게이트 키퍼에게 그녀의 이름을 말해놓겠다고. 게이트 키퍼라고요? 그녀는 피식 웃었다. 도시는 강을 중심으로 양쪽으로 나뉘어 있고 그 언덕도 그녀가 사는 곳처럼 강 안쪽에 있었다. 김밥이 든 사기그릇을 두 손으로 떠받치듯 들곤 아침과는 다른 마음으로 현관문을 열어젖혔다.

처음 온 길들을 걷고 있었지만 그녀는 자신이 B를 만났던 한 순간으로 자꾸만 되돌아가고 있다고 느꼈다. 그는 매주 수요일에 한 번 학교에 왔다. 수요일마다 그녀는 다른 직원들보다 5분 늦게 구내식당으로 갔다. 식판을 들고 자리를 찾는 시능을 하다가 그 앞에 마주 앉았다. 초봄이었을 것이다. 학기가 막 시작되었을 때니까. 너무 얇은 블라우스를 입은 날이었을지도 모른다. 지금 12월 25일 낮 12시에 그녀는 파티 음식이 든 사기그릇을 들고 강의 동쪽 숲길로 접어들고 있었다. 그때 4인용 테이블에 혼자 앉아서 B가 밥을 먹고 있었는지 책을 읽고 있었는지, 기억은 분명하지 않았다. 그녀는 자신이 먼저 이렇게 말했던 것을 기억한다. 책을 읽었어요. 그래서 그가 고개를 들어 그녀를 봤던가? 그러냐고 B가 대답을 하지 않았어도 그녀는 그 자리에 앉아 있을 생각이었다. 그녀가 말한 게 B가 쓴 책이라는 것, 자신도 그런 시를 쓰고 싶다는 것에 관해 이야기하고 싶어 했다. 크리스마스인데도 기온이 높고 볕이 뜨거웠다. 자니콜로 언덕으로 가는 표지판은 공원을 지난 이후로 더 이상 눈에 띄지 않았다. 도로를 사이에 두고 길고 곧게 뻗은 소나무들만 양쪽으로 나 있었다. 그 오르막길 위에 언덕이 있고 세계에서 모인 예술가들이 사는 데가 있는 모양이었다. 마음이 바빠지는 듯했다. 점심시간은 짧았다. 매주 수요일마다 B를 만날 수 있었던 것도 아니다. 그를 만나지 못하는 수요일 때문에 그녀는 아직 오지 않은 수요일을 기다리는 기분이었다. 시를 어떻게 써야 할까요? B에게 물었던 것처럼, 조금 후 포틀럭 파티에서 만날 작가들에게 물어볼 수도 있을 것이다. 그녀는 나무 밑으로 가 걸음을 멈췄다. 고작 김밥 열 줄이 든 사기그릇이 왜 점점 무거워지고 있는지, 고요하고 장엄한 느낌이 들 거라고 기대했던 이 언덕은 왜 이렇게 관광객들로 북적이고 있는지 생각할 시간이 필요했다. 시를 어떻게 써야 하느냐고 그녀가 물었을 때 B가 뭐라고 대답했는지에 대해서도.

비가 아니면 짧은 햇빛이라고 여겼던 날씨는 종잡을 수 없이 변해갔다. 12월 마지막 주가 되면서 비 아니면 **바람**, 바람이 아니면 더 거친 바람으로 시시각각 달라졌다. 시내 분수에 고드름이 달리고 집 옆 24시 주유소 마당 주변의 높다란 소나무 둥치가 꺾인 것을 보았다. 한밤중에도 둔중한 무언가 쿵쿵 쓰러지는 소리가 나는 건 바람 때문인가. 그녀는 옥상에 올라가보려 하지 않았다. 빨래를 너느라 가봤던 옥상 곳곳의 화분들과 또 너무 오래되고 커서 바오밥나무처럼 보이는 나뭇잎선인장 화분, 플라스틱 테이블과 의자들이 어떻게 되어 있을지 알고 싶지 않았다. 헐거워진 덧창이 벽에 부딪치는 소리를 견디는 것만으로도 녹초가 되는 기분이었지만 그런 후면 만신창이로 두들겨 맞은 듯 잠깐씩 곯아떨어지기도 했다. 바람이 얼마나 더 불까. 잠에서 깨어난 새벽이면 라디에이터에 허리를 기대고 어둠 속에 서 있었다. 등이 뜨거워지면 다른 데가 차가워져갔다. 모든 게 바람 탓인 것 같았다. 하루에 말 한 마디 못 하게 되는 날도 있었고 어둠은 더 일찍 찾아왔다.

집 앞 버스 정거장에서 내리다가 의자 밑에 쇠갈고리 하나가 떨어져 있는 것을 보았다. 누가 떨어뜨린 걸까. 집으로 돌아올 때면 이 의자에 앉아 서로의 술병을 기울이고 있던 홈리스들, 집시 여자와 제 몸집보다 커다란 수레를 끌고 다니며 쓰레기통을 뒤지던 사내아이. 그녀는 허리를 굽혔다. 한 해의 마지막 날 길에서 이런 거나 줍고 있다니. 길게 늘인 S자 모양의 쇠갈고리는 보기보다 무겁고 끝이 뾰족했다. 그녀는 쇠갈고리를 짧게 휘두르며 어둠을 찍어내듯 집으로 걸었다.

현관문 밑으로 불빛이 새 나오고 있었다. 음악 소리, 웃음소리도. 그녀는 돌아서려고 했다. 어둡고 가파른 계단을 도로 내려가 지금 자신의 집에 있는 누군가가 가줄 때까지 거리에서, 버스 정거장 의자에서 기다리는 게 낫겠다고. 그녀는 문을 밀고 들어갔다.

식탁 의자에 집 대리인과 남자 친구가 앉아 있었다. 집 안으로 들어오는 그녀를 그들은 돌아봤다. 자신들의 집으로 그녀가 걸어 들어오는 것을 쳐다보듯. 에리카의 남자 친구가 끙, 소릴 내며 자리에서 일어났다. 그녀는 뒤로 물러나지 않았다. 가방 속에 든 것을 떠올렸다.

오늘 같은 날, 일찍 오는구나.

그녀는 고개를 끄덕이지도 인사를 하지도 않았다.

이번에는 우리 집 보일러가 고장 났다.

에리카가 대수롭지 않다는 듯 말했다.

……

하는 수 없지 않니?

마지막 날을 거리에서 보낼 순 없잖아, 쓰레기처럼.

남자가 두건을 쓱 풀어 입가를 훔쳤다.

헤이 은숙, 너도 이리 와서 앉아.

11시가 넘으면 성당 앞으로 같이 가지 않을래?

여기 불꽃놀이 정말 끝내준다.

이런 날을 혼자 보내는 사람은 지구에 없어.

뭔가를 호소하는 듯한 어투 같기도 했다. 에리카와 그녀의 남자 친구가 하는 말을 듣고만 있다가 그녀는 짧게 말했다.

너희 신발 벗어.

……오케이.

그녀는 냉장고 문을 열었다. 조용히 뛰고 있는 가슴을 가려 줄 만한 데가 지금은 없었다. 집 열쇠를 대리인도 갖고 있다는 생각을 왜 하지 못했을까. 손바닥으로 얼굴을 한번 문질렀다. 과일과 냉동 음식들, 와인은 그대로 있었다. 그녀는 마시다 남긴 와인 병을 꺼내 식탁에 앉았다. 튀긴 고기, 올리브유에 절인 아티초크와 딱딱해 보이는 빵, 그리고 종이 팩에 든 와인. 이 연인들이 12월 31일 밤을 보내는 만찬이었다. 그녀는 싱크대 서랍에 넣어둔 껍질땅콩과 김밥 재료를 사느라 찾아갔던 한국 슈퍼에서 산 포장김을 꺼내놓았다. 깡마른 손가락을 세워 머리카락을 빗질하던 에리카가 그녀 잔에 와인을 따랐다. 두번째인가 이 집 보일러가 고장 났을 때 그녀는 에리카한테 전화한 적이 있었다. 지금은 너무 늦어서 못 간다, 네가 우리 집으로 와서 자는 게 어떠니. 그렇게 말하고 에리카는 전화를 끊어버렸다. 다시 그녀가 전화를 걸었을 때 화가 난 목소리로 에리카의 남자가 소리쳤다. 헤이, 우린 서로 도울 수 있을 거야. 뭐가 문제니?

그녀는 와인을 한 모금 마셨다. 웃음이 나려는 것도 같았다. 서로 도울 수 있을 거라니, **모르는 사람들끼리** 무엇을, 어떻게.

에리카의 남자가 담배를 말았다. 에리카는 쿱에서 캐셔로 일하고 남자는 스쿠터 수리점에서 일한다고 했다.

너는 여기 왜 와 있는 거니?

턱수염을 만지작거리며 남자가 물었다.

그녀가 두 사람에게 묻고 싶은 말이었다. 옥상에 올라가면 선인장 화분이 쓰러져 있을 거라고, 그것을 세워놓고 가달라고 그녀는 말했다. 너무 크고 무거워서 남자도 혼자서는 들 수 없을지도 모르지만.

그거 마리안네가 태어났을 때 아저씨가 심은 거야.

에리카가 말했다. 마리안네? 집주인의 이름인 모양이었다. 지금은 일 때문에 인도네시아에 가 있다는. 그녀는 에리카에게 집주인에 관해 더 물었다. 그녀에겐 집주인에 관한 이야기가 아니라 잊어버리고 온 사기그릇에 관한 것에 가까웠지만. 좁지 않은 이 집의 수납장과 서랍들을 열어보다가 그녀는 정성껏 수를 놓은 베갯잇과 시트들, 손바느질로 기워놓은 담요들을 보았다. 세탁해서 하나씩 차곡차곡 개어둔 듯한. 그게 마음에 걸리게 했다. 그릇 하나쯤 잃어버리고 가도 괜찮지 않을까 했던.

크리스마스 날 그녀가 아카데미 1층의 홀로 갔을 때 한 나이 많은 여자가 다가와 제 할 일을 한다는 듯 그녀의 사기그릇을 받아 들곤 홀 한가운데 있던 원형 테이블로 가져가 유리접시에 덜어 담기 시작했다. 레이의 말은 모두 사실인 모양이었다. 그 예술가들의 하루 세끼 식사를 위해 뉴욕 어디 어디의 유명한 레스토랑과 요리학교에서 파견된 셰프와 보조 요리사들과 집사가 있다는 말, 레이가 현대음악 작곡가이자 연주자라는 말도 모두. 자리를 잡지 못한 채 그녀는 영화에서나 본 듯한 궁전같이 넓은 홀 한가운데 서서 장작이 타오르는 벽난로에 눈길을 두고 있었다. 레이가 한 말이 사실인데 왜 그 점이 놀랍고 당황스러운 걸까. 각자 와인 잔을 든 수십 명의 사람들이 그랜드 피아노 옆에 서서, 벽난로 앞의 고풍스러운 소파에 앉아서, 해가 비치는 창가의 조각상들 밑에서 거의 소리도 내지 않은 채 이야기를 주고받고 있었다. 음식을 먹는 사람도 별로 없어 보였다. 페치카 앞에서 마시멜로를 굽고 있던 레이는 그녀에게 손을 한번 흔들곤 다른 초대 손님들을 맞느라 바빠 보였다. 그녀는 조금씩 겁이 났다. 정말 여기서 시인을 만나게 될까 봐. 그 나이 지긋한 여자가 자신이 들고 온 사기그릇에서 김밥을 하나씩 덜어내는 것을 보다가 그녀는 그릇을 꼭 챙겨 가야 한다고, 돌아갈 때 잊어버리지 말아야 한다고 생각했다.

밤 11시가 넘자 에리카와 남자는 식탁에서 일어났다. 강 앞의 성당이 있는 광장으로 새해맞이 불꽃놀이를 보러 간다고 했다. 이 도시의 모든 관광객들이 다 그쪽으로 몰리고, 안 보면 후회할 장관이라고 남자는 말했다. 어차피 새벽까지 들릴 어마어마한 폭죽 소리 때문에 잠을 자기도 어려울 거라고. 에리카가 뜯지 않은 포장김 하나를 트레이닝 바지 주머니에 넣었다. 그녀는 남자와 에리카가 계단을 내려갈 동안 현관문을 반쯤 열고 서 있었다. 오늘 밤 더는 여기 올 사람이 없다고 느껴질 때까지.

B가 강사로 나온 기간은 한 학기뿐이었다. 이른 더위가 이어지고 있었는데도 그는 매주 흐린 하늘색이 도는 긴팔 셔츠를 입고 학교에 왔다. 방학을 앞둔 점심시간에 그녀는 B가 대학에서 한국어를 가르칠 수 있는 자리를 얻었다는 말을 들었다. 이 도시였다. 그때는 너무 먼 곳이었다. 그럼 시는요? 그렇게 묻고 싶은 것도 참았다. 대신 그녀는 B의 식판 옆을 눈으로 가리키며 그건 무슨 책이에요?라고 물었을지도 모른다. 교실, 강사실, 식당. 어디서든 그가 펼쳐 들고 있을 때면 내 거처는 이 안에 있습니다, 라는 듯 보였던. 책. 그녀는 밥을 먹

고 있는 B의 비스듬한 얼굴을 말없이 바라보았다. 그는 떠날 것이었다. 다시 만난다는 약속 같은 건 할 수도 없었다. 각자의 친밀한 세계 속에서 따로따로 살아가게 될 뿐. 그건 슬픈 일도 불행한 일도 아니었다. 다만 희미한 서글픔 같은 게 가슴에 차오르고 있었고 그것은 아무리 문질러도 지워지지 않을 흔적을 남길 거였다. 그녀는 숟가락을 내려놓고 앞을 보았다. 약간의 소란 속에서 책 위에 넌지시 한 팔을 올려둔 채 밥을 떠먹고 있는, 내일보다 젊은 이 순간에 머물고 있는 사람의 얼굴을.

역사반도 초급 이태리어 시간도 모두 없어진 지 오래되었다. 겨우 5년 전의 일인데도 그 시절의 많은 것들이 지금은 사라지고 없었다. 그녀가 알기로 학생들은 더 이상 편지를 쓰지 않고 사람들은 혼자 밥을 먹고 혼자 시간을 보내는 데 익숙해져갔다. 그녀는 2층 카페에 앉아 창밖을 내다보았다. 땅을 지지하듯 우뚝 서 있던 아르젠티나 광장의 키 큰 소나무들이 지금은 잘려 나간 듯 둥치만 보였다. 그녀가 배우고 싶은 세계, 어떤 아름다움은 그저 정적 속에만 묻혀 있는 것 같았다. B가 죽었다는 사실은 그녀에겐 마치 시가 죽었다는 소식처럼 들렸다.

크리스마스 이후로 레이를 만나지 못했다. 신년 특집 연주를 하러 미 동부의 모교에 갔다가 한 달 후쯤 이 도시로 돌아온다고 했으니까. 그녀는 레이가 연주하는 장면을 동영상으로 찾아보았다. 나는 슬픔을 아는 사람한테 끌려요,라고 그녀에게 부끄러운 고백을 하듯 말했던 사람. 슬픔이 아니라 무기력함이라고 그녀는 고쳐주지 않았다. 말은 늘 어려운 데다 감정에 관한 거라면 더욱 그랬다. 성장한 청중들 앞에서 자신이 작곡한 곡을 은빛의 스틸팬을 스틱으로 두드리며 오케스트라와 연주하고 있는 레이는 그녀가 알고 있는 레이가 아닌 것 같았고 바로 그 점에 그녀는 안도했다.

비가 흩뿌리는 오후에 그녀는 자니콜로 언덕의 아카데미로 갔다. 낮고 견고한 출입문 사이로 커다란 분수가 있고 거길 지나서 다시 문 하나를 열고 들어가면 예술가들이 기거하는 웅장한 흰색 건물과 정원이 나오고, 끝이 보이지 않는 정원 곳곳에 한 채씩 예술가들의 작업실이 따로 있다. 건물 지하의 도서관도 그녀는 기억한다. 도서관의 불은 모두 꺼져 있었다. 레이가 문을 열어준 후 그녀가 스위치를 눌렀을 때 천천히, 깜박이듯 하나하나 불이 들어오던 책상과 서가 사이의 초록 스탠드 불빛. 그날 그녀가 본 것 중 가장 놀랍거나 입이 벌어지는 공간도 장면도 아니었다. 그날 그녀가 본 것 중 가장 현실적인, 사람이 살고 있는 장소같이 느껴졌을 뿐. 조금 넓은 학교에 와 있는 기분이었다. 먼지와 책과 책상과 창문과 커튼과 그림자. 그래서 다시 불을 끄고 문을 닫고 나갈 때 그녀는 그 친숙함 때문에 미소 지었다.

겨우 한 번 들어가본 데를 환하게 알고 있는 느낌이었다. 그러나 출입구는 열리지 않았다. 검은 셔츠를 입은 게이트 키퍼가 다가와 이름을 물었다. 출입자 명단에 이름이 없습니다. 게이트 키퍼가 그녀를 내려다봤다. 나는 레이의 친구예요. 레이 장은 지금 여기 없습니다. 알아요. 레이 장을 만나러 온 게 아니에요. 여기 주방에 내 그릇이 하나 있을 거예요. 크고 하얗고 둥근 거요. 지난번 포틀럭 파티 때 잊어버리고 갔어요. 나를 들어가게 해주지 않아도 좋지만 가서 그릇을 찾아다 줬으면 해요. 주방에서 일하는 나이 많은 여자 있죠? 그 사람이 그날 내 그릇을 받아 들었어요. 어떤 그릇인지 알 거예요. ……지금 내가 살고 있는 집 주인 거예요. 아버지가 죽었을 때 손님들에게 음식을 내놓았던 그릇이래요. 바닥이 깊은 그릇이니 아마 스튜 같은 걸 담았겠죠. 내 상상일 뿐이지만요. 아무튼 그러니 가져다 놓는 게 좋겠어요. 나는 곧 이 도시를 떠나야 하고요. 내가 하는 말, 알아듣겠어요?

1월 둘째 주 화요일 아침에 그녀는 남부로 떠나는 관광버스를 탔다. 이른 시간이라 그런지 관광버스 안은 아직 어두컴컴했고 그녀는 아무 데나 빈자리로 가 앉았다. 옆자리 남학생이 창문에 머리를 대고 잠들어 있었다. 그녀처럼 혼자 온 모양이었다. 7시 정각에 출발한다던 버스는 20분이 더 지나서야 움직였다. 이 도시에 돌아오면 한밤중이 돼 있을 거였다.

버스가 시내를 벗어나자 햇살이 비춰 들었다. 여러 도시를 떠돌고 있는 중인지 잠결에도 두 팔로 꽉 껴안은 배낭과 점퍼에 머리를 파묻은 남학생은 코까지 골았다. 사는 곳을 옮긴다고 해서 매일매일의 걱정과 불안이 줄어드는 것은 아니라는 걸 모를 나이였다. 길을 잃는 것을 두려워할 나이도. 모든 것은 짐작일 뿐이었다. 그녀는 벗은 외투를 무릎 위에 올려두고 등받이를 젖혔다.

버스를 타고 재의 도시를 지나, 다시 배를 타고 남쪽 섬의 해안에 도착한 것은 오후 4시가 넘어서였다. 한 시간쯤 자유 시간이 주어졌다. 성당 뒤쪽 계단으로 올라가면 섬을 조망할 수 있는 데가 있고 특산품을 파는 상점들과 찻집이 있다고 가이드가 알려주었다. 한 버스에 탔던 50여 명의 사람들이 흩어졌다. 그녀는 바닷가에 남았다. 서쪽에서 구름들이 몰려오고 바다는 차츰 숨을 죽이는 것 같았다. 바람도 안개도 없었다. 해가 질 시간이었다. 단 한 번 볼 수 있는 장관이 곧 눈앞에 나타날 거였다. 그녀는 모래사장에 버려진 작은 배의 선체에 몸을 기대었다. 기울어가는 환한 빛이 얼굴로 쏟아졌다. 손차양을 해봐도 소용없었다. 못 이긴 척 눈을 감았다. 종탑과 절벽의 집들은 빛나고 물빛은 짙어지고 새들은 사라지고 먼 데서 별이 다가오고 있으리라, 밝은 핏빛 같은 저녁 해가 마침내 바다 너머로 사라질 때 귤나무들은 그 반짝거리는 이파리들을 한번 파드득 털어댈지도 모른다고 상상했다. 해가 지는 게 아니라 별이 가까워오는 것. 그것이 아마도 밤일 거라고. 지금 감은 눈 속처럼 완전히 어둡지만은 않은, 흐릿한 파랑과 노랑으로 찰랑거리는. 그녀는 눈을 떴다. 단 한 번 볼 수 있는 풍경은 이미 사라지고 만 듯했다. 남쪽 바다와 구름과 남아 있는 빛, 그리고 적요. 그녀는 고개를 끄덕거렸다. 어떤 것은 알 것 같았고 어떤 것은 알아도 안 것 같지 않은 때가 있었다. 지금은 달랐다. 그녀는 그냥 느끼고 있었다. 이따금 아르젠티나 광장의 그 서점 앞에서 들었던 거리 예술가의 음악에 대해 떠올릴 때가 있다. 그 앞에 모여 있던 사람들과 무언가를 배우려는 듯 골똘히 지켜보던 레이에 관해서도. 어쩌면 레이도 그녀처럼 누구의 음악이 더 아름답고 좋은지 알 수 없고 말할 수 없다는 걸 알고 있는 것은 아닐까. 가이드가 깃발을 들어 올리고 있었다. 집합 시간이 다 돼가는 모양이었다. 그녀는 두리번거리다가 성당으로 올라가는 골목 입구 상점으로 가서 마리아에게 줄 작은 비누를 하나 샀다.

이른 아침, 현관 앞에서 다시 그 기척이 났을 때 그녀는 벌컥 현관문을 열었다. 앞치마를 입고 때가 찌든 걸레를 든 1층 할머니가 그녀 집 앞 계단에서 엉거주춤 일어섰다. 현관 앞의 발 매트 밑까지 닦았는지 매트는 옥상으로 올라가는 계단 난간에 걸쳐져 있었다. 뭐 하시는 거예요, 마리아? 그녀는 일주일에도 서너 번씩 문 안쪽에서 자신을 불안에 떨게 했던 그 정체를 보고 물었다. 괜찮아요, 괜찮아, 소리 내서 미안해, 들어가, 들어가. 안경을 쓴 마리아가 그렇게 손짓해 보였다. 힘에 부치는지 숨을 몰아쉬었다. 집주인 마리안네가 어렸을 때부터 이 건물 가장 작은 집에 세 들어 사는 할머니라고 했다. 건물 앞의 화분을 가꾸는 사람도. 층마다 벽의 액자를 바꿔가며 걸어놓는 사람도.

내일이면 이 도시를 떠난다. 그녀는 버스를 타고 아르젠티나 광장 앞 서점에 갔다. 책을 사지도 않았고 2층 카페에 앉아 있지도 않았다. 잠시, 그 서점 안을 한 바퀴 걸었을 뿐이다. 가판대에 놓인 책들과 꽂혀 있는 책들과 길고 커다랗게 걸린 작가들의 사진 앞을. 이 도시에 살았다면 B도 꼭 한 번은 그랬을 것 같은 일을. 그러고 나자 떠날 준비라는 것도 없는 듯했다. 행정실 동료들에게 줄 초콜릿을 몇 개 샀고 집으로 전화를 한 번 걸었다. 밥을 짓다 태운 냄비도 깨끗하게 닦아두었고 에리카 말대로 집 열쇠는 1층 할머니, 마리아에게 맡기면 되었다.

빈 생수병들을 비닐봉지에 담아 버리려고 집 앞 플라스틱 재활용 쓰레기통을 열었다가 아무렇게나 던져져 있는 선인장 이파리들을 보았다. 강풍이 몰아치던 밤에 넘어진 옥상의 오래된 선인장에서 떨어져 나온, 손바닥이 아니라 거의 원반만 한 두껍고 딱딱한 것들이었다. 이파리 하나만 심으려고 해도 웬만한 크기의 화분이 필요할 정도의. 그녀가 남쪽으로 여

행을 간 날 에리카와 남자가 보일러 수리공과 같이 올 거라고
했었다. 화분을 세워놓고, 떨어진 이파리들은 여기 갖다 버린
모양이었다. 한 손으로 쓰레기통을 잡고 그녀는 안쪽으로 몸
을 숙였다. 플라스틱 물병, 무엇이 들었는지 모를 비닐봉지,
스티로폼들 사이에 촘촘히 가시가 박혀 있는 선인장들은 손
에 닿을 듯 닿지 않았다. 플라스틱에서도 썩은 냄새가 나다
니. 여기 대체 흙이 어디 있다고, 그녀는 에리카의 남자에게
화가 나려고 했다. 도로 3층으로 올라가 현관 안쪽 우산과 같
이 세워두었던 쇠갈고리를 갖고 내려왔다. 선인장 이파리를
너무 깊숙이 찍지 않도록 신중히 갈고리를 겨냥했다. 한 번,
두 번. 바닥 가까이 있는 데로는 쇠갈고리로도 닿지 않았다.
쓰레기통에서 주워 올린 네 개의 선인장 이파리들을 비닐봉
지에 담아 옥상으로 올라갔다. 에리카의 일행이 세워두었을
화분 안에 그것들을 내려놓았다. 떨어져 나간 이파리의 면이
흙에 닿을 수 있도록. 손에 흙이 묻은 것도 아닌데 그녀는 탁
탁 손을 터는 시늉을 했다. 이제 내려가 가방을 꾸리면 그만
이었다.

한 달은 금방 지나갔다. 그러나 짧지 않았고 지금 이 한 달
은 그녀가 이전에 보낸 한 달과는 다른 데가 있었다. 그녀는
식탁에 앉아 몇 개의 문장을 썼다.

당신은 어디서 왔나요

비, 바람, 햇빛

오늘 같은 날

절벽의 집들은 빛나고

내일보다 젊은 이 순간

이리 와서 앉으세요

모르는 사람들끼리

괜찮아요, 괜찮아요

우린 이웃이잖아요

　그녀가 듣고 보고 말한 것들. 편지도 시도 아닌 그저 문장 몇 개에 지나지 않았다. 언젠가는 시와 비슷한 것을 쓰게 될 날이 올까. 그런 날이 영영 오지 않는다고 해도 괜찮을지 몰랐다. 그것이 길을 잃는 것과 비슷하다면 잠시 한 번 크게 돌아가는 것일 뿐, 살고 있으면 지금보다는 가까이 가 닿게 될 거라고. 그런 말을 해준 사람이 B였는지 누구였는지 기억나지 않았다. 저녁이 오고 있는데 모든 것이 희미해지려고 했다. 이 방학의 마지막 순간은 그랬다. 그녀는 돌아서서 나머지 짐을 꾸렸고 그리고 자신이 쓴 그 몇 개의 문장들도 가방에 담았다.

11월 30일

훈은 서울역 버스 환승센터에서 문산행 버스를 탔다. 거기서 한 시간쯤 가면 농장이 나올 거라고 했다. 집에서부터라면 두 시간이 더 걸리는 거리였다. 모르는 사람을 찾아가는 길이다. 집 근처 지하철역에서 훈은 여섯 시간씩 아르바이트를 했다. 유동 인구가 가장 많다는 이유로 금요일에는 두 시간 연장되었다. 훈이 보기에 지하철역 사거리는 금요일 저녁뿐만 아니라 일주일 내내 붐볐다. 어학원 홍보용 조끼를 입고 거리에 서 있을 적이면 그 많은 사람들이 어디서 몰려오고 몰려가는지 압도당할 때도 있었다. 이 도시에서 사람이 모여 있지 않은 데는 한 번도 본 적이 없는 것 같았다. 오늘, 수요일만은 그곳에 서 있지 않아도 되었다.

어머니가 찾아가라고 알려준 곳은 그 지하철역을 이용해서 가긴 어려웠다. 멀지 않다, 훈아, 버스 두 번만 타면 돼, 집 앞에서 서울역까지, 거기서 문산 근처까지, 내려서 5분 안에 찾을 수 있을걸. 어머니는 찾아가야 할 사람의 전화번호도 모르면서 위치만큼은 자세히 말해주었다. 가서 어떤 여자를 만나면 된다고. 여전히 귓속말하듯 속삭이는 투였다. 그게 벌써 두어 달 전의 일이었다. 갈 수 있을 때 가볼게요. 훈은 어머니 말을 귀담아듣는 시늉이라도 해야 한다고 매번 생각했다. 휴학을 할 수밖에 없었던 일도 아르바이트하는 데가 동네라는 사실도 어머니에게는 말하지 않았다. 하지 않은 말은 그것뿐만이 아니다. 찬이 죽은 후 훈은 달라졌고 어머니도 그랬다. 어머니는 이렇게 속삭이듯 말하는 사람이 아니었다. 사람을 만나지도 않고 장 보는 일을 잊는 사람도.

그 이야기를 어머니가 다시 꺼낸 것은 며칠 전이었다.

농장에 언제 갈 수 있니?

급한 일이에요?

받아 올 게 있어.

누구한테요?

내가 보냈다고 하면 알아들을 거야.

어머니랑 어떻게 아는 사인데요?

옛날에 나한테 빌려 간 게 있어.

뭐, 뭔데요?

금방 돌려준다고 했는데.

어머니의 얼굴이 일그러졌다. 돌려준다는 약속을 안 지킨 사람에 대한 섭섭함과 화를 숨기지 못하겠다는 듯. 여간해서는 감정을 드러내지 않게 된 어머니였다. 그게 뭐냐고 묻는다면 그 표정이 금방 사라져버릴 것 같아서 훈은 어머니를 보고만 있었다. 오랜만에 어머니를 살아 있는 사람처럼 만드는, 얇고 건조한 종이같이 순식간에 구겨져버린 얼굴을.

노, 농장에서 뭘 키우는데요?

큰 데라고 하니까 아마 소나 말 같은 거 아니겠니.

여기서 두 시간 거리에 그런 데가 있을까요.

그거, 꼭 받아 와야 해.

어머니는 금세 무덤덤한 표정으로 돌아가선 농장 주소를 알려주고 자리에 누웠다. 싱크대에 음식 찌꺼기가 말라붙은 하루 치의 접시와 밥공기들이 보였다. 훈은 어머니 쪽의 불을 끄고 고무장갑을 끼었다. 방은 하나밖에 없었고 어머니는 자신의 뜻대로 주방 맞은편에 침대를 놓았다. 현관에 들어서면 바로 어머니가 누워 있는 모습이 보이는 구조였다. 집 전체가 어머니 것이 돼버렸고 훈은 좁은 방에 한번 들어가면 어지간해서는 나오지 않았다. 어머니가 손이 필요하다는 기척을 내기 전에는. 그럴 일도 별로 없었다. 어머니는 훈에게 무엇을 요구하는 법도 잊은 듯했다. 그러고는 어둠 속에서 눈을 뜨고 있었다. 침착하게 천장을 응시하는 정도였지만 잠이 들었을 때도 거의 눈을 뜬 사람 같아 보였고 그 모습이 훈에게 어떤 감정을 불러일으키는지 알지 못할 거였다. 올여름에 훈은 스물일곱 살이 되었다. 앞으로 10년 후면 서른일곱 살이 될 테고 그때는 어머니를 볼 수 없길 바라지만 지금까지 훈의 뜻대로 일이 풀린 적은 없었다.

버스는 이제 홍제역을 지나고 있었다. 훈은 맨 뒷좌석 왼쪽에 앉아서 앞으로 지나쳐야 하는 정거장 숫자를 헤아려봤다. 멀지 않다고 어머니는 강조했지만 80개도 넘는 역을 지나야 하는 데였다. 그래도 길을 잘못 들지 않는다면 낮 2시쯤에는 여자의 농장에 도착할 수 있을 듯했다. 마음을 놓긴 아직 일렀다. 시시각각 잘못된 데로 빠질 수도 있는 게 길이니까. 집을 나오기 전에 훈은 세탁해둔 청바지와 두 벌의 패딩 점퍼 중에서 더 새것으로 걸쳐 입었다. 어젯밤 전화를 끊기 전에 소연은 훈에게 주의를 줬다. 오빠, 뭔가를 받으러 갈 땐 가장 좋은 옷을 입고 가야 하는 거야. 알았지? 괜히 긴장해서 말더듬지 말고. 내가 시키는 대로 할 거지? 휴대전화를 손에 든 채 훈은 고개를 끄덕거렸다. 아르바이트해서 모은 돈으로 소연은 1년도 안 돼 자취방을 옮기는 데 성공했다. 지난번 방과 달리 화장실도 안에 있고 반지하도 아니었다. 훈이 느끼기에 소연은 모든 면에서 자신보다 월등히 나아 보였다. 소연은 침대도 옷장도 모두 중고로 구했지만 냉장고만은 새것으로 사고 싶다고 훈에게 말했다. 그것 한 가지만은 사 줬으면 좋겠다고.

어림짐작으로도 농장 여자가 어머니에게서 빌려 간 것은 최신형 냉장고를 몇십 대나 사고도 남을 만한 것 같았다. 그렇지 않고서야 어머니가 그토록 불만스럽다는 표정으로 찾아가보라고 하지는 않았을 테니까. 어쩌면 소연이 새로 얻은 전세방과 맞먹을지도. 차창 밖으로 이파리들이 떨어져나가기 시작한 플라타너스의 우듬지가 보이고 쏟아지는 햇살 때문인지 넓적한 나뭇잎들이 술렁대는 것처럼 보였다. 수요일이어서 다행이라고 혼잣말이 하고 싶어지는 건 차츰 생겨나기 시작한 기대감 때문인지도 몰랐다. 너무 뜨겁지도 않고 확실하지도 않아서 한 번쯤 가져보고 싶은. 오늘 여자의 농장에 간다는 사실을 어머니에게는 말하지 않았다.

말을 더듬게 된 원인이 동생의 죽음에 있다고 훈은 생각해본 적이 없었다. 어머니가 다른 사람같이 변한 것도, 알코올 중독 치료 시설에서 나온 아버지가 집을 처분한 돈의 절반을 갖고 히죽히죽 웃으며 나가버린 것도. 어떤 일들은 벌어지게 마련이었고 그건 우연히 찬의 죽음과 맞물려 일어난 것인지도 모른다. 죽은 사람에게 이유를 갖다 붙이기에 찬은 어리기도 했다.

아버지 어머니와 달리 훈은 안 선배의 소개로 의사를 찾아갔다. 성인 말더듬이라는 표현을 훈은 처음 들었다. 게다가 스스로 만들어낸 것에 가깝다는 말도. 그 말에는 동의할 수 없었지만 훈은 불안이나 좌절감 때문에 말을 더듬는 거라는, 자신도 예측할 수 있는 소린 하지 않는 치료사를 어느 정도는 믿고 싶어지기도 했다. 말더듬이의 정의가 의사의 표현대로 더듬는 것을 피하려고 하는 행위라고 한다면 그 행위를 덜 의식하면 될 거였다. 훈은 전체 단어를 반복하거나 음을 연장하지 않고 한 단어를 부분부분 반복하는 유형에 속했다. 치료사는 물었다. 오늘이 무슨 요일입니까? 그, 그, 금요일이요. 당신의 이름은 무엇입니까? 이, 이, 이훈입니다. 치료사가 씩 웃었다. 거봐요, 알겠죠? 어떤 유형인지. 자, 지금부터 더 유창하게 말을 더듬어보기로 합시다. 그래야 치료될 수 있어요. 훈은 전문가라기보다 안 선배 또래 같아 보이는 젊은 그가 농담을 하는 거라고 생각했다. 말 더듬는 걸 치료하고 싶은데 더 유창하게 더듬는 연습을 해야 한다니. 자신이 말을 더듬고 있다는 사실에 둔감해지고 더듬지 않으려고 애쓰지 않는 것. 그게 치료사가 내준 과제였다. 훈은 1년 정도 집중적으로 느리게 말하고 숨을 고르게 내쉬는 법을 연습했다. 소연 앞에서는 거의 더듬지 않았다. 소연이 데리고 온 고향 친구들 앞에서도. 모르는 사람만 아니면 괜찮았다. 낯선 사람을 만나지 않고도 계속 이렇게 살아갈 수 있을까 생각하면 자신이 없어졌지만. 게다가 낯선 사람도 아닌데 어머니 앞에서는 아직 말을 더듬고 있지 않은가.

대자삼거리역을 지나 버스는 벽제 방향으로 달리고 있었다. 훈은 농장 여자와의 만남을 상상했다. 소연의 말대로 간단하게 받을 것만 받아 오면 좋겠지만 상대는 낯선 사람이었다. 훈은 자신의 이름과 어머니 이름을 읊조려보았다. 옆자리에는 승객이 없었고 버스는 처음 탔을 때부터 한산하기까지 했다. 아버지 이름. 훈은 오랜만에 그 이름도 소리 내보았다. 어머니는 혹시 그 여자가 모른 척하거든 아버지 이름을 대라고 했으니까. 거기까지 떠올리자 훈은 그만 버스에서 내리고 싶어졌다.

그 여자애 생각이 났다. 거리에서 미키마우스 탈을 쓰고 있으면 근처 여고 학생들이 소란스럽게 몰려와 사진을 찍자고 하는 경우도 있다. 중학교 일이 학년쯤으로 보이는 그 여자애도 사진을 찍고 싶어 했다. 홍보를 하다가 요의가 느껴지면 근처 주상복합상가 4층에 있는 화장실을 쓰기로 돼 있었다. 한번은 여자애와 엘리베이터 앞에서 만났다. 5층에 가는 모양이었다. 훈이 가는 층을 물어보고 버튼을 눌러줘서 고마워요라고 말했더니 여자애가 깜짝 놀란 표정으로 대꾸했다. 저어른 아닌데요. 목소리가 새되고 신경질적으로 들렸다. 아직 미성년자인 자신한테 대체 왜 존대어를 쓰느냐고 따지는 투였다. 훈은 탈을 쓴 채 여자애의 크게 흔들리는 눈동자를 봤다. 5층에는 피부과와 한의원, 신경정신과가 있다. 백팩을 앞으로 멘 그 여자애는 일주일에 한 번씩 상가 5층에 가고 거리에서 훈을 볼 때마다 부당한 것을 바로잡고 싶다는 표정으로 두 주먹을 쥔 채 저 어른 아니라구요! 외치곤 휙 가버리고는 한다. 훈은 지금까지 누군가에게 그렇게 소리쳐본 적이 없었다. 가슴이 터지도록, 속 시원하게. 아버지도 아는 여자라니. 오미숙이라는 사람은 누구일까. 이제 와서 어른들 일에 끼어들고 싶지는 않았다. 소연의 말대로 단순 명료하게 생각하면 된다. 가서 여자를 만난다, 그것을 받아 온다. 이런 일은 해본 적이 없었다. 낯선 사람을 찾아가서 뭔가를 받아 와야 하는 일은 평범한 일도 쉬운 일도 아니라는 걱정이 커졌다. 차창으로 햇볕을 받고 있는 왼쪽 뺨이 달아올랐다. 생각이란 게 직육면체 같은 거라면 금방 돌려서 다른 면을 볼 수 있을 텐데. 훈은 눈을 감고 감자와 양파를 떠올렸다. 달걀도 떠올리고 싱싱한 오징어도 그려보았다.

지하철역에서 국립 대학교 방면으로 올라가는 뒷길에 오래된 재래시장이 있었다. 그 시장 골목에 낙후된 단독주택들이 밀집돼 있고 지방에서 처음 이 도시에 올라온 많은 학생들처럼 소연도 그 근방에 살았다. 훈은 어머니 대신 장을 보러 다녔고 밤 9시가 넘으면 물건을 떨이로 내놓는 야채가게에서 어느 날 기다렸다는 듯 마지막 남은 감자 두 봉지를 재빨리 집어 드는 여자를 보았다. 끝을 보라색으로 염색한 머리카락을 어깨에 치렁치렁 늘어뜨리고 반바지를 입고 있던 키 작은 소연을. 얼마 전에도 늙은 호박 한 덩이를 두 손으로 안고 마주쳐 지나갔던 여자였다. 나중에 알게 되었지만 그게 소연이 장을 보는 방식이었다. 싸게 내놓는 야채 한 가지만 사서 일주일 내내 그 재료로 요리해 끼니를 때우는 것 말이다. 소연은 감자 한 가지만으로 감자전 감잣국 감자볶음 해시브라운 감자샐러드를 할 줄 알았고 그걸 밥도 없이 단품 요리같이 한 접시씩 먹었다. 양파나 달걀, 오징어도 마찬가지였다. 호박 한 덩어리 갖고도 제각각 다른 요리로 일주일을 버틸 수 있는 사람이 소연이었다. 누가 그녀의 무엇이 좋아서 사귀고 있는 거냐고 묻는다면 그런 이야기는 할 수 없을지 모르지만, 훈은 소연을 믿을 수 있는 여자라고 생각했다. 믿을 수 있다는 건 미래를 함께할 수 있다는 뜻이기도 한 걸까. 몇 번 안 되는 경험이었지만 그 또래에 믿을 수 있는 여자애를 만나기란 쉽지 않았다. 10년쯤은 건너뛰어 서른일곱 살, 아니 마흔일곱 살이 되어도 괜찮을 것 같았다. 잠들지 않았다고 5분마다 작은 종을 울려야 했던 근위병들처럼 훈은 늘 피곤했고 그런 자신이 마음에 들지도 않았다. 미래를 위해서 뭘 해야 할지 모르는 상태로 보내고 있는 하루하루도.

황량해 보이는 거리와 벌판이 드문드문 스쳐 지나갔다. 생각은 자꾸 점증적으로 넓어지고 커지는 나선 같아만 졌다.

찬이랑 닮았네.

여자는 진입로가 한눈에 내려다보이는 집 외벽의 벤치에

앉아 있었다. 헐렁하고 통이 넓은 바지를 입고 앉아서 훈이 그 앞으로 다가가 묵례를 할 때까지도 그대로 지켜보기만 했다. 터무니없이 큰 눈으로 점검을 하듯 훈을 아래위로 보면서. 훈은 여자 옆에 놓인 목발과 오른쪽 발목에 한 깁스를 보았다. 훈에게 옆에 앉으라는 뜻인지 여자는 손바닥으로 벤치를 탁탁 쳤다. 까무잡잡한 얼굴에 잿빛이 섞인 머리카락을 팽팽하게 뒤로 당겨 묶었고 두툼한 스웨터 위에 감색 목도리를 두른 여자를 훈은 곁눈질했다. 소연은 스물다섯이지만 이십대 초반으로 보였고 어머니는 오십대 후반이지만 육십대처럼 보였다. 오미숙의 얼굴은 나이를 짐작하기 어려웠다. 언니가 보냈네, 중얼거리곤 여자는 앞을 봤다. 언덕 아래로 전원주택형의 조립식 건물들이 몇 채 보였다. 정거장 표지판에서 본 대로 크고 작은 농원들이 있는 모양이었다. 그 주변으로도 세모꼴 지붕의 낮은 조립식 건물들이 한두 채씩 더 보였다.

저게 다 계사들이다.

계사요?

닭 키우는 데.

노, 농장을 하신다고 들었어요.

농원들이지.

아주머니는요?

나도 몇 마리 키우지.

다, 닭인가요.

정말 닮았네.

찬이를 아세요?

너희들 어렸을 때 나랑 자주 만났는데. 같이 산 적도 있고.

어, 언제요?

찬이, 그때, 가보지 못했다.

……

언니가 아무 말 안 해줬구나.

하, 하셨어요.

뭐라고 했는데?

여기 계, 계실 거라고요.

아버지 소식은 듣고?

훈은 여자를 돌아보지 않았다. 자신의 가족에 대해 알고 있는 오미숙을. 자신보다 여자가 아는 사실이 더 많을지도 알 수 없었다. 아버지가 가진 것을 다 날리고 지금 고시원을 전전한다는 것도, 어머니는 매일매일 밥을 짓지만 그 흰밥이 꼭 제삿밥처럼 느껴진다는 것도. 쉬는 수요일마다 자신은 학교에 가고 없는 소연의 자취방에서 옷을 다 벗은 채로 누워 예능프로그램을 보다 밤늦게야 집에 들어간다는 것도. 이 여자한테 어머니가 원하는 것을 돌려받아서 집으로 돌아갈 수 있을까. 훈은 다리에 힘이 풀리는 것 같아서 벤치에 등을 기댔다. 취업 때문에 걱정이 많겠다고 여자가 웅얼거리는 소리가 들렸다.

사정을 모르는 안 선배는 다시 휴학을 한 훈에게 잔을 채워주며 말했다. 잘했다, 요즘 우리 학과 나와서 뭘 하겠냐. 어차피 너네 학번은 취업 빙하기를 겪을 수밖에 없을 테니까. 훈이 대학에 들어간 해가 입학생이 가장 많았던 때라 가장 많은 졸업자들이 쏟아져 나올 예정이었다. 아버지는 약속과 달리 등록금을 돌려주지 않을 거고 훈은 졸업을 할 수도 없고 취업 준비도 못 할 게 뻔했다. 아버지는 원래 약속을 지키지 않는 사람이니까. 훈은 학교에 가지 못하는 대신 전화번호를 바꾸고 동네 근처에서 어학원 홍보 일을 구했다. 근처까지 아버지가 찾아와도 아르바이트 복장 때문에 자신을 알아보지 못할 거라고 여겨도 불안이 사라지는 것은 아니었지만. 안 선배는 꿈은 갖는 게 아니라 버리는 거라고 말했다. 버린 게 무엇인지 알아야 집착할 수 있고 다시 생기면 버리지 않게 된다고. 안 선배다운 논리라고 생각했지만 훈은 선배에게 그럼 버린 꿈이 무엇이었냐고 물었다. 튀니지에 가는 거다. 거기에 뭐가 있는데요? 사구 위에 천막들이 있다. 거기서 별도 보고 일출도 보는 거지. 밤이 되면 모닥불을 피우고 다른 여행자들과 박하차를 마실 수도 있을 거다. 운이 좋다면 쏟아지는 유성우도 볼 수 있지 않겠냐? 자연의 본질을 체험하는 거다. 어때, 멋지지 않냐? 훈은 식상하다는 투로 비아냥거리고 싶었다. 왜요, 낙타도 한번 타주셔야죠 선배. 훈은 침묵했다. 자신과 안 선배가 과거형이 아니라 현재형으로 말했다는 점에 대해서도.

안 선배는 튀니지에 가지 않았다. 혼자 사는 원룸 한쪽에 의자와 흰 가림막을 놓곤 스튜디오를 차렸다. 자신이 알고 지내는 사람들의 스틸 사진을 찍을 거라고. 오십 명, 백 명. 그 사진들을 모아서 책으로 묶고 싶다고 했다. 훈에게도 계속 연락이 왔다. 그것보단 사막에 가서 자연의 본질을 보고 체험하고 싶다는 꿈이 훨씬 그럴 듯하게 느껴졌는데. 선배에게 전화가 올 때마다 훈은 그러는 네 꿈은 뭐였냐고 다그치는 듯 들려 전화기를 얼른 뒤집어놓았다. 불안하지도 않고 거리낌도 없는 기분이 드는 하루를 가져보는 거였다고는 말할 수 없겠지. 제대로 할 줄 아는 게 없어서 불안하고 한편으론 어떤 일이 갑자기 주어질까 봐 두려운 마음에 대해서는 털어놓을 수 있을까. 고개 숙인 채 훈은 자신에게 속삭였다. 개소리 하, 하, 하지 마.

벌써 오후네.

잊은 걸 떠올린 듯 의자에서 일어나려는 오미숙에게 훈은 얼른 목발을 건네주었다. 버스가 막힌 것도 아니었는데 벌써 3시가 가까워왔다. 11월 하순치고는 며칠째 맑고 쨍한 날씨였다.

애들 밥 줄 시간인데.

여자는 담담한 눈으로 훈을 보았다.

어, 어디에 있는데요?

저어기.

여자는 목발을 짚지 않은 손으로 아까부터 푸드덕푸드덕 소리가 나는 마당 뒤쪽을 가리켰다.

닭이나 양계에 대해서 훈은 아는 것이 없었지만 오미숙이 그저 닭 몇 마리만 기르는 게 아니라는 건 한눈에 알 수 있었다. 낮은 산을 면한 마당 뒤편에 널찍한 계사 한 동이 보였다. 그리고 보니 거주 공간만 좁을 뿐이지 마당은 50여 평도 넘어 보이는 그런 계사 두 동쯤은 넉넉히 만들고도 남을 만큼 넓었다. 옷을 버리게 될 거라고, 오미숙은 훈을 집 안으로 들여보냈다. 훈은 패딩을 벗고 셔츠 소매를 걷었다. 잘 개어놓은 이불 한 채와 벽에 걸린 달력과 거울, 작은 텔레비전 한 대가 보였다. 걸어 잠글 문도 숨겨놓은 것도 없어 보이는 단출한 실내였다. 여자가 가진 것은 지금 입고 신고 있는 것, 저 계사 한 동이 전부일지도 모른다는 짐작이 들 만큼. 이런 데서 혼자 살 수 있을까, 젊지도 않은데. 훈은 이곳에 밤이 오면 어떨지, 그 밤이 깊었을 때는 어떨지 상상할 수 없었다.

넓은 마당을 절룩거리면서 살피던 오미숙이 훈에게 사료가 있는 데를 알려주고 계사 문을 열어주었다. 바닥에는 바삭하게 잘 마른 볏짚이 깔려 있었다. 비릿한 냄새가 나지 않는 것도 훈이 들어갔을 때 닭들이 놀라지 않고 데면데면해 보이는 것도 훈에게는 이상한 일이기만 했다. 오미숙이 말하는 대

로 훈은 길쭉한 나무통 비슷한 급이기에 발효 사료를 부어주
었다. 빳빳하고 붉은 볏을 흔들며 닭들이 몰려와 먹이를 먹기
시작했고 몇 마리는 느긋하게 여러 개의 횃대를 각자 움켜쥔
채 먼 데를 응시했다. 계사 후면에 환기구가 있고 한쪽에 사
방을 막아놓은 커다란 상자 같은 데가 있었다. 닭들이 산란하
는 곳이라고 했다. 알을 낳을 때는 어둡고 사방이 막혀 있는
공간을 좋아한다고 오미숙은 철망 밖에서 말했다. 급이기에
사료를 쏟아붓자 가루가 날려서 훈은 눈을 한 번 감았다 떴
다. 이제 이 낯선 사람과 어떤 이야기를 해야 할지 걱정하지
않아도 된다는 생각이 스쳤다. 여자는 계속 닭 이야기를 했고
그걸 듣고 있으면 된다. 물은요? 그렇게 묻고 싶은 말도 생겨
났다. 물은 자동 급수기가 설치돼 있어서 따로 줄 필요가 없
다고 했다. 고무호스 같은 것이 계사 바깥쪽 아래에 길에 이
어져 있었다. 훈은 계사를 둘러보았다. 철망과 슬레이트로 단
순하게 지은 듯 보였지만 짚이 깔린 바닥은 건조했고 슬레이
트 지붕에 스티로폼이나 유리솜을 겹쳐서 덮었는지 훈훈한
기운이 돌았다. 밖의 마당과 언덕의 나무들이 계사 안에서 환
히 보였다. 점등은 하지 않는 거냐고 물어볼 필요는 없었다.
자연 일조를 하기에 적당한 듯했으니까. 그리고 잘 모르지만
오미숙이라는 사람은 그렇게 닭을 키울 것 같았다. 날씨가 좋
으면 닭들을 방사도 시키면서.

　고개를 수그린 채 훈이 계사를 나오자 이런 데 들어가본 거

처음이지? 하면서 웃었다. 웃는 표정이 얼마나 부자연스러워 보이는지 스스로도 잘 아는지 금세 표정을 바꾸더니 오미숙은 거기 있는 닭의 품종에 관해 말했다. 선홍색 홑볏의 적갈색 재래닭과 녹흑색 꽁지깃에 균형이 잡힌 황갈색 닭과 조용하고 기품이 있고 공격적인 면이 없다는 종에 대해서. 이름은요? 모두 자유분방한 놈들이지. 오미숙이 또 피식 웃는가 싶더니 그만두었다. 훈은 AI나 다른 질병이 생기면 어떻게 하느냐고 물었다. 그러니까 청소도 열심히 하고 소독도 해줘야지, 부지런히. 고개를 끄덕이다가 훈은 더 할 일이 없느냐고 물었다. 깁스를 한 지 열흘쯤 되었고 2주 더 지나야 풀 수 있다고 했던가. 잘 모르는 눈에도 인력이 꽤 필요한 데였다. 훈은 오미숙이 알려주는 대로 상온 발효기의 사료를 섞고 나중에 비율에 맞춰 같이 섞을 거라는 흙도 공기를 불어넣듯 뒤섞어놓았다. 셔츠만 입고 있는데도 등에서 땀이 났다. 가끔 손을 빌려 쓴다고는 해도 혼자서 꾸려나가긴 어려울 텐데. 훈은 마당의 창고에서 싸리비를 찾아 마당을 쓸었다. 경계도 없는 텃밭은 주의해가면서. 목발을 집 외벽에 세우고 깨금발로 집 안으로 들어가며 오미숙이 말했다. 밥은 먹고 가야지. 훈이 고개를 채 젓기도 전에 여자가 냉담한 투로 왜, 집에 못 갈까 봐 그러니? 했다.

오미숙이 주방에서 이른 저녁상을 차리는 동안 훈은 한 번도 도배를 한 것 같지 않은 벽에 붙은 스티커와 지자체에서 보낸 안내문들을 보았다. 이 여자의 것이라고 할 만한 물건들은 하나도 없어 보였다. 잠시 머물다 갈 생각인가. 그런 사람이 정성껏 닭들을 키우고 있지는 않을 텐데. 훈은 배가 고프지 않았고 늦어도 4시 반 전에는 이곳을 떠나야 한다고 다짐하고 있었다. 휴대전화에서 진동이 느껴졌다. 오빠, 잘돼가고 있는 거지? 답장해줘. 오미숙이 상을 들고 왔고 훈은 전화를 그대로 주머니에 넣었다.

탕 그릇을 여자는 훈 앞으로 밀어주었다. 펄펄 끓는 국물 위에 거무스름한 닭과 대파가 듬뿍 들어 있었다. 훈은 그 이른 저녁을 먹고 난 뒤에 자신이 할 일에 대해 생각하느라 약간 상기되는 것을 느꼈다. 오미숙은 인삼주 두 잔을 따랐다. 훈의 가족에 관해 자세히 알고 있어도 자신이 술을 좋아하지도 잘 마시지도 않는다는 건 모르는 모양이었다. 어머니가 준 오미숙에 관한 정보들도 틀렸다. 아직 어머니는 모르는 일이지만. 훈은 잔을 받았다. 오후는 길었고 이제 중요한 일 두 가지만 남은 셈이었다. 여자에게 그것을 달라고 말한다, 집에 가는 버스를 탄다. 발라내지도 않았는데 살점이 뼈에서 저절로 떨어져 나왔다.

술을 못하기는 오미숙도 마찬가지였다. 얼굴이 붉어진 여자가 옛날 생각이 난다는 눈빛으로 이런 이야기를 꺼냈다.

병아리들을 처음 부화시킬 땐데, 내가 너무 몰라서, 병아리들은 보온력이 약한데, 온도가 높았는지 병아리들이 주둥이를 벌리고 헐떡거리고 늘어지고 날개를 벌리더라, 병아리들이 건강하면 삐약삐약 우는 소리가 안 들린다고 했거든, 고온인가 싶었지. 그래서 온도를 맞춘다고 맞췄다, 그런데 부화장 틈새로 샛바람이 들어왔던 거야, 모여 있으면 열이 나니까 수십 마리가 달려들어서 서로 웅크리고 머리를 쑤셔 박고 그랬나 보더라, 압사지 압사. 겨우 샛바람에, 난 그것도 몰랐네, 그저 우는 소리가 들리지 않는다고만 생각했다. 병아리 하나도 몰라서.

훈은 그릇을 다 비우고 수저를 내려놓았다. 오미숙이 기억하는, 한때 도편수로 잘나갔던 시절의 아버지 이야기와 초등학교 때 피아노를 배우고 싶어 했던 찬이, 늑막염을 앓은 적이 있던 젊은 시절의 어머니 얘기까지 참을성 있게 듣고 나서 훈은 상을 들어다 주방에 내려놓았다. 자신에 관해서는 여자가 어떤 기억을 갖고 있을지 궁금하지 않았다. 집으로 돌아갈 시간이었고 어쩐지 지금이 아니면 때를 놓치게 될 듯한 예감도 들었다. 바닥에 놔두었던 점퍼는 온도 때문인지 미지근했고 셔츠 소매에는 얼룩이 묻은 것도 같았다. 훈이 운동화 끈을 매고 있을 때 여자가 아, 잠깐만 기다릴래, 하곤 빠르게 절뚝거리며 안으로 들어갔다.

훈은 출입구 쪽에 서 있었다. 마당으로 나가면 여자가 다시 한쪽 발에 깁스용 신발을 신어야 하고 목발을 짚어야 할 테니까. 오미숙의 마당에 오후가 깊이 내려와 있었다. 닭들은 6시부터 홰에 올라가 잠을 잔다고 했나. 있는 것들을 지워가며 하늘은 순식간에 어두워질 거고 사람들은 언젠가 문이 없는 집에서 살아본 것처럼 문을 걸어 잠글 것이다. 어머니는 또 흰쌀밥을 지어놓고 식탁에 우두커니 앉아 있겠지. 훈은 집에 가고 싶기도 했고 가고 싶지 않기도 했다. 해 질 무렵이면 늘 찾아오는 불안과 같기도 하고 그렇지 않기도 한 것처럼. 오미숙이 나오면 다리도 불편한데 혼자서 괜찮겠냐고 한번쯤 물어는 보고 떠나야겠다고, 훈은 소리가 나는 쪽으로 고개를 돌렸다.

찬이하고 보낸 시간은 많지 않았다. 훈이 어려서부터 형제는 부모의 상황에 따라 몇 달씩 따로 산 적이 여러 번이었다. 여자가 찬이와 산 건 정확히 훈이 초등학교에 들어가던 무렵이었고 반년이 아니라 1년이었다. 고등학생 때 훈이 집을 나갔던 적도 있고 군 복무로 떨어져 보낸 시간도 있었다. 둘밖에 없는 다른 형제들이 어떤 유대감을 갖고 어떤 영향을 주고받는지에 대해서 훈은 알지 못했고 일곱 살이나 차이가 나는 동생이 어떻게 성장하는지에 대해서도 마찬가지였다. 집 밖을 떠도는 아버지가 훈이 언제 아버지 키를 넘기도록 커버렸는지 모르듯. 서로를 방치하는 것도 가족이라고 생각할 수밖에 없었던 시간이 미끄러지듯 지나가버렸다. 문득문득 찬이 죽고 나서야 그 애에 관해 하나씩 알아가고 있다는 느낌마저

들 정도였다.

군대에 있을 때 찬이 편지를 보낸 적이 있었다. 아버지를 다시 시설로 보낸 직후였다. 말수가 적다고 알고 있었는데 편지는 달랐다. 어머니와 둘이 잘 지내고 있으니 걱정 말라는 이야기를 녀석은 파란색 볼펜으로 석 장이나 꾹꾹 눌러썼다. 언젠가 어른이 되고 안정적인 생활을 하게 되면 피아노를 배울 거라고 했다. 형에게도 그런 순수한 즐거움을 주는 게 있었으면 좋겠다는 말도 덧붙였던가. 훈은 찬의 편지를 몇 번이나 다시 읽었다. 피아노의 여든여덟 개나 되는 희고 검은 건반들 중에서 가장 중요한 건 가장 약한 소리를 내는 건반이라는 사실을 알게 됐다고. 사람은 인생에서 한 번씩 가장 약해보이는 시간을 보내게 되는 건지도 모른다고 말이다. 그때 찬이 왜 그런 말을 하는지 이해할 수 없었지만 훈은 무방비 상태의 자신에게 누군가 훈계를 할 때처럼 기분이 좋지 않았고 동생이 더욱 낯설게 느껴졌다. 편지를 접어서 봉투에 넣었고 꺼내보지 않았다. 찬이 죽고 나자 그 편지를 다시 읽어보고 싶어졌고 그러면서도 주눅이 들었다. 마치 그게 자신을 크게 동요시키고 흔들어놓을 것을 알고 있다는 듯.

훈은 흐느꼈다.

이봐요, 이봐요. 누군가 어깨를 흔드는 기척에 훈은 눈을 떴다. 맞은편에 서 있던 중년 남자가 훈을 내려다보고 있었고 몇몇 승객들도 훈을 힐끔거렸다. 또 잠꼬대를 한 모양이었다. 훈은 젖은 얼굴을 얼른 손바닥으로 문지르곤 달걀을 확인했다. 잠이 들긴 했어도 조심스럽게 무릎에 올려둔 달걀 두 판은 꼭 잡고 있었나 보았다. 차창 밖은 어두웠다. 아직 7시가 안 된 걸 보면 집으로 가는 버스 노선이 있는 광화문이나 서울역 환승센터를 지난 건 아닌 듯했다. 깨워준 남자가 이번 역이 부대 앞이라고 알려주곤 거기서 내리려는지 뒷문 쪽으로 돌아섰다. 어디서부터 잠이 들었는지 기억나지 않았다. 오미숙과는 집 앞에서 헤어졌고 그녀가 노끈으로 잘 묶어준 신선란 두 판을 들고 버스를 탔다. 교회와 주유소 몇 개를 지났다. 어쩌면 탑승한 뒤 바로 잠들어버렸을지도 모른다. 오미숙이 또 오라는 말을 한 것 같기도 했고 돌아서는 자신을 향해서 밑도 끝도 없이 괜찮은 거냐고 물어본 것 같기도 했다. 여자의 집을 나서자마자 훈은 자신이 오랫동안 요의를 참고 있었다는 것을 깨달았다.

7시경이면 서울 시내에 도착할 수 있겠지. 어머니 말대로 그렇게 먼 길은 아니었다. 훈은 무릎 위에 놓은 것을 물끄러미 내려다보며 집으로 가야 할지 소연에게로 가야 할지 망설였다. 오미숙이 선물처럼 손에 쥐여 준 이 신선란 두 판을 들고 간다면 더 좋아할 사람이 누구일까. 소연은 아마 일주일 내내 달걀 요리만 할 것이다. 훈이 상상하지 못한 새로운 달걀 음식을 만들어낼 거다. ……정말 그럴까, 소연이. 훈은 고개를 푹 수그렸다.

어머니에게도 오늘 오미숙의 집에 가서 받아 온 게 달걀 두 판이라는 말은 하지 못할 거였다.

할 말이 뭐 있나.

오미숙은 그렇게 말했다. 혹시 어머니에게 전할 말이 있는지 물었을 때.

버스가 독립문을 지나자 기사가 안내 방송을 했다. 무슨 뜻인지 한 번에 알아듣지 못해서 훈은 두리번거리다가 버스 뒷문 쪽에 붙은 안내문을 보았다. 무정차를 할 정거장과 우회하는 정거장들이 표시돼 있었다. 도심 집회 행진 때문이라고 했다. 훈이 갈아타야 할 노선이 있는 광화문은 무정차하는 모양이었고 종로와 대형 백화점을 지나 숭례문 쪽으로 우회해서 서울역 환승센터로 가려면 길을 한참이나 돌아서 가는 셈이었다. 광화문을 통제한다면 종로 쪽으로 가는 일도 쉽지 않을 게 뻔했다. 몇 번을 환승하든 어디서든 버스만 타면 무사히 집에 갈 수 있었고 지금껏 그래왔다. 오미숙의 동네에서 버스를 탔을 때는 그런 마음이 더 컸고 그래서 혼곤히 잠에 빠져들 수 있었을 거다. 임시 우회나 무정차라는 말을 한 번도 들어본 적이 없는 기분이 들었다.

훈은 영천시장 앞에서 하차했다. 집으로 가는 길을 알아보기 전에 우선 화장실부터 찾아야 했다. 한 판에 30구씩 든 달걀 두 판이 그제야 거추장스럽게 느껴지기 시작했다.

새문안로에서 광화문 사거리 쪽 방향의 모든 정거장마다 임시 우회와 무정차를 알리는 안내문이 붙었고 퇴근을 한 사람들로 인도까지 발 디딜 틈이 없어 보였다. 그 많은 사람들이 발을 동동 구르며 버스가 오는 쪽으로 돌아서 있거나 고개를 숙인 채 일제히 휴대전화를 들여다봤다. 종로 쪽으로 돌아가는 버스가 온다고 해도 간신히 매달리지 않으면 승차 자체가 어려워 보였다. 게다가 달걀도 들고 있었다. 봉지나 쇼핑백에 세워 넣어 들 수도 없고 케이크 상자처럼 균형을 잘 잡아 들어야 하고 목적지에 당도할 때까지 조심하지 않으면 안 되는. 사거리 쪽으로 내려갈수록 꽹과리 소리와 집회를 주도하는 마이크 소리, 음악 소리, 북소리가 점점 커졌다. 세종대로 사거리 건널목 근처에서 훈은 걸음을 멈췄다. 버스 정거장에 그토록 많은 인파가 몰려 있는 걸 보기는 처음이었다. 아르바이트를 하고 있는 지하철역 근처에서도 그런 인파는 본 적이 없었다. 한꺼번에 너무 많은 사람들이 집으로, 어디론가 가려고 하는 장면을. 그러나 그 정거장의 노선들은 대부분 무정차했다. 훈이 탈 수 있는 버스도. 오늘 밤 집에 가는 일이 불가능하게 느껴졌다. 막차 시간은 현장 경찰의 지시에 따라 달라질 거라고 했다. 건널목에서 훈은 휘청거리며 인파에 섞여들었다. 달걀을 쥔 손에 저절로 힘이 들어갔다. 파업을 알리는 깃발이 허공에 둥둥 떠다니고 사람들이 서로를 밀치고 끌어당기면서 점점 큰 무리를 만들어나갔다.

훈은 건널목을 건넜다. 세종문화회관 쪽으로, 홍례문이 보이는 광화문 앞까지만이라도 걷다 유턴하듯 돌아오고 싶었다. 앞이 잘 보이지 않아서 고개를 쑥 내밀고 걸었다. 흐름이 와해된 듯 서로 다른 방향에서 사람들이 밀려오고 부딪쳤다. 누군가 조심해야 한다고 외쳤고 이쪽에서 왔는지 저쪽에서 왔는지 묻는 소리도 들렸다. 훈은 계란 두 판을 가슴 앞으로 받쳐 들고 행진했다. 조심하세요. 훈은 어린애 손을 잡고 있는 뒷사람에게 말했다. 그러자 뒷사람이 큰 소리로 외쳤다. 밀고 나가야 해요. 클랙슨 소리와 호루라기 소리들이 뒤섞이고 생동하는 촛불들과 전광판의 빛과 쇼윈도 불빛이 눈앞에서 흔들렸다. 노랫소리도 들리고 음식 냄새도 풍기고 사람들이 많이 모여 있는데도 축제 같은 느낌은 들지 않았다. 훈은 지금 자신이 미키마우스 복장을 하고 탈을 쓰고 걷고 있다면 어떨까 상상했다. 그런 인형 탈을 쓰고 아르바이트하는 사람들이 모여 있는 장면도. 훈은 비틀거렸다. 조심스럽게 그러나 앞으로 움직이는 수밖에 없었다.

찬은 믿고 있었나 보다. 언젠가는 안정된 삶을 살게 될 수 있을 거라고. 그 애가 살아 있다면 어른이 된다는 건 자신이 갖고 있는 게 가장 약한 소리로만 이루어진 건반이라는 사실을 깨닫게 되는 것일지도 모른다고 훈은 말해주었을까. 고개를 내저으면서 훈은 노란 불빛을 따라 걸었다. 어른이 되는 시점 같은 건 분명하게 알기 어려울지도 모른다고, 그저 하루를, 지금 여기를 통과하고 내일과 그 후의 날들을 통과할 수 있을 뿐이라고. 어떤 슬픔과 어떤 실망을 통과해나갈 수밖에 없듯. 그렇게 말하면 애늙은이였다던 찬은 알아들었을 거라고, 훈은 고개를 끄덕이면서 결집된 인파 속에 홀로 서 있었다.

편의점 창가에서 생수를 마시다가 휴대전화를 꺼냈다. 9시가 가까워왔다. 세종로가 끝나는 지점이고 한강로 방향으로 직진하면 서울역 환승센터가 보일 것이었다. 버스로 겨우 서너 정거장 거리를 막상 걷기 시작하니까 낯설어서 그 길이 맞는지 자꾸만 뒤돌아보지 않을 수 없었다. 추운데 땀이 솟았고 버릴 수도 없는데 걸을수록 무겁게만 느껴지는 달걀 때문에 팔이 아팠다. 숭례문을 지나갈 때쯤에야 마음이 놓였다. 거기서부터 한강대교 쪽으로는 익숙한 길이었다. 하나도 어려울 게 없었다. 몇 분 전, 한두 시간 전의 일들이 벌써 까마득하기만 했다. 그런 순간이 있었다. 폭설이 쏟아지다가 순식간에 그치고 해가 나던 순간, 맑게 갠 날 전조도 없이 소나기가 쏟아지던 순간들. 신호 대기 중인 버스 안에서 흰 발레복을 입은 한 여자아이가 나비같이 펄럭거리며 혼자 길을 건널 때 소리를 증폭시킨 오토바이가 덮치듯 스쳐간 장면을 봤을 때도 그랬다. 대형 크레인 위에 살던 사람의 모습을 밑에서 올려다보았을 때도. 보고 있는데도 믿을 수가 없어서 더러 꿈인가?

했던. 그러나 짧았어도 돌아보면 틀림없이 거기 땅 위와 하늘 아래에 사람들이 있었다고 훈은 기억했다.

오빠, 왜 연락이 없어. 그거 받았어? 걱정돼. 훈은 휴대전화를 끄면서 생수를 더 마셨고, 언젠가 소연과 짝으로 내놓고 팔던 오징어를 고르던 순간을 떠올리려고 했다. 생선가게 주인에게 훈이 윗면에 나란히 놓인 오징어 두 마리를 손가락으로 가리키자 소연이 훈에게 팔짱을 끼며 킥킥거리듯 속삭였다. 오빠, 오징어는 아래위가 한 쌍이야. 소연과 다시 그런 달콤한 순간을 갖게 될 수 없을지도 몰랐다. 훈은 달걀을 들고 성큼 밖으로 나갔다. 달걀판을 묶고 있는 십자 모양의 노끈이 약간은 느슨해져 있었다. 오미숙, 그 아주머니 집에서 나온 후 빈손이었던 적이 없는 기분이었다. 가끔 너구리나 야생 고양이, 개, 부엉이 같은 포식자들이 사육장을 덮친다는 말은 그냥 해본 소리라고 믿는 게 나을 것 같다.

버스와 자동차들이 순조롭게 달리고 있었다. 압도당할 만큼의 인파도 없고 모든 풍경이 통상적인 밤의 거리 같았다. 서울역 환승센터가 저 앞이었다. 긴 하루였다고 훈은 떠올렸다. 심부름을 했다고도 하지 않았다고도 말할 수 없는 오늘. 그래서 여느 수요일과는 다른 데가 있었을지도 모른다고. 지금까지 보낸 11월 30일이 겨우 스물일곱 번밖에 되지 않는다는 점에 훈은 깜짝 놀랐고 허탈한 나머지 웃고 싶어지기도 했다. 같고도 다른 하루들. 안 선배가 사진을 찍게 된 이유도 그와 비슷한 것일까. 만약 자신이 사진을 찍힌다면 그건 2016년의 오늘이어야 할지도 모른다는 생각이 들었다. 내가 어디에 있는지는 오, 오늘이 말해주고 내가 어디에 있어야 하는지는 내, 내, 내일이 말하게 하라. 개방된 길에서 훈은 소리 내서 말했다. 자신이 더듬고 있다는 사실을 확인해야 할 때마다 소리 내보는 문장이지만 훈은 호응도 안 되는 이 불완전한 문장이 한때 평생을 바쳐 수학하고 싶었던 철학자가 한 말인지 자신이 잘못 해석한 문장인지 기억나지 않았다. 버린 꿈은 빠르게 잊혀가고 새로 꿈을 갖게 된다면 정말 다시 버리지 않게 될까. 더듬고 있다는 걸 한번씩은 확인해봐야 자연 회복이 될 수 있다는 치료사의 말처럼 그것은 아직 알 수 없는 일이다. 지금 당장은 배가 몹시 고프고 밥통을 채워놓고 누워 있을 어머니도 떠올랐다. 지금 자신이 어디에 있는지도 모를. 훈은 달걀 두 판을 든 채 밀고 나가듯 걸음을 재촉했다. 정거장에 도착하기도 전에 집으로 가는 몇 대의 버스들이 스쳐 지나가고 있었다.

언젠가
떠내려가는
집에서

나는 사람들이 어디서 누구와 살고 있는지 무척이나 궁금하다. 서른일곱 살이나 됐는데도 난 아직 아버지와 살고 있다. 백 년 전쯤 죽은 어떤 철학자는 사람이 원래 마음을 쓰는 것은 한 가지이며 그것은 바로 무엇인가를 집으로 가지고 돌아가는 것뿐이라고 말한 적이 있다. 그 말이 왜 가슴 깊이 남아 있는지 몰라도 내가 만약 사냥꾼이라면 깊은 산 한자리에서 가만히 사냥감이 지나가기를 기다리고 있을 것만 같다. 그게 무엇인지도 모르고 다른 쪽에는 서보지도 못한 채. 이렇게 말하는 것은 확실히 도움이 된다. 나도 모르게 떳떳하지 못한 마음이 들어버리니까.

　아버지와 나는 오래전부터 단 둘이 살아왔다. 할머니나 이

모라고 불러야 했던 가정부, 가사도우미들이 있을 때도 있고 없을 때도 있었지만. 내 아버지는 나와 달리 대체로 활기가 넘치고 유쾌한 사람처럼 보인다. 아주 가까운 사이가 아니어도 사람들은 언젠가 한 번씩 자신의 부모에 대해 말하곤 하는 것 같다. 부모가 언제 죽었는지 무슨 병을 앓고 있는지 아니면 부모가 자신한테 원하는 게 무엇인지. 그런 이야길 하는 사람은 한 번 더 보게 된다. 친구도 없고 누구를 깊이 사귀어본 경험도 없지만 부모에 관해 한 마디도 하지 않는 사람은 신뢰하기 어렵기도 하다.

아저씨가 바로 그런 타입인가요?라고 경아가 물었다. 경아, 우리 집에 새로 오게 된 가사도우미 말이다.

구립 도서관은 수요일이 휴무다. 2주에 한 번꼴로 나는 수요일에 여자들을 소개받게 되었다. 약속이나 한 듯 그녀들이 내 부모에 대해서 물을 때마다 말문이 막힌다. 그러면 그녀들은 대충 알겠다는 듯 누나나 선배 같은 표정으로 나를 마주보며 한 시간쯤 버티듯 앉아 있다 일어나고는 했다. 삼십대 후반에 어울리는 조건들을 갖추지 못했다면 이런 자리는 사양하는 게 옳을 텐데. 아버지는 며느리를 원했고 나는 아내를 원한 적이 없었다. 한때 내가 어머니를 원하고 아버지가 원치않았던 것과는 다른 문제였다. 아버지가 아는 사람들은 정말

68

많았다. 몇 달 전부터 아버지는 여기저기서 얻어온 여자들의 연락처를 내밀기 시작했다. 뒤늦게 아버지가 아버지답지 않은 일들을 하고 다니는 것 같았고 그런 몇 가지 일 때문에 나는 여자들이 궁금해하는 아버지 공장에 대해서는 말할 수 있어도 내 아버지에 관해서는 그러지 못했다. 그건 내가 뜬금없이 까마귀 이야기를 꺼내는 것만큼이나 여자들을 질색하게 만들지도 모를 테니까.

약속이 없는 수요일에는 산책 삼아 동네를 걸어 다니는데 가끔은 마을버스를 타고 구(區)의 북동쪽 끝에 있는 가파른 동네까지 가보기도 한다. 여자들이 나에게 상당히 지역적인 사람이라고 한 말이 무슨 뜻인지 알 것도 같다.

남자 둘이 산다고 해서 집 안이 쓸쓸하거나 적막감이 돌 거라는 짐작은 하지 말아주기 바란다. 잠들기 전까지 사람이 집에서 내는 소리들은 비슷비슷하지 않은가. 물소리 발소리 식기 소리 텔레비전 소리 그리고 간헐적으로 듣게 되는 잠꼬대. 어쩌다 그것이 흐느끼는 소리같이 들린다고 해도 집이니까 들을 수 있는 소리였다. 아버지와 나는 집에 있다는 걸 서로에게 알리기 위해서 각자의 공간에서 제각각의 소리를 일부러 조음해 내고 있다고 하는 게 맞을 것이다. 게다가 우리는 셋이 아니라 둘밖에 없으니까. 때때로 집이 너무 조용하다 싶을 때는 나도 모르게 이 세상 어딘가 아버지가 밖에서

나 같은 자식들을 더 갖고 있진 않을까 하는 상상에 빠지기도 한다.

아버지와 살기 위해서 꼭 지켜야 하는 일들은 별로 없었다. 아버지는 까다로운 사람이 아니고 만사에 느긋한 편에 속했다. 몇 가지만 제외한다면 말이다. 일흔이 넘은 아버지는 지금도 저녁때 밥 대신 막걸리 한 병씩을 마신다. 냉장고에 막걸리가 떨어지지 않게 하고 아버지의 아버지 때부터 썼다는 거실의 괘종시계가 죽지 않도록 하루에 한 번씩 태엽을 감아줘야 하는 것. 그 밖에 해야 할 일들에 대해서 나는 경아에게 이야기했다. 쌀과 라면, 즉석조리 제품들, 열다섯 개 이상의 부탄가스가 떨어지지 않게 사놓고 유통기한을 확인할 것과 양초와 성냥은 가구의 서랍마다 챙겨놓을 것. 그리고 현관 신발장 수납공간의 마스크, 비닐 옷, 고무장화와 장갑이 들어있는 가방의 위치를 알려주었다. 청소할 때 없애도 되는 것과 옮겨놓으면 안 되는 것들에 관해서도.

할아버지에 대해서 더 알아야 할 거 없어요?
아래위로 헐렁한 쥐색 옷을 입어 수도승처럼 보이는 경아가 물었다.

내가 고등학생이었을 때인가, 아버지 이름이 단신으로 한번 신문에 난 적이 있었다. 아버지 공장이 있는 군(郡)의 지역

구 의원이 뇌물 수수죄로 한창 시끄러웠던 때였다. 그 의원에게 뇌물을 준 명단에 아버지도 있었다. 아버지는 일주일 만에 집으로 돌아왔다. 그날 저녁 아버지는 쉰 목소리로 나에게 말했다. 공장을 지키기가 얼마나 어려운 줄 아냐. 그 말이 내 귀에는 가정을 지키기가 얼마나 어려운지 아느냐고 묻는 것같이 들려서 잘못을 저지른 사람마냥 아버지 앞에 앉아 있었다. 공장에서 만들어내는 제품은 많았다. 두부압축기 소머리절단기 육류칼집기 골절기 닭탈모기 스텐반죽기…… 열아홉 살부터 아버지가 인생을 쏟아붓다시피 한 그 공장을 지키기 위해 아버지가 해야 하는 일들도 많아 보였다. 지금도 아버지는 집에서 자동차로 한 시간 반씩 걸리는 공장에 일주일에 세 번은 출근한다. 가끔 아버지가 이상한 소리를 할 때도 있다. 인수야, 와이로를 줄 때도 법칙 같은 게 있다. 첫번째는 한 번에 너무 많이 주지 않는 거다. 두번째는 상대방을 잘 알고 있어야 하는 거다. 인수야, 이해하겠냐? 그걸 기억해라. 니가 원하는 여자를 만났을 때 말이다. 아버지는 확실히 뇌물을 주는데는 일가견이 있는 사람이었고 경험도 풍부하고 아는 것도 많다. 아버지가 한 말 중에 이런 것도 있다. 옆에 있는 사람이 가장 가까운 게 아니라 실은 그 옆에 옆에 있는 사람이 가까운 거라고.

물론 이런 말들은 새 가사도우미에게 하지 않는다.

서울 남서부에 위치한 우리 구에서 38퍼센트나 차지하고 있는 것은 산이었다. 산은 서쪽으로는 호압산, 동쪽으로는 우면산과 연결돼 과천과 안양시와 경계를 이루었다. 입체그림 지도를 보면 지도 왼쪽 부분의 상당량과 위쪽은 산 하나가 다 차지하고 있는 듯 보였고 가로세로 대표적인 굵은 선들이 순환로와 국립대학과 천변을 잇고 있었다. 복개된 곳이 대부분이었고 내가 어렸을 적부터 그 천(川)을 따라서 살다가 지금의 순환로 뒤쪽 동네로 옮겨왔다. 그게 벌써 20년 전의 일이었고 아버지는 이 원룸 건물을 지어 올릴 때 여기가 자신의 마지막 집이라고 여겼다. 다른 층은 모두 세를 주고 아버지와 나는 방 세 개짜리 4층 꼭대기에 살고 있다.

구립 도서관까지는 걸어서 출퇴근한다. 대로를 따라 구민 종합체육센터 쪽으로 걸어가다 보면 공원이 하나 나오고 그 안에 공원 도서관이 있다. 천천히 걷고 우회해도 삼사십 분이 걸리지 않는 단조로운 길이다. 그 길 양옆으로 아직 내가 가보지 못한 길들과 크고 작은 문화유산들과 산을 등반할 수 있는 일곱 가지 코스의 길들이 있었다. 잦은 이직 끝에 딴에는 가까스로 얻게 된 자리였다. 무엇을 하고 어디에 있든 자격 미달이라는 느낌이 사라지는 것은 아니지만.

까마귀 울음소리를 보통은 깍깍깍이라고 표현하나. 우리 동네 까마귀들은 아! 아! 아! 하고 우는 것 같다. 방점을 찍듯 마치 일시적으로 무언가 할 말이 있다는 듯이. 내가 까마귀에 대해 물어본 사람은 아버지였다. 이 도시에 까마귀가 산다는 건 이상한 일이었다. 처음부터 그렇게 여겨버려서 까마귀 같아 보이는 새가 진짜 까마귀라는 사실을 확인하고서도 쉽게 믿을 수 없었다. 까마귀라는 것은 아버지 공장이 있는 군의 야산이나 논밭, 평야 같은 데서 서식하는 게 당연하게 여겨지기도 했고. 아버지 말에 따르면 우리 동네에 까마귀가 살기 시작한 건 수년 전부터라고 했다. 주택가 가까이, 골목의 전신주까지 오게 된 것은 얼마 전부터이지만. 네가 본 건 아마 큰부리까마귀일 거다. 아버지가 장담하는 투로 말했다. 까마귀가 왜 여기에 살죠? 그러지 못할 이유가 뭐냐? 아버지가 되물었다. 이 동네를 봐라, 떡하니 악산도 있는 데다가 정정공, 효민공 묘역들도 있지 않냐? 대학 캠퍼스엔 또 나무들이 얼마나 많으냐, 골목골목에 음식물 찌꺼기도 넘쳐나고. 나는 생각보다 까마귀에 대해서 잘 알고 있는 아버지를 마주 봤다. 왼쪽 뺨에 백 원짜리 동전만 한 짙은 검버섯과 정수리께만 벗겨진 은빛 머리와 체격이 큰 데다 앉은키까지 커서 호탕한 말소리를 빼고도 어디서나 눈에 띄는 아버지를. 보자, 6월 하순이 지났으니까 알도 다 깠겠다. 아버지는 진지해 보였다. 하긴 이 지역에서 아버지가 모르는 일은 별로 없을 테니까. 그래도 까마귀까지, 하는 마음이 절로 들긴 했다. 오후에 병원에 갈 거라면서 아버지가 몸을 일으켰다. 오늘이 화요일인 모양이었다. 아침 식탁을 치우는 나에게 아버지는 한마디 더 했다. 까마귀는 텃새 아니냐, 텃새.

새 가사도우미가 올 거라고 했지만 아버지는 그 사람이 젊은 여자이며 나와 어느 정도 관계가 있다는 사실은 말하지 않았다. 아버지는 하지 않는 말들도 필요가 있기 때문에 하지 않는 타입이므로 그 부분에 대해서는 나 혼자 생각하고 판단해야 한다.

경아는 일요일 오후에 우리 집에 처음 왔다. 초복을 하루 앞둔 날이어서 아버지에게 동네 오래된 삼계탕집에 가자고 하자 아버지가 기다려봐라, 했다. 초인종 소리도 없이 현관문이 열리는가 싶더니 한 여자가 걸어 들어왔다. 메르스가 잦아들었다는 소식도 못 들었는지 그 더위에도 커다란 마스크로 얼굴 전체를 가리다시피 한 낯선 여자가.

나하고도 너하고도 먼 친척이다.

누구에게랄 것도 없이 아버지가 짧게 소개했다. 얼굴에서 성가신 것을 떼어낸다는 듯한 표정으로 마스크를 벗곤 여자가 고개를 한 번 꾸벅했다. 그제야 그녀가 상당히 젊다는 것과 처음 현관을 들어설 때 얼결에 내가 한 발 물러난 이유가 키가 몹시 큰 데다가 내가 본 그 어느 여자들보다 몸집이 육중하기 때문이라는 것을 알았다. 땀 때문인지 숱이 적은 단발머리가 이마와 뺨에 달라붙어 있었다. 체격이 남다른데도 팔다리가 하얗기까지 해서 전반적으로는 남에게 해를 끼칠 만한 사람은 아니라는 인상을 주는 여자였다. 그런데도 나를 내려다보는 눈빛이 아저씨는 어디가 이상한 사람이에요?라고 지긋이 묻는 듯했다. 어깨에 메고 있던 불룩한 장바구니를 아일랜드식 테이블 위에 내려놓을 때 나는 경아라고 이름을 밝힌 그녀의 왼쪽 팔 안쪽에 푸른색 볼펜으로 찍찍 그어댄 것 같은 문신을 하나 보았다.

아버지는 러닝 바람으로 소파에 앉아 리모컨으로 낚시 채널을 찾고 있었고 냉장고와 주방의 수납장을 한 번씩 차례대로 열어본 경아는 장바구니에서 두 마리나 되는 생닭을 꺼냈다. 나는 여전히 얼떨떨한 채로 반바지 아래로 빈약한 종아리를 드러내놓고 있는 게 어색해져서 옷을 바꿔 입을까 에어컨 온도를 낮출까 망설이고 있는데 새 가사도우미가 내 쪽을 보고 아저씨, 도와주실 거죠? 느릿느릿한 어투로 물었다.

아버지는 언젠가 나에게 너는 다른 집에서 왔다,라고 말한 적이 있다.

한번쯤은 아버지에 관해 이야기하고 싶다고 생각해왔다. 나뭇가지에서 까마귀가 떨어지는 것을 본 후부터였는지 우리 집에 경아가 온 이후부터인지 모르겠지만. 아버지 이야기를 한다고 내가 어떻게 여기까지 오게 되었는지 알게 될 거라고는 여기지 않는다. 다만 지금은 이 소심한 태도로라도 내 아버지에 대해 조금 더 말하고 싶다.

한 달에 두 번씩 아버지는 친구이자 주치의로 여기는 노 박사 병원에 간다. 그건 이상한 일이 아니다. 아버지는 노인이니까. 아버지는 아픈 데가 없어도 돈 봉투를 들고 규칙적으로 병원에 간다. 가벼운 협심증으로 아버지가 그 병원에 입원해 있을 때였던가, 노 박사한테 들은 말이 생각난다. 아버지보다 한 열 살쯤 나이가 적은 노 박사는 사람이 고령이 되면 특별히 아픈 데가 없어도 우울증 같은 게 나타나는 경우가 많다고 했다. 대부분은 경제적인 어려움이나 신체적인 능력이 떨어지는 데서 오는 우울장애, 직장이나 가정에서의 역할 상실 같은 게 큰 이유고 배우자의 죽음이나 자신의 죽음에 대한 두려움도 요인이 될 수 있는데 아버지에게는 그런 증상이 하나도 보이지 않는, 그야말로 정신적으로 건강한 노년을 보내고 있는 게 대단하다고. 그때 나는 아버지가 생각하는 만큼 노 박사와 아버지가 가까운 사이가 아니라는 것을 알아버렸다.

경아가 온 다음 주 수요일에 나는 아버지가 시킨 대로 서울살이가 처음이라는 그 애에게 동네를 구경시켜주러 나갔다. 요란한 매미 소리 사이로 먼 데서 아! 아! 까마귀 소리가 들려왔다. 땀을 흘리고 있는 나를 내려다보면서 경아가 대체 이 동네에는 교회랑 성당들이 얼마나 많은 거냐고 물었다. 거의 30제곱킬로미터쯤 되는 이 지역에 교회나 성당이 몇 개쯤이나 되는지 아버지라면 알고 있을까. 이따금 마을버스를 타고 가는 구의 북동쪽에 위치한 동네, 내가 아는 그 가파른 언덕 주택가의 한 교회에 대해서 경아에게 말해주지 않는다. 교회 옆에는 긴 계단이 있고 베이비 박스가 설치돼 있다. 십자가들이 빛나고 "내 부모는 나를 버렸으나" 하는 시편의 한 구절이 떠올라 사라지지 않는 늦은 밤에 그 앞을 기웃거려보는 사람들이 있고 그중에 나도 포함돼 있다면 경아는 어떻게 생각할까. 어둠, 혹은 어딘가의 그늘 속에서 만들어졌을 생명들을 버리러 오는 곳. 그런 것을 알 리 없는 경아가 한발 앞서 걸었고 나는 고개를 숙인 채 열아홉 살짜리 여자애가 만들어내는 오후의 선명한 그림자를 보았다.

그 애는 걷는 것을 싫어하지도 좋아하지도 않는 눈치였다. 나는 더 걷고 싶었지만 만난 지 얼마 안 된 경아와 너무 오래 걷는 건 내키지 않았다. 경아에게 동네에서 가장 큰 종합시장과 마트를 알려주고 마트보다 신선한 생선과 육류를 파는 가게들을 보여주고는 걸음을 멈췄다. 거기서 방향만 가리킨 채 주민센터를 지나고 골목을 돌아가면 멀지 않은 곳에 공원이 나오고 그 공원 안에 컨테이너 두 채를 이용해 만든 푸른색 이동식 도서관이 있다고 알려주었다. 내가 그곳에서 일하고 있으며 혹시 필요하면 대출증을 만들어줄 수 있다고도. 거절에 익숙한 사람이 그렇듯 말이 채 끝나기도 전에 나는 그 애가 고개를 내저을 거라고 짐작했지만 경아는 실망스럽다는 듯 말했다.

저 소년원에 있었단 소리 못 들으셨어요? 거기서 책 많이 읽었는데.

아버지가 누구에게 얼마나 돈 봉투를 갖다주는지 나는 모르지만 노 박사에 관해서만큼은 알고 있다. 아버지는 의사를 한 명 알고 있다는 걸 대단한 자랑으로 여겼고 노 박사를 중심으로 한 모임에도 열성적으로 참여했으며 원할 때 언제든 암 전문으로 유명한 그 병원에서 노 박사의 이름을 대고 진료받을 수 있는 것에 자부심을 갖고 있었다. 장례도 거기서 지내겠다는 게 아버지 계획이기도 했다. 매달 격주로 화요일에 노 박사를 만나러 갈 때마다 아버지는 원무과에도 들렀다. 위급한 상황에서 정말로 힘을 쓸 수 있는 사람은 원무과 직원이라는 게 아버지 논리였다. 병실을 배치하는 일도 의사를 호출하는 일도 원무과를 통하지 않고서는 불가능하다고. 그러니까 아버지는 원무과 직원한테도 매달 꾸준히 낯을 익혀가면서 점심값이나 하라고 봉투를 내미는 것이다. 원래 뇌물이라는 건 이권과 나란히 해야 하는 게 아닌가. 내가 보기에 아버지는 너무 불확실한 미래의 이권에 주머니가 줄줄 새버리는 투자를 하는 것 같고 실제로 아버지 공장은 변화는커녕 20년 전이나 30년 전이나 근근이 현상 유지만 할 따름이었다. 아버지 말은 달랐다. 그런 소소한 선물들은 일종의 보험과도 같아서 언제 어느 때 환금성이 생길지 아무도 모른다는 거였다.

아버지에게 변화가 생긴 것은 지지난해 겨울부터였다. 노 박사가 그 병원에서 전립선 수술을 받았다는 소식을 듣고 아버지는 모임 사람들과 문병을 갔다. 농담과 시시한 이야기들이 오갔다. 그러나 어떤 이야기는 아버지 같은 사람에게는 그렇지 않았던 모양이었다. 노 박사가 입원해 있는 동안 병원 발동기에 이상이 생겨서 7초 동안 정전이 되었다고 했다. 딱 7초라서 다행이었지, 정말 큰일 날 뻔했네, 이렇게 큰 병원에서도 정전이 나나? 그럼 환자들은? 다행이네, 다행이야. 노 박사와 친구분들은 잠깐 걱정하고 웃고 다른 화제로 옮겨 갔다. 웃지도 않고 말을 거들지도 않고 정신이 번쩍 든 얼굴을 하고 있던 사람은 아버지밖에 없었을 것이다.

그다음 달에 아버지는 노 박사와 낯을 익힌 원무과 직원을 보기도 전에 병원 지하로 내려갔다. 아버지는 시체보관소를 찾았다. 그러고는 그곳 담당 직원에게 공손하게 명함을 한 장 내밀었다.

할아버지가 왜요?

늙은 오이 속을 파내다 말고 경아가 물었다.

나는 굵은 노각들을 쌓아놓은 채반으로 눈을 돌리곤 심장마비 같은 갑작스러운 죽음만큼이나 아버지는 전기가 나가는 것도 무서워하는 사람이라고 말했다. 아버지가 죽으면 덜 부패시켜달라는 게 그 사람한테 원하는 일이라는 것도. 그래서 2주에 한 번씩 그 직원을 찾아가서는 얼굴도 익히고 점심값도 주는 거라고. 경아가 말없이 고개만 갸우뚱거렸다. 아버지가 정전된 엘리베이터에 갇힌 적이 있거나 갑자기 쓰러져 죽을 뻔한 적이 있다면 아버지를 이해하는 데 도움이 될까. 내가 아는 한 그런 적은 아직 없다.

나는 아버지가 그 시체보관소 직원에게 점심값 봉투에 얼마를 넣어야 하는지에 대해서 심각하게 고민했다는 것은 알고 있었다. 아버지는 말했다. 가진 게 많은 사람들한테보다 가진 게 없는 사람한테 떡값 주기가 더 어려운 법이라고. 아버지가 어느덧 대장이라고 부르게 된 그 시체보관소 직원에게 10만 원이 든 봉투를 주기 위해서 노 박사가 목적이 아닌 이유로 병원을 찾게 된 지 1년 반이 돼간다. 처음에는 아버지를 경계하고 이상하게 생각했다던 그 직원조차 이제는 그러려니 한다고 전하는 아버지는 흐뭇해 보이기까지 했다. 그 대장과 막걸리 한잔하는 게 아버지 희망 사항이지만 그가 거기까지는 허락하지 않는다고 말할 땐 크게 상심한 사람처럼 보이기도 했다. 죽은 뒤에 잘 부탁한다고 시체보관소 직원한테 뇌물을 주는 사람은 우리 아버지밖에 없을 거라고 말하고 나니까 어딘가 모르게 허탈해져버리는 느낌이 드는 건 왜였을까.

상식적으로 생각하면 안 되는 데가 조금씩은 다 있지 않아요?

속을 파낸 노각을 경아는 채 썰기 시작했다. 경아가 우리 집에 처음 왔을 때 나를 보던 눈빛이 떠올랐다. 경아는 이제 왼팔 안쪽의 문신을 구태여 숨기려고 하지 않았다. 다섯 번, 횟수를 나타낼 때 쓰는 정(正) 자를 외국에서는 그렇게 긴 가로선에 짧은 세로선 네 개를 그어 표시한다고 했다. 그게 더 있어 보여서 그랬다고. 앳된 데라고는 하나도 없어 보이고 무슨 말이든 질문으로 툭 던져버리고 마는 것 같은 그 애가 무슨 일로 소년원에서 3년이라는 시간을 보냈는지 모르지만 경아는 두경아, 열아홉 살, 가시 없는 저 늙은 오이로 요리를 할 줄 아는 젊은 여자애. 그게 지금 내가 보고 있는 경아다. 경아 말대로 아버지에게는 상식적으로 생각하면 안 될 부분들이 있기도 하고 나에게도 그런 게 생각보다 많을지 모른다.

공원 도서관은 신발을 벗고 들어가야 하고 내 책상을 제외하면 책장들과 테이블 밑으로 밀어 넣어야 하는 의자 여섯 개가 딸린 탁자 하나가 있는 크기다. 이용자들은 주로 주민센터의 수영 강좌 시간을 기다리는 초등학생이나 부모들. 내가 주의할 점은 이용자들을 생각해서 가능하면 밝은색 옷을 입고 친절해야 한다는 것 정도다. 나는 새로 받은 도서들을 신착도서 칸에 정리하고 대출 신청을 한 책이 오면 신청자의 휴대전화로 책이 도착했다는 문자메시지를 보낸다. 책 기증을 의뢰하는 사람들이 있지만 그건 거절한다. 공원 도서관은 규모가 작아서 새로 구입하는 도서 외에는 수용할 수 없기 때문이다.

도서관이 문을 열기 전에 낡고 오래된 책 꾸러미를 놓고 가는 경우도 있다. 오래된 책들은 폐기하고 출간된 지 3년 미만의 책들은 국립대학 앞에 있는 좀더 큰 도서관으로 보낸다. 지금처럼 이용자들이 한 명도 없을 때, 유리문을 밀고 도서관 앞에 설치된 무인 반납기를 확인하러 나오면 나는 바로 공원 안을 서성거릴 수 있다.

키가 큰 전나무 신갈나무들의 초록이 생동감을 잃은 건 말복이 가까워오면서 기승을 부리는 더위와 습도 때문일 거다. 나는 눈을 높이 들어 공원 입구와 이면도로 사이, 소나무 가지들을 쳐다보았다.

한 달 전 그 나뭇가지 위에 까마귀 한 마리가 앉아 있었다. 장마가 흐지부지 지나고 여름이 막 시작되려던 때, 같은 자리에서 자주 눈에 띄던 까마귀였다. 그 나뭇가지 사이 어딘가 밥그릇 모양의 둥지를 만들어놓고 있을지도 몰랐다. 꽤 가깝고 높은 거리였다. 돌을 하나 던져볼까 싶은 마음이 들 만큼 까마귀는 미동도 없었다. 자신이 안전하다고 느끼는 곳에서는 사람이 가까이 있어도 겁내지 않는 새. 검은 비로드처럼 광택이 나는 새카만 몸통과 활같이 둥글게 굽어 있는 단단한 부리. 보고 만져본 것도 아닌데 나는 내 멋대로 상상하고 있었다. 움직이지 않고 있어서인지 그 면밀한 응시 속에는 어딘가 빈틈이 없는, 강한 새의 기품까지도 느껴졌다. 그것은 분명 까치와도 다르고 참새와도 달랐다. 공원 바닥에서 작은 돌멩이 하나를 주웠다. 힘껏 팔을 휘둘러 그 돌멩이를 까마귀를 겨냥해 던질 수 있으리라. 어떻게든 까마귀의 주의를 끌어보고 싶은 마음이 있었으니까. 50센티미터도 넘어 보이는 크기였다. 물고기는 아가미로 숨을 쉬고 사람은 폐로 숨을 쉬는데 까마귀는 무엇으로 숨을 쉴까. 나는 평일 한낮 그늘 속에서 고작 까마귀 한 마리에게 눈을 떼지 못하고 있는 나 자신에 대해 생각하고 싶지 않았고 까마귀를 다르게 보는 것에 열중하고 싶었다. 문득 악! 하고 까마귀가 허공을 한 번 단호하게 물었다 놓는 것 같았다. 불길한 음조도 흉한 일을 불러올 듯한 소리도 아니었지만 역시 까치나 참새 소리와는 다르게 들렸다. 한 번 듣고 바로 잊어버릴 수 없는 소리. 그렇다고 생각하는 순간 까마귀가 나무에서 떨어져버렸다.

내가 아는 것처럼 까마귀는 날개를 완만하게 퍼덕이며 직선으로 날지 않았다. 어떤 조짐도 없이, 까마귀는 무엇엔가 명중된 것마냥 땅으로 떨어졌다. 눈을 비벼봐도 내가 본 것은 틀리지 않았다. 가깝지만 아주 높은 곳에 있던 새카만 새. 하나의 분명한 형상이었던 그것이 하강하던 순간은 믿을 수 없을 만큼 짧았다. 그러나 까마귀가 떨어진다, 라고 알아채던 순간 나를 긋고 지나간 것은 무엇이었을까.

일주일에 세 번쯤 주로 저녁 시간에 볼 수 있는 경아는 밥을 차려놓은 후 버스를 타고 한강을 건너 제 숙소로 돌아가곤 했다. 어쩌다 보면 그 애는 몸이 무거워서 그런지 집안일을 천천히, 느린 속도로 해나갔다. 청소나 세탁, 주방일을 꼼꼼히 하는 편이어서 다른 가사도우미들보다 시간이 배나 걸리는 듯 보였다. 경아가 집에 머무는 시간이 길어졌고 저녁밥을 같이 먹고 가는 경우도 생겼다. 정해진 시간이 되면 재빨리 앞치마를 벗고 돌아가버리는 다른 가사도우미들과 다르기는 했다. 한번은 경아가 장바구니를 들고 도서관이 있는 공원 벤치에 앉아 있는 모습을 본 적이 있었다. 도서관 유리문을 열고 신발을 찾아 신으면서 나는 경아가 시장 왔다가 들러봤다는 말을 어떻게 질문으로 할지 궁금했다. 경아가 질문하면 내가 말을 너무 많이 해버린다는 걸 이제는 그 애도 알 거다. 벤치 뒤 성긴 숲에서 매미 소리가 울렸고 내가 옆에 앉자 경아가 무덤덤한 소리로 물었다.

까마귀가 어디 있다고 그래요, 아저씨?

있었어, 정말. 내가 봤다니까.

그것도 떨어지는 까마귀를요?

못 믿겠지.

믿어요.

믿는다고?

믿지 말까요?

나는 사람과 사람을 멀어지게 하는 것은 무엇인가에 대해 자주 생각하곤 했다. 그 이전에 사람들은 어떻게 가까워지는 가에 대해 생각할 필요가 있었다고 느낀다.

근무하고 있던 일요일 오후에 아버지에게 연락이 왔다. 욕실 청소를 하던 경아가 갈비뼈 아래쪽에 심한 통증을 느껴서 노 박사 병원에 와 있다고. 담석 제거 수술을 받고도 경아는 아버지의 고집으로 병원에 이틀이나 더 입원해 있었다. 나는 경아가 아마도 진지한 얼굴로 노 박사에게 이렇게 묻지 않았을까 상상한다. 제가 너무 무리하게 다이어트를 해서 그런 거죠, 선생님? 올해 경아는 여름과 가을 겨울, 계절별로 세 개의 계획을 갖고 있다고 했다. 여름까지는 체중을 줄이고 가을에는 한식 자격증을 딴다. 경아는 아버지와 나에게도 먼 친척분이라는 아주머니의 식당에서 일하고 싶어 한다. 경아의 겨울 계획에 대해서는 아직 아는 게 없다. 경아가 노각만 먹고 있을 때부터 주의를 줬어야 했는데, 그게 체중 조절 때문이라는 것을 남자인 아버지와 내가 알 리 없잖은가 말이다. 노 박사는 아버지에게 경아가 지방 섭취를 전혀 하지 않아서 담즙이 십이지장으로 배출되지 못한 게 원인이었다고 친절하게—아버지 표현이다—알려줬다고 한다.

퇴원한 경아를 아버지는 우리 집으로 데리고 왔다. 내가 흰죽을 쑤고 밥을 짓고 된장찌개를 끓이는 사이에 아버지가 수저를 놓고 경아가 만들어놓은 고추장멸치무침과 깻잎김치를 차렸다. 경아는 거실 소파에 비스듬히 기대고 앉아서 우리 쪽을 보고 있었는데 아버지와 내가 혹시 바닥에 무엇을 떨어뜨리지는 않는지, 주방을 어지럽히지 않는지 참견하고 싶어 하는 얼굴이었고 아버지와 마찬가지로 나는 그런 경아를 본체만체하려고 했지만 그 애의 문신이 신경 쓰이기도 했다. 그곳이 어디든 다섯 번까지는 참았다가 떠난다고 했던가. 그게 경아식의 농담이었다고 해도 지금은 아니어야 한다. 서로 다른 집에서 온 사람들끼리 막 저녁을 먹으려고 하는 순간이니까.

8월 마지막 주 화요일에 아버지는 여느 때처럼 노 박사 병원으로 갔다. 낡은 손가방 안에는 흰 봉투 세 장이 들어 있을 터였다. 지난번에 경아도 잘 봐줬고. 아침 식탁에서 아버지는 생기에 차 보였다. 나는 아버지가 수많은 사람들에게 밥값 떡값이나 하라고 건네는 봉투에 관해 종종 생각할 때가 있다. 아버지에게 돌아오는 것은 아무것도 없어 보이지만 간혹 저런 생기를 보면 내가 틀렸을지 모른다는 짐작도 든다. 아버지가 원하는 것은 진짜 환금성이 아닐 거란 생각도. 그러나 그런 생기마저도 아주 드물었고 아버지는 원하는 것을 얻지 못하는 경험만 더 갖게 될 뿐일지 모른다. 그날 저녁이었다. 아버지가 허깨비 같은 모습으로 아침 식사 때와 같은 자리에 앉아 있는 것을 나는 보았다. 그 대장이 일을 그만둬버렸다는 구나. 비통에 잠긴 아버지의 목소리를 잊을 수 없을 것 같다. 1년 반 넘도록 얼굴을 익혀왔던 시체보관소 직원이 퇴사해버린 모양이었다. 경아와 나는 고개를 수그린 채 나란히 앉아 있었다. 나야 그렇다고 쳐도 이럴 때는 경아가 한마디 해주었으면 하고 기다렸다. 경아는 아무 말도 하지 않았고 뜻밖에 아버지보다 더 애석하다는 듯한 표정을 짓고 있었다. 밥 생각 없다. 아버지가 비척거리면서 일어났다. 아버지가 더 낙담한 이유는 아마 노 박사를 비롯해 그 시체보관소 직원의 연락처를 아는 병원 사람들이 단 한 명도 없다는 데 있지 않을까.

학기가 시작되면서 도서관 이용자들도 눈에 띄게 줄어들었다. 이달에는 가을부터 진행될 도서관 행사 준비를 점검하고 마무리 지어야 했다. 구에는 마흔 개도 넘는 도서관이 있고 각 도서관 팀장들에게 보고해야 할 일도 많았다. 경아는 조리학원을 다니면서 필기시험 준비를 하고 시장에서 10킬로그램도 넘어 보이는 매실을 사 와서는 여러 번 씻고 다듬어 매실청을 만들어두었다. 경아가 주방에서 일을 하는 방식이 있다. 물이 끓어 넘치거나 불이 붙어도 결코 허겁지겁 움직이지 않는다라는 나름대로의 신념을 갖고 있는 듯 보였고 또 일정한 리듬이 있어서 경아가 어디에 서 있든 그 자리에 잘 맞는 사람 같아 보였다. 냉장실에서 막걸리병을 꺼내 식탁에 내려놓는 경아에게 아버지가 앞으로도 잘 부탁한다면서 흰 봉투를 한 장 내민 것도 그런 이유에서인지도 몰랐다. 아버지 말대로 그게 소소한 금액이라면 경아에게는 줄 만한 거라는 생각과 동시에 아버지가 그 시체보관소 직원에게도 매달 두 번씩 잘 부탁한다는 인사를 했겠구나 하는 추측도 해본다. 누구에게든 잘 부탁한다고 말하는 게 아버지 방식이긴 하지만. 그러나 아버지는 그 일 이후 눈에 띄게 침울해져갔다. 식사량도 줄고 한 병씩 마시던 막걸리도 속이 더부룩하다면서 반병씩만 들었다. 사무국장들 회의 때 들은 대로라면 메르스 여파가 커서 올해 외식업 경기지수가 역대 산출 이후 최저치를 기록할 거라고 했다. 외식 업체가 감소하고 주문 물량이 줄어드는 건 공장에 타격이 아닐 수 없었다. 차츰 뜸해지더니 아버지는 여자들 연락처가 적힌 번호도 더 이상 내밀지 않았다. 인수 아저씨가 원하는 사람은 와이프가 아니라 친구 아녜요, 친구? 경아가 한 그 말에 대해서도 나는 더 생각해봐야 할 필요를 느낀다.

수요일 저녁에 나는 경아와 마을버스를 탔다. 처음부터 그럴 마음은 아니었다. 빈집에 경아를 두고 나오는 게 마음에 걸렸을 뿐이다. 닦은 데를 또 닦고 씻은 걸 또 씻으면서 나나 아버지가 오기를 기다릴 테니까. 아버지는 공장에 내려갔다가 다음 날 올라올 거라고 했다. 경아와 나는 버스에 앉아 말없이 차창 밖을 보았다. 경아라면 상관도 없는데 버려진 생명들을 왜 보러 가는 거냐고 묻지 않을 것 같다고, 나는 고개를 주억거렸다. 까마귀들은 보이지 않았고 울음소리를 들은 지도 언제인지 잘 떠오르지 않았다. 아버지 짐작대로 내가 본 것은 하강하는 새의 그림자 같은 것이었을까. 저물어가는 늦여름 저녁 하늘에 황갈색과 주황에 가까운 새털구름이 보였고 그 다채로운 빛깔 때문인지 아니면 곧 다가올 어둠 때문인지 거리는 무엇엔가 동요되고 산만해 보이기도 했다. 경아가 창문을 한 뼘쯤 열자 거리의 끈끈한 열기와 소음과 잡다한 것이 뒤섞인 냄새가 버스 안으로 끼쳐 들어왔다. 만약 경아가 그 박스에 유기된 생명들은 나중에 어떻게 되느냐고 묻는다면 나는 내가 아는 것들에 대해 말할지도 몰랐다. 아동복지센터로 보내졌다가 보육원 등으로 가게 될 거라고. 그런 아기들이 1년에도 이삼백 명이나 된다고 말이다. 나는 말을 할 필요를 느끼지 않았고 경아도 그래 보였다. 꽤 오랫동안 나는 이 산책의 본심을 누군가에게는 한 번쯤 들키고 싶다고 생각해 왔는지도 모른다. 마을버스에서 내려 우리는 언덕길을 올라갔다.

노 박사네서 열린 저녁 모임에 다녀온 아버지는 모처럼 기분이 좋아 보였다. 아버지는 나와 경아를 식탁에 앉혀두고는 그날 아주머니 세 명이 네 시간 동안이나 차려낸 9인분의 음식에 관해 이야기하고 싶어 했다. 아니 정확하게 말한다면 음식이 아니라 그것에 들어간 식자재들에 대해서. 노 박사가 식전 음료를 돌리면서 오늘 우리 집 냉동고를 전부 비워볼 참입니다, 하곤 호탕하게 웃었다는데 처음에는 그게 무슨 말인지 못 알아들었다고 한다. 문경에 사는 한 할머니가 담갔다는 오미자차부터 이천 쌀로 지은 밥과 흑산도 홍어, 제주도산 흑돼지, 횡성의 한우, 강원도 황태, 진해 피조개, 완도의 전복, 양산의 감자, 예산 사과…… 쌀부터 참기름, 나물, 고명으로 얹은 잣까지 모두 무농약에 지역 특산물들이었고 그게 모두 노박사가 수술을 집도한 환자들에게서 받은 선물이라고 했다. 퇴원하면 도시 사람들은 약속이나 한 듯 고급 양주를 선물로 보내고 시골 사람들은 자신이 농사지은 것을 올려 보낸다고. 대한민국 대표 의사가 전국 각지에서 이런 뇌물들을 받아서야. 아버지가 못마땅한 소리를 하자 노 박사가 그러게요, 어디 가서 소문내지 마십시오, 했다고 한다.

술이 오른 아버지가 소파에 모로 누우면서 시계 밥은 줬느냐고 물었다. 아버지가 잠들자 한순간에 집이 고요해져버리는 것 같았다. 드물게 아버지가 취한 때면 가만히 귀에 대고 나를 데려온 데가 어디였느냐고 묻고 싶어지기도 했다. 코 고는 소리가 들리자 경아가 텔레비전 소리를 조금 높였다. 엘니뇨가 발생하고 있는 데다 올해는 해수면 온도가 예년보다 1도 정도 상승했기 때문에 9월 초쯤 강력한 태풍 한두 개가 내습할 전망이라고 했다. 자료화면인지 그동안 한반도를 덮쳤던 태풍과 홍수 피해 장면들을 보여주고 있었다. 집들에 금이 가고 축사가 무너졌다. 그야말로 거대한 산이 불쑥 일어나는 것 같은 태풍과 산사태가 인가를 덮치고 수십 명의 사람들이 실종됐다. 소와 돼지, 개, 오리 들이 물살에 휩쓸렸고 거짓말처럼 집 한 채가 둥둥 떠내려가고 있었다. 지붕 위로 올라간 사람들이 하늘을 향해 수건을 흔들어대고 겹겹의 먹구름 사이로 구조 헬기가 다가오고 있는 게 보였다.

안방에 들어가 얇은 이불을 가져다 아버지 배에 덮어주면서도 경아는 화면에서 눈을 떼지 못했다. 떠내려가는 집의 슬레이트 지붕에 올라가 있는 사람들을 우리는 보고 있다. 아직 살아 있지만 구조받지 못할지도 모르는 사람들. 화질이 좋지 않았지만 기울어진 평지붕에 세 사람이 있고 그중 한 사람이 서너 살 정도의 어린아이라는 것도. 자동차와 부러진 나무 둥치 사이에 무거운 뿌리가 걸린 듯한 집은 사방의 세찬 물살 속에서도 가볍게 휩쓸리지 않고 떠내려갈 준비를 신중히 하고 있는 듯 보였다. 그 집에 살았던 사람에게 시간을 더 주고 싶고 그게 집의 근성이라는 듯. 어쩌면 지붕에 사람들이 있다는 걸 알고 있기라도 하듯. 헬리콥터에서 바람에 부대끼듯 천천히 밧줄 비슷한 게 내려오고 있었다. 한 사람이 아이와 먼저 그 안전띠를 몸에 끼우자마자 밧줄은 하늘로 휙 끌어 올려졌다. 곧이어 혼자 남았던 남자에게도 고리가 달린 끈이 내려왔다. 지붕 위의 사람들이 그렇게 순차적으로 잿빛 하늘로 옮겨진다.

어, 아저씨 눈물?

얼른 손바닥으로 얼굴을 쓸었다.

아버지가 깨지 않기를 바랐고, 나는 잘 보고 싶었다. 안전띠를 맨 사람들이 끌어 올려지는 만큼의 하늘도 언뜻 그 생명의 미래처럼 위로 당겨지고 있는 것 같은 저 장면을. 나는 지금 내가 보고 있는 것을 언젠가 내 전부로 경험한 적이 있을지도 모르며 내 삶을 돌아볼 때 잊어서는 안 될 기억이라고 알아차리고 싶었다. 나는 그것을 조용히 가슴에 집어넣었다.

정말 다행이지 않아요?

구조되고 있는 사람들을 보면서 경아가 물었다.

지난번 늦은 밤 교회에서 돌아오던 길에 경아가 물었던 게 떠오른다. 옛날 옛날엔 사람과 사자와 양이 같이 어울려 살았던 데가 있었다고 하던데 정말이에요? 나는 무슨 소린지 모르겠다고 했고, 정말 그렇다. 그런 곳이 있었을까.

나는 경아에게도 중요한 것을 일깨워주는 듯한 순간들이 있는지 궁금하고 그것에 대해서 물어보게 될지도 모른다고 생각한다. 겨울이 오면 무엇을 하고 싶은지도. 전부는 아니지만 지금은 내가 아직 많은 일들을 잊지 않았다는 사실에 안심하고 싶다. 준비도 없이 태풍이 내습한다면 지금과는 또 많은 것들이 달라지겠지만. 이제 빈집 한 채가 안전히 떠내려가고 있다.

오랜 이별을
생각함

약속을 지키지 못해서 미안하오, 여보. 당분간 집으로 돌아가긴 어려울 것 같소. 순기를 처제네 맡기고 온 건 지금 생각해도 잘한 결정이었소. 우리 집 열쇠도 두고 왔으니 당신이 염려하는 그 두 가지, 순기와 빈집에 관해서는 마음을 놓아도 되오. 혹시 다른 문제가 생긴다고 해도 비행기로 두 시간 반 안에는 갈 수 있는 거리니 염려 말기 바라오. 이곳으로 떠나올 때까지만 해도 이 모든 일들을 계획한 건 아니었소. 내가 그렇게 치밀한 사람이 못 된다는 것은 당신 잘 알고 있을 거라고 생각하오. 그렇지 않소?

명의 모친은 잘 보내드렸소. 명이 사는 시나가와에서 자동차로 30분 거리에 있는 작은 절이었소. 절의 규모도 그렇지만 명의 부친과 아내, 두 아이들만 모인 사십구재는 아무래도 지나치게 간소하고 초라하다는 느낌을 지울 수 없었소. 명은 그렇다고 쳐도 일본인인 명의 부친이나 아내 쪽 가족들에게 연락했다면 와줄 사람도 있었을 텐데. 명의 사정이 그 자리에서 다 드러나 보이는 것 같았소. 정오도 안 된 시간이었는데 기온은 벌써 30도를 넘어 절 마당에 있는 묘석들 앞에 서 있을 땐 숙연한 상태는커녕 모두들 땀을 닦아대기에만 바빴고 이 의식이 어서 끝났으면 하는 눈치들이었소. 서로 차려입은 검은 옷들은 바라보기만 해도 숨이 턱 막히고 맹렬한 햇빛 속에서 간신히 실눈이나 뜨고 있을 수밖에 없었소. 명의 어머니가 보고 있었다면 그다지 기억하고 싶어 하지 않을 장면이었을 거요.

사십구재를 마친 후 명은 근처 식당으로 앞장섰소. 자동 유리문으로 분리된 내실 같은 방이었소. 명은 모친의 사진을 테이블 한쪽에 세워두곤 평소에 좋아한 하이볼 한 잔을 주문해 앞에 놓아두었소. 그런 의식을 마친 후 손님을 접대하는 풍습인지 알록달록한, 손대기는 아깝고 눈으로만 보고 말면 좋을 음식들이 차례대로 나왔소. 한 사람을 저쪽 세상으로 막 보내놓고 먹기에는 어딘가 부자연스러워 보이는 음식들이라고 나는 생각했소. 게다가 너무 들큼하기만 한 맛이었소. 맥주를 마십시오. 명의 부친이 한국말로 내게 말했소.

1시도 채 못 돼 명의 부친과 나는 대여섯 병의 맥주와 일본

주 두 병을 비웠소. 통영에서 함께 자랄 때 명의 모친이 우리 다섯 녀석들에게 차려낸 밥상만 해도 웬만한 배 한 척은 사고 남았을 거라는 말에 그날 처음으로 명이 웃었소. 우리 다섯 녀석들. 장례식 때 아무도 못 와본 우리들을 대표해서 서울에서부터 사십구재에 참석하러 온 나는 그 식당에서부터 취해가고 있었던 거요. 부의금도 전했고 행사에도 참석했으니 나로서는 반드시 해야 하는 일은 더 없다고 여겼을 수도 있소. 명을 위로하는 것? 소홀한 우정들 앞에서는 그저 입을 다물고 있는 게 최선일 것이오.

점심을 먹고 식당 주차장으로 나가자 햇살이 정수리로 내리꽂히는 듯했소. 그길로 하네다 공항으로 가는 일이 불가능하다고 느껴질 만큼. 아니, 실제로 그렇진 않았을 테지만 나는 명의 가족과 명의 집으로 가고 싶었소. 명의 좁고 오래된 집 어딘가에 누워 한숨 자거나 명의 부친과 한잔 더 마시고도 싶었을 것이오. 명의 휴가도 그날로 끝이었소. 아이들은 제각각 기숙사로 들어가야 한다고 들었소. 명의 집에는 부친과 말 못 하는 아내만 남게 될 거였소. 정말 안 가도 되냐? 6인용 승합차를 몰며 명이 물었소. 내일, 내일 가도 된다. 나는 아무렇게나 말했소. 그러나 그때까지도 내가 서울로 돌아가지 않고 일본 어딘가에 혼자 남아 이렇게 당신에게 편지를 쓰게 되리라고는 생각지 못했소. 가서 한잔 마시자. 나는 우기고 있었소. 술은 입에도 대지 않고 버티던 명에게 말이오. 구형 토요

타 엔진에서는 뭔가 붕붕거리는 소리가 들려오고 햇살 때문인지 차창 밖은 온통 새하얗기만 했소. 술기운 때문이 아니더라도 그야말로 눈을 뜨고 있을 수가 없었던 것이오.

명의 집에서 내가 눈을 떴을 때는 이미 깊은 새벽이었소. 낮 기온이 35도를 넘던 한여름 밤에, 나는 검은 양말을 신은 채 때아닌 한기로 몸을 덜덜 떨기 시작했소.

그 후로 사흘이 지났소, 여보.

이곳은 하코네 근처의 작은 료칸이오. 노천탕도 없고 전망이 뛰어난 곳도 아니오. 객실에 화장실도 없는 숙소지만 명의 말에 의하면 이 성수기에 예약도 없이 료칸에 머물게 된걸 행운으로 여겨야 한다고 했소. 그렇다 쳐도 이 료칸은 온천 도시로 유명한 하코네를 통틀어 어쩌다 숙소를 잡지 못한 사람들만 와서 하룻밤씩 묵어가는 곳처럼 느껴지는 건 어쩔 수가 없소. 실제로 나를 제외하고 하루 이상 머물다 가는 손님을 보지 못했으니. 파자마에 유카타를 걸쳐 입고 아래층 복도에 있는 공동 화장실을 가야 하는 경우를 제외하고 사실 큰 불만이 없는 숙소요. 그것도 생각보다 번잡한 일은 아니오만 소변 한 번 보고 오면 잠이 달아나버리는 게 문제긴 하오. 혼자 거길 가겠다고? 반신반의하는 명에게도 말했듯 내가 필요로 한 건 전망 좋고 사람들로 북적거리는 숙소가 아니었으니까. 지금 이 8월 첫째 주 휴가철에 나 같은 오십대 남자가 혼자서 갈 수 있는 곳, 조용히 머물 수 있는 장소는 쉽게 찾아내기 어려울 거요. ……우리 집? 아, 당신은 내가 왜 우리 집으로 돌아가지 않은 거냐고 묻고 싶겠군. 어차피 지금은 비어 있을 테니까 말이오.

평생 여름휴가 같은 거 혼자 가본 적 있냐? 나도 처음이다, 지금이 아니면 못 할 것 같아서 그런다. 되는대로 나는 명을 설득해야 했소. 결국 명은 나를 공항이 아니라 신주쿠역으로 데려다줬소. 거기서부터 기차를 갈아타고 여기 고라역으로 온 거요. 신주쿠역에서 제 손으로 산 기차표를 쥐여주며 명이 미친 놈, 난 모른다, 하곤 돌아섰소. 그건 나도 마찬가지였소. 그 기차를 탄 순간부터, 전날 오후 서울로 돌아가는 비행기를 놓친 순간부터 나도 내가 어떻게 될지 짐작할 수 없었으니까. 나는 내가 알고 있는 곳으로부터 더 멀어지고 싶었소. 그게 며칠 몇 시간이 됐든, 혼자가 되고 싶었던 것뿐이오. 이런 감정은 말로는 잘 설명할 수 없을 것이오. 편지로는 할 수 있을까. 확신이 서는 건 아니지만 말로 담을 수 없는 마음이 이 글자에 새겨져 당신에게 전달되었으면 하는 바람은 있소. 이 편지를 다 읽을 때까지 당신은 지금의 나를, 2013년 8월의 나를 전혀 이해하지 못할지도 모르오. 여보, 내가 바라는 것은 당신의 이해가 아니오.

숙소 현관 앞에는 자동차 두서너 대를 주차시킬 수 있는 앞마당이 있고 그 한 귀퉁이엔 '蛇 注意〔뱀 주의〕'라고 씌어진 안내판이 세워져 있소. 수십 개의 똑같은 슬리퍼가 두 줄로 놓인 실내 입구에서 계단을 올라 긴 복도를 지나가면 두 면이 통유리창인 공동 식당이 있소. 거기서 하루 두 끼씩 식사를 할 수 있소. 아침에는 밥 대신 빵이나 수프가 나오지만 저녁에는 싱거운 된장국에 생선구이, 작은 접시에 담긴 사시미, 그리고 흰쌀밥이 나오곤 하오. 거기다 생맥주 한 잔을 곁들이면 알맞게 배가 부르오. 밥을 먹고 나면 걸어서 5분이 안 걸리는 고라 공원으로 산책을 나가오. 숙소에서부터 그 공원으로 가는 길은 전체적으로는 ㄱ자에 가깝소. 내리막길을 죽 가다가 왼쪽으로 한 번 꺾어 한 30여 미터만 직진하면 바로 공원 정문이 보인다오. 어디로 이어지는지 상당히 구불구불하고 좁아 인적도 자동차도 드문 편이라오. 뱀이 아니라 다른 어떤 것도 밤에는 조심해야 할 듯한 느낌이 들 때도 있소.

이 숙소의 장점이라면 손님이 없어 한적하고 숙박비가 싸다는 것 외에 가까운 데 무려 만 평도 넘는 크기의 공원이 있다는 걸 거요. 프랑스식 공원으로 20세기 초에 개원했는데 분수가 있는 연못을 중심으로 좌우 대칭 구조로 조성하였다고 하오. 숙소에서 가까운 정문으로 들어서면 분수 맞은편의 거대한 히말라야 삼목이 우선 눈길을 끌고 그 주위로 단풍나무, 벚꽃, 철쭉, 모란, 자양화 같은 꽃나무들, 그리고 로즈 가든이 있소. 아, 지금쯤이면 당신 기억할 수 있을 텐데. 맞아요, 한 20년 전인가 우리 이 근처를 자동차로 지나간 적이 있잖소.

결혼 1주년 기념 여행이었나. 기억나오? 가을이었소. 그때 우리가 머물던 료칸은 모토하코네 쪽의 고지대에 있었소. 객실에 노송나무로 만든 실내탕이 있고 그 안에서 외륜산인가 하는 산이 보이던 것 생각나오?

그 시절을 기억하기 위해 이곳에 온 것은 아닐 거요, 여보.

지금 나는 고라 공원의 물줄기가 시원시원하게 뿜어져 나오는 커다란 분수 앞 벤치에 앉아 당신을 생각하고 있소. 당신과 함께 보냈던 나의 25년을. 그러나 나는 당신을 안다고 말할 수 없소. 당신도 그럴 거요. 자식 둘을 낳고 키우고 집과 도시를 옮겨 다니고 부모를 일찍 보냈어도 말이오. 웬만한 호수만큼이나 넓고 둥근 이 분수에서 물줄기가 얼마나 쭉쭉 솟구쳐 오르는지 당신도 봤다면 틀림없이 좋아했을 거요. 저런 역동적인 풍경을 보고 있을 때면 지난 일을 떠올리기가 힘드오. 게다가 오늘은 어제보다 이삼 도쯤 기온이 더 올라간 것 같으니 이 벤치에 축 늘어져 앉은 채 땀이나 흘리고 졸음이 오면 꾸벅꾸벅 졸다가 시간이 되면 밥때를 놓치지 않기 위해 서둘러 숙소로 돌아가는 게 나을 것이오. 이 입이 쩍 벌어지는 무더위 속에서 무엇을 할 수가 있겠소. 그저 잠깐씩 당신과 당신이 그곳에 가 있어서 한결 편하게 학교 다닐 정이를 떠올리거나, 개강을 하면 다시 또 학교로 돌아가야만 하는 걸까 생각할 뿐이오. 이따금은 한이 녀석을 떠올릴 때도 있소. 당신도 가끔은 한이를 생각하오? 우리가 그러는 건 실은 우리가 원해서가 아니라 어쩌면 습관적으로, 그러니까 습관의 힘으로 그렇게 되는 것일지도 모르오. 꽃이 피었을 때의 저 붉은 철쭉이나 보랏빛 자양화를 보고 무심코 아름답다고 여기게 되는 것처럼 말이오.

아까부터 단풍나무 가지 끝에 앉아 휘휫 휘휫 우는 저 새는 휘파람새요? 황금새요? 당신이라면 금방 구분해냈을 거요. 2시 반의 태양은 구름과 구름 사이에 가까스로 끼어 있지만 열기만은 정말 대단하오. 옷으로 가리지 못한 내 몸의 모든 통점들을 찔러대는 것만 같소. 그렇다고 현재가 아픈 건 아닌데 여보, 왜 지난 일을 떠올리면 그렇지 않은 거요? 지금은 때가 아닐지 모르오. 힘든 결정을 내리거나 어려운 말을 꺼낼. 그러나 여보. 나는 그 집, 당신과 나의 집으로는 돌아가고 싶지 않소.

이곳에 머문 지 닷새째 되는 날이오. 딱 한 번 명에게 전화가 걸려왔소. 아키타항으로 출장을 가는 길이라고 했소. 배에 관해서는 전문가 격인 명도 그동안 한 번도 보지 못한 새로운 배가 아키타항으로 기항한다고 했소. 그 컨테이너 속에는 무엇이 들어 있을까? 나는 명이 스케줄을 관리하는 배들, 부산항에서부터 일본 홋카이도에서 규슈까지 오가는 그 배들의 컨테이너에 든 내용물들을 떠올리게 되었소. 명이 지난 7월에 아직 쓰나미 피해가 남아 있는 센다이항으로 출장 가서 찍은 사진들을 보여준 후부터 말이오. 40피트 크기의 대형 컨테이너에 든 건 채소나 생선, 육류가 대부분이었소. 그런 것들이 아직도 부패 중이라면 믿을 수 있겠소? 쓰나미가 일어나던 날 센다이항의 터미널로 들어온 4백여 대의 컨테이너들은 대개 냉동용이었다고 하오. 방독 마스크도 소용없던 악취 때문에 명이 찍은 사진은 몇 장 되지 않았소. 사진 속의 찌그러지고 포개지고 문이 떨어져 나간 컨테이너들의 야채와 생선 육류는 모두 똑같아 보였소. 검게 뭉쳐진 덩어리들.

명은 출장 이야기 끝에 현 선생 소식을 전했소. 상태가 아주 안 좋아지고 있다고 말이오. 내가 현 선생을 마지막으로 본 게 보름쯤 전인데 그때보다 안 좋아지셨다면 어떤 상태일지 짐작할 수도 없었소. 복막으로 관을 삽입해 항암제를 투여한다는 새 치료법을 권한 사람은 홍 부장 소개로 알게 된 전문의였소. 생존율이 80퍼센트나 된다고 했는데. 선생에게는 아닌 모양이었소.

당신이 스물여덟, 내가 서른 살. 우리를 만나게 해준 사람이 현 선생 아니었소. 당신 말이 맞소. 고등학교 때 제자와 선생이 그토록 긴 인연을 갖는 건 드문 일에 속할 것이오. 내가 특별히 현 선생을 따랐던 것은 그녀가 등록금을 빌려주었기 때문도, 밤에는 폐휴지를 주워 생계에 보태야 하는 홀어머니를 둔 나에게 그림을 그리도록 부추겨주었기 때문도 아니오. 물론 나의 재능을 처음 알아봐줘서도 아니라오. 재능이라니,

여보. 나에게 그런 건 처음부터 있지도 않았을 거요.

당신에게도 누구에게도 말한 적이 없는 소리요만, 현옥자 선생을 만난 첫번째 미술 시간을 나는 지금도 잊지 못하오. 그 이야긴 조금 뒤에 하는 게 나을 것 같긴 하나 현 선생은 그 때 서른도 안 된 나이였소. 교실로 걸어 들어오는데 키가 무척이나 크고 우람해 보이기까지 했소. 그게 이유가 될 수는 없을 텐데도 우리 패거리들은 와, 무슨 여자가! 그렇게 놀리듯 수군거렸소. 나만은 그럴 수 없었을지도 모르오. 약골로 불리고 평균 키에도 못 미치는 나한테는 그야말로 그 거구의 여선생이 등장하는 걸 보는 자체만으로도 납작하게 눌리는 느낌이었으니까 말이오.

그러나 선생을 오래 보고 있으면 체격이 큰 게 아니라 균형이 잘 잡힌 크고 골격이 튼튼한 나무, 그 나무의 둥치 같은 걸 떠올리지 않을 수 없을 것이오. 당신도 그런 사람을 본 적이 있소? 무턱대고 기대버려도 밀쳐내버리지 않을 것 같은. 그 현 선생이 당신을 소개해주었을 때, 그러니까 당신을 처음 기다리던 날 나도 모르게 현 선생과 비슷한 사람이 나오지 않을까 짐작했던 거요. 당신은 전체적으로 작고 동글동글해 보이는 인상이었소. 양을 닮은 사람이로군, 나는 시무룩이 중얼거리고 말았소.

이삼 년 전이었던가. 우리 패거리들이 환갑을 막 지난 선생을 모시고 제주로 여행을 간 적이 있지 않소. 홍 부장과 윤 목사 와이프들도 따라나섰을 거요. 돌이켜보니 그날 저녁도 선생은 복통이 있다고 혼자 숙소에 남아 계셨소. 피곤해서 그런 걸 거라고 우린 대수롭지 않게 여겼소. 대장암이라는 게 초기 증상이 없다시피 한 병이지 않소. 그 미미한 복통이 말기 암으로 판명될 거라는 사실을 누구도 짐작할 수 없었을 것이오. 병원에 한번 가보셔야 하는 거 아녜요, 선생님? 누군가 지나가듯 말했을 거요. 그걸 귀담아듣기에는 모두들 들떠 있었소. 수년 동안 어렵게 서로 시간을 맞춰 온 여행이었으니. 남편도 자식도 갖지 않은 선생님 혼자 환갑을 맞게 해서는 안 된다는 데 입을 모은 게 10년도 전이었소. 우리 패거리들이 이만큼이나마 자리를 잡게 된 데 선생의 공이 컸다는 건 우리들보다 우리 부모들이 더 잘 알고 있었던 사실이오. 모두들 꼭 지키고 싶어 했던 약속이었소. 여행 첫날 저녁에 다 같이 해변으로 산책을 나갔소. 그럴 필요가 없었는데도 홍 부장과 윤 목사 와이프들이 양쪽에서 현 선생 팔짱을 끼고 있었소. 거동이 불편한 늙은이를 부축하듯 말이오. 선생은 이제 겨우 환갑을 지났을 뿐인데. 나는 기분이 좋지 않았소. 호텔에서 해변으로 이어지는 산책로에서 현 선생이 뒤처져 있던 나를 돌아보며 말했소. 이 교수는 그림을 그렸어야 했어. 나는 못 들은 척했소. 홍인가 최의 와이프가 어머 선생님, 미대 교수한테 무슨 그런 말씀을, 하는 소리도. 현 선생이 무슨 말을 더 할까 봐 나는 성큼 그네들을 앞질러 걸었소.

아마 나는 당신이 현 선생과 나에게 갖고 있는 오해를 영영 풀 도리가 없을지도 모르오. 그것 또한 우리가 알지 못하는 사이에 서로 진행시켰던, 진행되기를 바랐던 이별의 과정에 속할지도 모르오. 미안하오, 여보. 당신을 아프게 할 마음은 없소. 다만 나는 이제껏 당신에게 하지 못했던 이야기를 하려고 할 뿐이오.

숙소에 이틀 만에 새로운 손님이 묵게 되었소. 사십대 초반으로 보이는 젊은 부부와 초등학생 사내 녀석, 중학교 일이 학년쯤 돼 보이는 여자아이. 한눈에도 내성적인 사람들이었소. 어제저녁 식당에는 두 테이블에 식사가 차려져 있었소. 이틀 동안 아침저녁으로 식당에서 혼자 밥을 먹다가 다른 손님을 본 거였소. 어딜 가나 시끌시끌한 여름 휴가철에 온천료칸에 혼자 투숙해 후줄근한 차림으로 한 끼도 거르지 않고 밥을 먹으러 오는 사내를 잠깐이라도 상상해보오. 게다가 식당에 한 명 있는 남자 종업원은 내가 밥을 다 먹을 때까지 홀에 선 채로 기다리곤 한다오. 한번은 그 종업원이 거기 있다는 걸 깜박 잊고 시원하게 방귀를 뀌어버리고는 민망했던 적도 있었소. 밖에 나가서 혼자 밥을 먹는 일이 생각만큼 간단하지 않다는 당신 말이 떠오르기도 했소. 그래도 정이만 너무 의지하지 말고 가끔은 당신 혼자 그 도시의 맛있고 유명한 식당에 가보는 건 어떻겠소? 거긴 지금 크랩이 한창일 때 아니오?

그 가족과 나는 서로 묵례를 나누고 밥을 먹기 시작했소. 그쪽이 창가 자리에 앉았고 나는 그 뒤 테이블이라 창 쪽을 바라보려면 자연히 그네들을 보지 않을 수 없었소. 특별해 보이지는 않았소. 네 식구 모두 묵묵히 밥을 먹을 뿐이었소. 뒤를 의식했는지 여자가 단정하게 묶은 긴 머리칼을 손으로 한 번씩 쓸어내리곤 했소. 식당 창유리로 1층 높이만큼 잘린 소나무 둥치들과 그 주변으로 키 작은 나무들의 우듬지들이 성글게 보였소. 열기를 잃어가는 햇살 속으로 저녁이 스며들어 오는 것 같았소. 이치에 맞지 않는 생각들이 앞다퉈 떠오르고 있었소.

밥 한 공기를 다 비워갈 때쯤 나는 그 식당 안에서 소리를 내고 있는 사람이 나 혼자라는 사실을 알아차리게 되었소. 테이블에 수저를 내려놓는 소리, 국을 마시는 소리, 면을 빨아들이는 소리, 물을 따르는 소리, 무나 락교 같은 절임 반찬을 씹는 소리, 생맥주를 주문하는 소리. 당연하다고 여긴 그 모든 소리가 그 가족의 테이블에서는 전혀 들리지 않고 있었소. 모두들 고개는 약간 숙이고 등은 반듯하게 편 채로 밥을 먹고 있었소. 단 한 마디도 하지 않았지. 침묵 속에서 그 가족은 식사를 끝냈고 마침내 자리에서 일어났소. 나는 슬쩍 그들을 쳐다보다 눈을 딴 데로 돌렸소. 의자를 뒤로 밀어내는 소리. 그 소리만이 그들이 식당에서 낸 유일한 소음이자 기척이었을 거라고 확신하면서. 예의를 지켜도 좀 지나친 데가 있군. 그

저녁에는 가볍게 그 정도로 여겼을지도 모르오. 그 가족이 나가자 어딘가 모르게 식당 공기가 한결 느슨해지는 느낌이 들었소. 그럴 요량이 아니었는데 나는 종업원에게 생맥주 한 잔을 더 주문하고 말았소.

그날 새벽에는 2시쯤인가, 평소보다 이른 시간에 잠에서 깨어났소. 방광이 찌릿찌릿 아플 지경이었소. 방문을 열고 복도로 나갔소. 나 외에 손님이 없던 터라 유카타도 걸치지 않고 트렁크 바람으로 화장실을 드나드는 데 익숙해져 있었소. 어두침침한 복도에 식당에서 봤던 부인과 여자아이가 료칸의 사이즈만 다르고 색과 무늬가 같은 유카타를 입은 채 맨발로 서 있었소. 내 옆방이 그 가족의 방인 모양이었소. 모녀는 벽에 등을 붙이곤 그대로 있었소. 나를 봤다고 해서 놀라거나 당황한 것 같아 보이지도 않았소. 요의도 요의지만 나도 도로 방으로 들어가기가 뭣해 면티를 아래로 잡아 끌어내리며 잰걸음으로 그 방 앞을 지나 아래층 계단으로 내려갔소. 옆방에 있었는데도 그때까지 기척 한 번 들리지 않았다니. 방음 시설도 신통찮을 게 뻔한 곳에서 말이오. 그 시간에 아내와 딸을 밖으로 내보낸 채 졸린 눈을 한 그 남자는 사내아이와 무엇을 하는 걸까, 나는 생각하고 싶지 않았소. 오줌도 잘 나오지 않았지. 다시 복도로 올라갔을 때 이번에는 방문 앞에 여자만 서 있었소. 그새 여자아이는 방으로 들어간 모양이었소. 여자는 고개를 숙이고 있었소. 차례가 되어 안으로 들어갈 수 있게 되길 기다리는 듯.

긴 밤이었소. 나는 이불을 벽 쪽으로 밀어붙이고 앉아 옆
방에서 행여 무슨 소리라도 들리지 않을까, 귀 기울이지 않을
수 없게 된 거요.

오늘 아침에 처제에게 전화를 걸었소. 조카아이들이 다 컸
다고 올여름 가족 바캉스를 따라가지 않겠다고 했나 보오. 그
애들이 벌써 고등학생들이니 그럴 만도 한데 처제는 마음이
상한 모양이었소. 한이가 살아 있었다면 예전처럼 애어른 할
것 없이 같이 휴가를 보냈을지도 모른다는 생각을 잠깐 했소.
아닐지도 모르지. 그 나이 때부터의 자식들이란 바깥쪽을 향
해서만 뻗어나가려고 하는 어린 나뭇잎과도 같으니 말이오.
정이는 딸이니까 다를 거라고 당신 너무 기대하지 않는 게 낫
지 않겠소? 그 애도 벌써 어엿한 성년 아니오. 하긴 부자의
관계가 어떤 건지도 모르는 내가 모녀 관계에 대해 이러쿵
저러쿵 말할 자격이 있겠소. 그냥 흘려듣고 말길 바라오. 순
기 녀석은 대체로 얌전한 편이지만 그 집 식구들이 잠들면 소
파 테이블 아래 깔아놓은 여름용 러그를 물어뜯어놓곤 한다
고 하오. 처제가 한 말은 그것밖에 없었지만 나는 그 녀석이
처제네서 더 곤란한 짓을 벌이고 있다고 단정했소. 당신과 처
제의 어법은 비슷한 데가 있소. 무엇이든 절반만 말하고 만다
는 점 말이오. 그게 미덕일 때는 우리가 가족이 되기 이전까

지만이었을 거요. 여보, 벌써 여러 날이 지났으니 순기도 스트레스를 받나 보오. 나는 처제에게 병원을 알려주고 데리고 있기 더 어려워지면 망설이지 말고 순기를 갖다 맡기라고 부탁했소. 그 일로 처제가 연락하거든 당신이 알아서 결정하기 바라오. 순기는 나의 개라기보다는 당신 개라고 해야 하니까 말이오.

그곳은 지금 가을이오, 겨울이오? 말복이 지났을 텐데도 한낮 기온이 연일 기록을 갈아치우고 있는 중이오. 처제 말로는 서울도 그렇다고 하오. 당신이 두 달 동안 정이한테 가 있기로 한 건 정말 잘한 일이오. 여긴 하루 종일 푹푹 찌는 것 같소. 점심을 굶는 게 자연스러워져 버렸소. 온천탕에 들어가는 건 이른 아침과 저녁 식사 전, 두 번이면 충분하오. 대개는 현관 왼쪽에 있는 널찍한 휴게실에 앉아 제대로 읽어낼 줄 모르는 신문들이나 텔레비전을 틀어놓고 있기 일쑤요. 휴게실 통유리로는 숙소 뒤편의 숲이 보이오. 산을 깎아 만든 곳인지 자연산 송림과 대나무들, 몇 그루의 단풍나무들, 내가 알지 못하는 나무들로 울창하오. 멀쩡한 풍경들이 바람 한 점 없는 고인 물에 비친 그림자들 같아만 보였소. 여기저기 둘러본들 지금은 나 혼자요. 료칸의 사람들도—그래봤자 내가 본 건 오후와 저녁으로 나눠 일하는 수납원 두 명과 식당 종업원, 객실과 공동 화장실 청소 담당자 한 명뿐이지만— 점심 식사 중인지 아래층에는 기척이라곤 없었소.

나는 슬리퍼를 끌고 숙소 뒤편 정원으로 나갔소. 바닥에 깔린 자갈돌들 위로 햇빛이 쏟아졌소. 나뭇잎 모양을 자갈돌 위에 선명하게 새긴 듯한 그늘이었소. 겹겹이 포개지고 명암도 제각각 다른 그늘이었소. 햇빛도 있었소. 그늘 속에 햇빛. 나는 슬리퍼를 벗고 맨발로 자갈돌을 지그시 밟아보았소. 내 체중을 다 싣기라도 하듯 눌러보았소. 뜨거웠소. 앗 소리를 지르고 그늘 속으로 뛰어 들어가고 싶도록 말이오. 발바닥에 불덩이가 닿는 것처럼 말이오. 그러나 피하고 싶지도 도망가고 싶지도 않았소. 그 정밀한 햇빛 속에서 발바닥부터 나는 갑자기 달구어지기 시작하는 것만 같았소. 맨살에 닿는 햇살은 이제 아프지 않고, 어쩌면 요 며칠 단련이라도 된 듯 그 햇빛들이 견딜 만했소. 목 뒤나 팔꿈치 안쪽 같은 데는 간지럽기까지 했지. 정오의 빛에 달구어진 자갈돌을 겅중겅중 옮겨 딛고 있다가 나는 그것을 발견했소. 대숲 밑에, 산에서 굴러 떨어진 것마냥 돌 하나가 박혀 있었소. 내려치는 힘보다 박혀 있는 힘이 더 어울릴 것 같은, 단단함이 느껴지는 돌이었소. 둥글고 그 둥근 곡선의 형태는 오랫동안 관찰해도 좋을 만한 것이었소. 어른 주먹 두 개만 한 크기의 잘생긴 돌멩이. 숲 어디선가 슛, 소리가 났소. ……뱀이냐? 나는 하나 마나 한 소릴 내뱉곤 돌멩이를 냉큼 들어 올렸소.

　당신도 나도 숙면을 취한다는 건 언제부터인가 어려운 일이 돼버렸소. 고집부리듯 자리에 누워 있어 봤자 해봐야 소용 없는 걱정과 불안만이 끊임없이 몰려들 뿐이오. 그런 생각들을 뿌리칠 때는 의외로 큰 힘이 필요한 법이오. 이곳에 온천탕이 있다는 게 위로가 될 때가 바로 그 순간이오. 채 몇 분도 안 되는 시간 안에 당장 뜨거운 탕 속으로 몸과 머리를 담가 버릴 수 있다는 것. 그러느라 내가 탕 속에서 어떤 자세를 취하고 있는지는 당신 상상에 맡기리다. 아침에는 6시부터 온천탕에 들어갈 수 있소만 5시 조금 지나면 물청소는 보통 끝나 있곤 하오. 옆 호실 여자를 본 건 오늘 아침이었소. 정확히는 그녀를 본 게 아니라고 해야겠지만.

여탕 앞을 지나 서너 걸음 옆쪽에 남탕 출입문이 있소. 남탕 출입구를 막 열려고 하는데 여탕 쪽에서 무슨 소린가 들려왔소. 그 시간에 여탕에 있을 사람은 옆 호실 여자밖에 없었소. 딱히 보려고 했던 건 아닌데 출입문 위쪽 불투명 유리문으로 여자의 긴 말총머리가 희미하게 보이는 듯도 했소. 처음에 나는 그것이 울음소리인 줄 알았소. 새벽녘 빛을 받듯 맨발로 복도에 나란히 서 있던 그녀와 딸아이가 떠올랐소. 모르긴 몰라도 세 사람 모두 그렇게 동시에 서 있다가 남편이 있는 방으로 한 사람씩 차례차례 불려 들어가는 것만 같았던. 나는 9시 뉴스가 끝난 시간쯤 탕에 한 번 더 가보기도 했소. 옆 호실 남자는 온천욕에는 관심이 없는지 한 번도 그를 탕에서 마주친 적이 없소. 그 또래 때의 우리 한이처럼 온순한 얼

112

굴을 하고 있던 사내아이도.

여보, 그것은 울음소리가 아니었소. 문 하나를 사이에 두고
있었지만 나는 그게 웃음소리라는 것을 알아차릴 수 있었소.
이른 새벽 복도는 조용했소. 탕과 연결된 탈의실에서는 작은
소리도 웅웅 울리곤 하오. 물론 나의 추측에 불과하지만 여자
는 한 손으로 입을 막고 있는 듯했소. 웃음소리가 새 나가지
않도록, 간헐적으로 큭큭거리면서. 여보, 당신도 그럴 때가
있었소? 누가 들을까 봐 혼자 입을 막고 웃었던? 그것은 비웃
음인 거요, 아니면 어떤 남모를 기쁨 때문에 그러는 거요? 그
런데 여보, 그 소리가 왜 나한테는 흐느낌을 막아내는 듯한
소리로 들렸던 거요.

나는 한 층을 더 내려가 어제 휴게실 탁자 위에 놓아두었던
돌멩이를 집어 들고 다시 2층으로 올라갔소. 돌은 어제와 변
함없이 묵직하고 단단했소. 복도는 고요했소. 한낮에도 어둡
고 침침해 보이는 복도요. 옆 방문에 귀를 갖다 대보는 시늉
을 했소. 여자가 온천탕 안에 있다면 지금 그 방 안에는 남자
와 아이들 둘만이 남아 있을 거였소. 아무 소리도 들리지 않
았소. 그 방은 아마 나의 방과 똑같은 구조일 거요. 나는 그
방을 지나 내 방문을 열고 들어갔소. 이불을 개고 녹차를 우
리기 위해 포트 전원을 누르고 숲 쪽으로 난 베란다 창을 활
짝 열어두었소. 그제야 내가 하려고 했던 일이 무엇인지 떠올
랐던 거요, 여보.

그 첫 수업 시간에 현 선생은 말했소. 이 교실에 오늘 우리가 그릴 돌 하나가 있다고 치자. 우리들은 듣고 있지 않았소. 현 선생이 사과나 고무장갑, 시든 꽃다발이 아무렇게나 놓인 오브제 테이블 위에 진짜 돌멩이를 올려놓았다고 해도 눈길도 주지 않았을 거요. 우린 그럴 나이였소. 현 선생은 개의치 않았소. 50명이 아무도 듣고 있지 않다는 걸 뻔히 알면서도 이야기를 계속했소. 체격에 비해 목소리는 가늘고 작았소. 그래서 어느 결엔가 나는 그 소리에 귀 기울이지 않을 수 없었소. 너희들이 그리려는 사물에 윤곽선이라는 게 있나? 무슨 말도 안 되는 소리냐고 우리가 눈빛을 주고받는 사이에 짧은 침묵이 지나갔소. 현 선생은 출석부를 보지도 않은 채 1번, 하고 호명했소. 그러곤 쭈뼛거리며 반쯤 손을 든 출석번호 1번한테 덤덤한 어조로 물었소. 윤곽선이란 무엇이지? ……나는 대답할 수 없었소. 열일곱이 되도록 그런 질문은 받아본 적도 생각해본 적도 없었으니까. 현 선생은 나한테서 눈길을 돌렸소. 교실은 도로 어수선해졌지만 나는 외딴곳으로 놓여버린 듯했소. 나라는 사람을 지워버리는 듯한 선생의 서늘한 눈빛. 훗날 돌아보면 그것이 선생이 나를 끌어당긴 순간이기도 했을 거요.

　그날부터 빛을 보는 연습을 하기 시작했소. 그래야 선생이 말한 대로 어두운 것에서 조금 덜 어두운 부분을, 밝은 데서 조금 더 밝은 부분을 볼 수 있고 그릴 수 있으니까 말이오. 그

연습이란 건 각각 다른 시간 다른 각도 다른 조명 아래서 똑같은 돌멩이 하나를 1년 동안 줄기차게 그린 반복에 지나지 않았지만 말이오.

숙소 전화기 옆에 놓인 편지지에는 하코네를 상징하는 온천 마크가 희미하게 새겨져 있었소. 나는 그 종이를 뒤집었소. 드로잉하기에 연필심은 너무 뭉툭하고 물렀소. 상관없었소. 작고 둥근 테이블과 의자가 있는 베란다로 나갔소. 명에게 전화가 오면 이 숙소가 나에게 얼마나 쓸모가 있었는지에 관해 말해줘야 한다고 생각했소. 직사광선이 들려면 시간이 더 걸릴 것이오. 아직은 여유가 있었소. 테이블 위에 그 묵직한 돌멩이를 이리 놓고 저리 놓아보았소. 정면과 측면을 응시했소. 나뭇가지들 사이로 면사(綿絲) 같은 여름 아침 햇살이 비춰들고 있었소.

낙타 두 마리가 걷고 있소. 자막의 한자를 보니 낙타들은 우물가를 찾아가는 모양이었소. 낙타들이 우물가에 도착하면 저녁이 시작되는 거라고 믿는 부족들이 있다고 하오. 나는 텔레비전을 껐소. 여름 한낮이 이토록 고요할 수 있다는 게 믿기지 않을 정도요. 여보, 당신이 모르는 게 있소. 그 여름 우리 한이가 갔을 때 말이오. 여보, 나는 당신만큼 슬프지 않았소. 당신만큼 가슴이 찢어지지도 않았고 앞으로 살아갈 수 없을 거란 생각도 들지 않았소. 익사 소식을 전해 듣는 순간 그 애가 태어나던 순간이 가장 먼저 떠올랐소. 한이는 여느 신생아들처럼 자지러지게 울지도 새된 소리를 지르며 울지도 않았소. 한숨같이 들리는 소리만 연거푸 입 밖으로 낼 뿐이었소. 아이에게 손을 내민 건 물론 내가 먼저요만 있는 힘을 다해 내 검지를 제 다섯 손가락으로 꽉 쥔 것은 한이였소. 깜짝 놀랄 만한 힘이었소. 아이 손바닥은 축축하고 뜨거웠소. 손톱은 얇고 긴 데다 날카롭기까지 했소. 그 손톱이 내 손가락을 찌르고 나는 그 낯선 느낌, 내 어딘가 그렇게 단단히 묶여버려 앞으로도 옴짝달싹할 수 없을지도 모른다는 불안 때문에 정신을 차릴 수가 없었소. 순식간에 나는 아버지가 되어 있었소. 내 아버지를 본 적도 다른 아버지를 경험한 적도 없는 내가. 나는 손을 뿌리쳤소. 눈도 뜨지 않은 그 애가 세상에 태어나 맨 처음으로 세게 거머쥔 그 손, 나의 손을 진저리 치며 빼내버렸소. 그제야 아이가 소스라치게 울어대기 시작했소.

한이는 당신을 닮아 그런지 모난 데 없이 커갔소. 그러나 여보, 한이를 볼 때마다 나는 이렇게 묻고 싶은 걸 가까스로 참곤 했소. 내가 매 순간 너의 아버지로 살아가는 일이 가능할까? 우리 한이가 가버렸을 때 그 애는 겨우 열한 살밖에 되지 않았소. 그 죽음은, 선한 그 애가 그 세월까지 제가 움켜쥐고 있던 손아귀에서 내 손을 빼내주는 느낌이었소. 비로소 말이오. 당신이 나에 관해 알아야 할 것은 바로 이것이라오.

명은 전화를 받지 않았소. 5분 전의 일이오. 운항 일의 성격상 어머니 사십구재에서도 전화를 꺼놓을 수 없던 명이. 무슨 일이 생겼을지도 모른다는 생각이 스쳤을 뿐 내가 할 수 있는 일은 없을 거라고 여겼소. 떨어져 있다면 그렇게 여기는 편이 낫소. 그게 지금은 현 선생의 일이라고 해도. 현 선생은 빠른 속도로 죽음에 다가가고 있을 것이오. 내가 여기 있는 동안에. 사람들은 천천히 성장하고 천천히 죽어가오. 당신 아버지도 내 어머니도 그랬소. 우리 한이도. 현 선생도 곧 돌아가실 테지만 그때만큼은 아프지 않을 거요. 그러나 그것은 서로 다른 아픔일 게 분명하오. ……아니오, 여보. 현 선생의 마지막을 지켜보지 않기 위해 내가 여기 머물고 있는 것은, 서울로 돌아가지 않는 것은. 당신이 지금부터 해야 할 건 더 이상의 오해가 아니라 나를 용서하지 않겠다고 결심하는 일이오, 여보. 그렇지 않다면 한이의 죽음에 대해 내가 한 이야기는 아무 소용없게 될 것이오.

휴게실로 식당 청년이 들어오고 있소. 내게 무슨 볼일이 있나 보오.

오늘 저녁에 오기로 한 가족이 주문해 비프스튜와 튀긴 두부를 15인분 준비했는데 그들이 예약을 취소해버렸다고 하오. 그사이 내가 서양식과 튀긴 음식을 좋아하지 않는다는 걸 눈치 챈 청년이 저녁 식사로 그 음식들을 내도 괜찮은지 묻기에 그러라고 했소. 그런데 열다섯 명의 가족이라니. 상상이 잘 되지 않았소. 테이블 위의 종이를 내려다보던 청년이 그림에 관심이 있느냐고 물었소. 청년은 숙소에서부터 차로 5분 거리 안에 하코네 미술관과 조각공원이 있다고 알려주었소. 걸어서 갈 수 있냐고 물으려는데 직원을 찾는지 휴게실 출입구 쪽에 옆방 남자가 고개를 내미는 게 보였소. 나는 청년에게 그쪽을 가리켜 보였고 청년은 인사를 하고는 그쪽으로 갔소. 카운터가 비어 있었고 그 가족은 퇴실을 하려는 모양이었소. 나는 몸을 조금 틀어 앉았소. 숲이 아니라 주차장 쪽을 볼수 있도록.

2시 반이었소. 퇴실 시간은 오전 11시일 텐데. 체크아웃을 마쳤는지 현관에서 신발을 찾아 신는 기척이 느껴졌소. 어째서 여긴 매미도 없는 걸까, 나는 두리번거렸소. 곧이어 주차장 쪽으로 크고 검은 가방을 든 남자가 보이고 그 뒤로 머리를 묶은 그 여자와 사내아이, 계집아이가 나타났소. 검소하지만 말쑥한 차림들이었소. 사내아이가 뭔가 말을 하자 남자가 한 번 돌아보고 여자가 조금 웃는 것 같았고 계집아이는 아니라고 손사래를 치는 듯 보였소. 평범한 모습이었소. 이틀 동안 내가 본 것도 그랬던 걸까. 아무도 없는 휴게실 통유리 너머로 나는 그들을 보고 있소. 한 평범한 가족이 평범한 자동차에 올라타 이곳을 떠나는 모습을. 저녁이 오면 나는 이층 식당을 혼자 차지하고 앉아 튀긴 두부와 스튜 한 그릇으로 온종일의 허기를 달랠 것이오. 오늘 당신에게 털어놓은 말들에 대해 곱씹어보게도 되겠지. 밤이 깊어갈 거요. 어쩌면 물소리인지 웃음소리인지 모를 소리들이 어김없이 들려오게 될지도 모르오.

오늘은 조금 더 멀리 나가볼 생각이었소. 소나기 한번 내리지 않고 기온은 삼십육칠 도를 오르락내리락하고 있소. 기승을 부리는 이 무더위 속을 오래 걷는 일은 미친 짓에 가까울 것이오. 숙소 입구에서 몇 걸음 내리막길을 걸었을 뿐인데도 얼굴에 불덩이가 훅훅 와 닿는 느낌이었소. 복사열의 열기는 뜨거운 데다 끈적거리기까지 하는 듯했소. 내리막길 중간에서 왼쪽으로 틀면 될 것을 나는 그대로 내려갔소. 만 평이나 된다는 공원의 바깥쪽 길을 빙 돌아갈 요량이었소. 그 땡볕 속에 말이오. 길을 잃을 수도 있고 더위를 먹곤 거리의 아무 나무나 끌어안고 헉헉거릴 수도 있을 것이오. 나는 되도록 느리게 걸었고 페트병에 든 물을 조금씩 마셨소. 공원의 외곽 길을 놓치지 않기 위해서도 주의했소. 나라는 사람은 보기보다 용의주도한 데가 있을지도 모르오. 걷는 일만은 포기하지 않았소. 그 햇빛 속에 나의 무언가를 태워버리고 싶어 하는 사람처럼 말이오. 완만해도 고원을 걷는 일은 간단치 않았소. 더 늦기 전에 마음을 고쳐먹고 돌아가는 게 낫지 않을까 몇 번이고 갈등했소. 그렇게 한 시간 반 만에 고라 공원의 바깥을 한 바퀴 돌아 나는 지금 여기, 이 벤치에 앉아 있게 된 것이오.

여느 때보다 공원에 사람들도 많고 북적거리는 듯하오. 8월 셋째 주 주말이오. 줄줄 녹아내리는 소프트아이스크림을 든 아이들이 분수 주변을 뛰어다니고 저 부겐빌레아관이 있는 쪽에서는 풍선 몇 개가 둥둥 떠 있소. 크고 둥근 분수 주변을 둘러싼 사루비아꽃들도 오늘따라 더 붉고 선명해 보이오. 여름의 절정이 지나가는 순간은 아름답고 화려하기만 하오. 식당 청년의 말대로 나는 오늘 더 멀리, 택시를 불러 미술관이나 조각공원 쪽으로 나가보려고 했소. 그 근방의 지도를 보고는 마음을 바꾸지 않을 수 없었소. 거기까지 갔는데도 그때 당신과 내가 사흘 머물렀던 그 숙소 그 산 그 계곡 그 식당 그 찻집을 안 간다는 것은 불가능하다고 여겨졌기 때문이오. 우리에게 한때 이 여름의 절정 같은 순간이 있었다는 것, 그것이면 되었소. 기억 속에 아직 남아 있는 것으로. 그 후로 여보, 우리는 부분적으로만 사랑하고 부분적으로만 이해하고 희생하는 사람들이 되었으니까 말이오.

나는 그저 진이 빠진 채 이 벤치에 앉아 있는데 머릿속은 그렇지가 않소.

여보, 요즘 나는 현 선생의 복부를 가득 채운, 악성종양으로 가득 찬 구불구불한 대장들을 머릿속에 자주 그려볼 때가 있소. 그것은 명확한 죽음의 이미지처럼 나를 따라다니오. 명의 집으로 출발하기 전날 혼자서 현 선생을 보러 갔었소. 당신도 그렇겠지만 말기암 환자를 지켜보는 고통을 나는 두 번은 겪고 싶지 않소. 잠든 선생은 누군가 팽팽하게 공기를 주입시켰다가 불시에 그 바람을 빼내버린 사람 같아 보였소. 사람들은 천천히 성장하고 죽어가는 게 아니라 순식간에 성장하고 죽어버리는 건 아닐까, 마음이 다급해지기도 했소. 혹여 선생이 눈을 떠 내 이름을 부르거나 듣기에 따라서는 유언처럼 들릴 수 있는 말을 남기게 되지 않을까 하는 두려움이 들었소. 아니면 의식이 없는 선생에게 내가 어떤 말인가 털어놓게 될까 봐. 이제 당신도 수긍하겠지만 나는 비겁한 사내요. 나는 주름지고 창백한 선생의 이마를 번개처럼 만지고는 병실을 나와버리고 말았소.

긴 여름이었소. 여름휴가는 누구에게나 특별한 것이오. 겨울에 돌아보면 더 그렇게 느끼게 될 거요. 어쩌면 나의 열흘도. 기껏 돌멩이 하나를 그리다 만 휴가였어도 말이오. 여보, 나는 통영의 어머니 집으로 가겠소. 아들이 지방대 교수가 됐어도 버려진 물건들을 보면 주워 와 아껴 쓰던, 당신이 부끄러워하던 그 좁은 집으로. 그 집을 처분하라고 했을 때 내가 고집을 세운 건 이런 날이 올 거라고 예감해서가 아니오. 그건 정말 아니오. 필요한 건 많지 않소. 한두 개의 가구와 전기밥솥 정도면 될 거요. 우리 집에 들러 내 가을 외투 한 벌은 가져가겠소. 당신이 돌아올 때까지 순기는 내가 데리고 있으리다. 그래도 괜찮겠소? 참, 정리가 되는 대로 학교도 그만둘 것이오. 맹랑한 눈빛의 학생들을 견뎌내야 하는 것도 더 이상 못 하겠소. 수준에 있어서도 그 젊은 애들이 나를 가르치는 게 맞소. 아파트와 저축이 있으니 당신이 생활하는 데 크게 어렵지는 않을 것이오. 미안하오, 여보. 나는 끝까지 열등한 아버지 열등한 남편으로 남게 될 게 분명하오. 여기까지 온 것도 가까스로였소. 모두에게 불충실한 채로 말이오. 지금부터는 나 자신에게만이라도 그러고 싶지 않소. 웅크리고 앉아 연필로 그림이나 그리고 있을 모습은 내가 떠올려봐도 초라하기 그지없소. 그건 누가 뭐래도 앞으로 나아가는 사람의 모습이 아니라 구부린, 실패한 삶처럼 보일 게 분명하오. 하늘을 등진 나무가 어둡게 보이는 것과 마찬가지로 말이오. 나는 지쳤소. 짧고 부족한 삶일 것이오. 더 꾸고 싶은 꿈도 없소. 지금까지 살아온 데 대한 당위적인 결과라고 여겨도 좋소. 나에게 걸맞는, 그저 구부리는 힘만으로도 지내보려고 하오. 불현듯 눈이 떠진 새벽이면 곁에 있다 먼저 간 사람들의 이름을, 우리 한이의 이름을 불러보기도 할 거요. 너무 늦었어도 지금이라도 그게 내가 할 수 있는 전부라면.

나한테 우리 가족의 가장 좋은 부분은 당신과 정이, 한이가 모여 있는 아침의 식탁이었소. 내가 빠진 풍경 말이오. 당신, 이러는 나를 결코 이해하려 해서는 안 되오. 용서도 동정심도 당신은 가져서는 안 되오. 당신은 나약한 사람이 아니오, 여보.

분수대의 저 폭죽같이 솟구쳐대는 물줄기 소리 때문에 내 말이 당신에게 가닿을지 모르겠구려.

숙소를 떠나기 전에 돌멩이를 들고 정원으로 나갔소. 자갈들이 달구어지기에는 아직 이른 시간이었소. 그러나 아침 그늘 속에서도 곧 기세를 펼치고야 말 햇살들이 드문드문 섞여 있긴 했소. 돌멩이를 원래 놓여 있던 대나무 밑에 단단히 눌러놓았소. 햇빛에 끝이 말라버린 단풍잎들, 자잘한 소나무 가지들. 숲의 바닥에는 떨어져 있는 것들이 많았소. 그중 꽤 쓸모 있어 보이는 나뭇가지 하나를 주웠소. 가장 그늘진, 음습해 보이는 쪽을 바라봤소. 나는 그늘을 밀어내듯 막대기로 덤불 쪽의 바닥을 몇 번 건드려보았소. 어떤 소리도 기척도 없었소. 나뭇가지로 허공을 휙 가르는 흉내도 내봤소. 많은 데 헛힘을 쓰며 살아왔다는 사실도 잊은 채 말이오. 역까지 타고 나가기 위해 예약한 택시가 주차장으로 들어오는 게 보이오. 배웅을 하려는지 식당 청년도 숙소 입구로 나오고 있소. 일주일 안에 계절은 바뀔 것이오. 그동안 뱀이 나타나기를 내심 기다려왔을지도 모르오. 빈손으로 나는 돌아섰소. 여보, 이제 나는 가야 하오.

김진희를
몰랐다

나는 이웃들의 말이나 소문에 귀 기울이는 사람이 아니다.
맞장구를 치는 사람은 더욱 아니지. 손님들과도 마찬가지다.
나에 관한 이야기를 네가 이웃들한테 들을 수 있었다면 아마
이랬을 거다. 무뚝뚝하고 붙임성이라곤 손톱만큼도 찾아볼
수 없다고. 미용실 주인한테서라면 흰머리 때문에 10년은 더
나이가 들어 보이는데도 염색도 안 하고 가끔 커트 머리를 다
듬는 여자, 신발가게 주인한테서라면 같은 골목에 산 지 5년
동안 운동화 외에 다른 신발은 사 가본 적이 없는 사람이라는
말을 들을지도 모르겠다. 남의 집 옥상을 훔쳐보는 이상한 사
람이라고 말한다면 그건 새로 이사 온 옆집 여자일 거고 저
길 아래쪽, 한꺼번에 소주만 대여섯 병씩 사 가는 손님이라는

말은 우리 동네 사람들이 잘 가지 않는 편의점 아르바이트생일 가능성이 크다. 조금 다른 말을 듣게 될 수도 있을까. 구청 도서관 직원은 책을 빌려가는 횟수가 많은 주민이라고 할지도 모르고 우리 가게에 재료를 대주는 시장 사람들한테서는 대금을 밀린 적이 없는 사람이라는 말을 듣게 될지도 모른다.

언젠가 지나가듯 남편이 말한 적이 있다. 나 당신한테 속은 거 같아. 뭘? 당신, 전혀 정미 같지 않잖아. 그게 무슨 소리야? 정철이나 정식이 같은 이름이 더 잘 어울릴 사람이라고. 남편은 그냥 웃자고 한 말이었을 것이다. 말 많은 시장 상인들 정기 모임에 다녀온 날이었으니까.

너라면 이제 나에 관해 어떤 말을 하게 될까.

모르는 사람들은 우리 동네가 옛날부터 중산층 아파트촌이었다고 생각할 거다. 여기가 산동네였고 재개발이 이루어진 데라는 사실을 아는 사람은 대부분 떠나고 없다. 아직 개발되지 않은 후미진 동네가 아파트촌과 산 아래쪽 사이에, 마치 잘못 낀 듯 밀집돼 있는 걸 아는 사람은 더더욱 드물지. 여기 산 지 5년밖에 안 된 내가 그 동네 일까지 세세하게 아는 건 역시 시장 사람들을 통해서다. 얼마 남지 않은 토박이 주민들은 간신히 이 시장 골목에만 모여 있는 것 같고 지역구에 관한 일이라면 모르는 게 없어 보였다. 도시가스 검침원 여자도 그랬다. 이곳에 초등학교가 처음 생긴 게 1980년대 초반인가 그랬다는데 거기 1회 졸업생이라고 했거든. 네가 학교를 다닐 수 있었다면 아마 그 초등학교부터 입학하지 않았을까.

우리 가게 위치부터 말하는 게 좋겠다. 지하철역에서 올라오면 보이는 마을버스 정거장에서부터 시작해 산동네까지가 가늘고 약간 휘어진 선이라면 재래시장은 그 선의 허리쯤에 있다. 시장이 시작되는 곳은 마을버스 정거장 방향이고 끝나는 데는 산동네로 이어지는 길. 그 끝 길쯤에 위치한 우리 가게는 밖에서 보면 어쩐 일인가 한 걸음 뒤로 쑥 물러나 있듯 외져 보이기까지 하다.

가스 검침원 여자에게는 아들이 둘 있는데 큰애가 이제 고등학생이고 작은애는 아직 중학생이라고 했다. 결혼을 늦게 해서,라고 여자는 말을 흐리며 나를 봤다. 서로 엇비슷한 나이일 거라고 하면서 여차하면 말이라도 틀 기세라 그 여자가 오면 더 긴장하곤 한다. 나는 목마른가 봐요, 하면서 찬물 한 잔을 건넸을 따름이다. 나는 별로 할 이야기가 없는 사람이고 그럴 만한 인생을 살아오지도 못했다. 지금은 반찬을 만들고 하루 종일 가게를 지키는 사람이지. 아무 일이 없어도 어떤 날은 한 마디도 하고 싶지 않을 때가 있다. 이 가스 검침원 여자처럼 나의 어떤 이야기를 끈질기게 물어보고 궁금해하는 이웃들 앞에선 말이다. 그런데 내가 왜 그 여자의 자식 이야기를 꺼냈지? 그래, 그 여자가 집에서 음식을 만들지 않는다는 말을 하려고 했다. 애들이 한참 클 때라 먹기도 많이 먹을 땐데. 게으른 여자라고 생각했다. 그런 데다 손톱과 머리는 시시때때로 색깔을 바꾸는. 아무튼 그 여자는 우리 가게 단골손님이다. 주로 밤 9시가 넘어 반값 세일을 시작할 때 오는.

검침원 여자는 빈집에 애가 하나 있었다고 말했다. 평일 오후에. 나는 여자의 말을 듣고 있었다. 남의 이야기를 듣고 있는데 긴장이 됐다. 한밤중에 어떤 소리가 들려올 때처럼. 주의 깊게 듣고 있는 것처럼 보이고 싶지는 않아서 등을 돌린채 여자가 주로 사 가는 명란달걀말이와 도라지무침, 꽈리고추멸치볶음이 든 포장 팩을 천천히 비닐봉지에 담았다. 한 달전쯤이었다. 장마도 아니었는데 비가 자주 내렸고 시장에서제일 오래된 골목 초입의 닭집이 문을 닫았고 매출은 더 떨어지고 길고양이들은 배로 늘어난 것 같은 때였다. 여자가 1년에 두 번 있는 정기 안전점검을 다니던 시기인가 그 후인가그랬는데 연락이 안 되는 몇몇 집들 때문에 반찬을 사러 올때마다 투덜거리고는 했다.

그날따라 여자는 지쳐 보였고 숱 없는 눈썹 밑의 눈이 푹꺼져 있었다. 그 일도 참 힘들겠네요. 나는 봉지를 내밀며 한마디 했다. 여자가 금세 생기를 찾은 눈으로 물었다. 안 힘든일이 어딨어요, 안 그래요? 찬이네는 안 힘들어요? 그러곤처음 내 가게에 온 듯 실내를 둘러봤다. 일곱 평도 안 되는 낮은 칸막이가 쳐진 조리대와 포장대, 주문 음식을 표시해둔 달력과 자신이 앉아 있는 1인용 테이블과 접어놓은 일간지, 둘데가 없어서 출입문 옆까지 쌓아둔 네모난 기름통들, 9시가 넘었는데도 3분의 1이나 남아 있는 그날의 반찬들을. 힘들죠, 매일매일. 나는 비가 내리는 창밖을 보며 말했다. 내일은 아마 더 힘든 날이 될걸요. 나는 어떤 확신을 갖고 말했을지도 모른다. 평소와 달리 여자에게 말을 건넨 자신에게 화를 내고 있었던 건가. 유리문 밖으로 우산도 없이 지나가는 낯익은 사람들과 폐지 수레를 끌고 가는 노인이 보였다. 오르막길이었다. 빗속을 걸어가고 있어서인지 줄줄줄 흐르는 낙담에 젖은 사람들 같아 보였다. 다른 눈으로 볼 수도 있을 텐데, 나는 얼른 등을 돌렸다. 뭘 또 그렇게까지 말해요. 가스 검침원 여자는 배시시 웃었다. 살짝 덧니가 보이는 데다 뭔가를 부드럽게 만류할 때의 친구처럼 내 팔꿈치를 잡았다 놓는 바람에 그녀가 상냥해 보인다고 느꼈고 내 앞에 그런 사람이 있다는 사실에 조금은 당황하기도 했다. 그 골목집에 다 큰 여자애가 있다는 말 들어봤느냐고 여자가 물었다.

사람 몸에서 가장 큰 뼈가 어떤 건지 아니. 몸무게를 지탱해야 하고 운동량도 가장 많은 허리뼈라고 하는구나. 내 남편처럼 척추에 관심이 많은 사람은 보기 힘들 거다. 어딘가에 관심이 있다면 그건 두 가지 중 하나인 것 같다. 좋아하거나 아픈 데가 있거나. 허리에 관해서라면 남편은 후자 쪽이었다. 특히 4번과 5번 뼈가 좋지 않은데 그 뼈들을 둘러싼 근육에도 생기가 없다고 했다. 냉장고 문을 열다가 갑작스러운 통증 때문에 또 주저앉아버린 남편이 병원에 갔다 와서 근육에 생기가 없다는 말을 강조할 때 좀 안돼 보이기도 했다. 나보다 한 살 더 많은 남편은 아직 50도 안 됐는데 말이다. 사오 번 척추뼈와 골반뼈 사이에 가로로 놓인 선이 있는데 척추와 골반뼈 간격이 너무 떨어져 있어서 문제가 된 모양이더라. 그러면 척추뼈가 더 힘을 써야 하니까.

내가 남편 이야기를 처음 너에게 했을 때 네가 물었다. 인간이 똑바로 서 있기가 그렇게 힘든 거예요? 너는 진지해 보였고 그 터무니없이 공손하게 들리는 말투 때문에 나는 웃음을 터뜨리지 않을 수 없었다. 돌아보면 뒤에 무엇이 올지 불안해하지 않고 그렇게 소리 내 웃고 아무 일도 없이 두근거리는 순간도 많았다. 민철. 남편 이름을 처음 들었을 때도 그랬다. 말투나 체구로 보면 민주나 민희라는 이름이 더 잘 어울릴 사람이었으니까.

시어머니는 예전에 무릎 관절 수술을 받은 적이 있었다고 한다. 체구도 작고 말라 지금은 거의 뼈만 남은 상태라 그런지 무릎뼈가 더 툭 튀어나와 보인다. 어머니 저녁상을 차려드리는 걸 하루 중 가장 중요한 일과로 아는 남편도 그 모습에는 진저리를 친다. 어머니가 몸을 움직일 때마다 삐걱거리는

132

쇳소리가 들리는 것 같다고. 수술은 하지 않겠다는 남편이 할 수 있는 치료는 누워 있거나 느리게 걷거나 주민센터 수영장에서 걸어 다니는 운동을 하는 거다. 무리하지 않는 게 자신이 살 수 있는 방법이라고 했어. 내가 요리할 수 있도록 시장 골목을 돌며 재료를 챙겨주고 새벽에 일어나 밑손질을 해주는 것만으로도 상당히 무리하고 있는지도 모르는데.

박리김밥집을 끝으로 시어머니가 업종을 바꿔가면서 오랫동안 지켜왔던 가게를 우리 부부한테 넘겨줄 때 남편이 한 가지 당부를 했다. 적당히 둘이 먹고살 수 있을 만큼만 하자고. 주변 사람들 말처럼 남편과 나는 생김새도 성격도 딴판이라지만 그런 점에서는 처음부터 같았다. 늦은 오후가 되면 남편은 제 시간을 가질 수 있고 나는 주로 오전에 그럴 수 있는데, 우리는 각자의 이유로 대부분 이불 속에서 누워 시간을 보내고 있는지도 모르는 그런 사람들인 거지.

당연하겠지만 남편한텐 무거운 것을 들어달라거나 옮겨달라는 부탁은 할 수 없다. 어지간한 일은 내가 할 수 있는 데다 나는 너의 세 배쯤이나 될 만큼 무겁고 큰 체격을 가졌으니까. 나는 나를 이렇게 만들 필요가 있었다. 다 큰 여자가 돼서도 발길질 한 번에 나가떨어질 수는 없으니까 말이다. 지금의 나를 아버지가 볼 수 있다면 좋겠다고 생각할 때도 있다. 그러면 안 돼. 나는 조용히 나를 훈육한다. 오래전 일이지만 상담사는 나에게 감정을 너무 억누르는 데 익숙해져 있는 게 문

제라고 했다. 스스로를 늘 통제하고 싶어 하는 건 좋은 생각
이 아니라고. 바보 같은 소리로 들렸다. 감정을 억누르지 않
는다면 인간의 자격을 가졌다고 말할 수 있는 걸까. 나는 계
속해서 왠지 화가 난 사람같이는 살아가고 싶지 않았을 뿐이
다. 아니 진희야. 지금은 다른 이야기를 하고 있었지. 어쨌든
나도 혼자 힘을 써서는 저 맞은편 쌀가게와 천연 담뱃가게 사
이의, 나무 한 그루를 심어놓은 다라이만은 움직일 수 없었
다. 김장을 수백 포기쯤 할 때나 쓰는 깊고 큰 다라이에 누가
나무를 심어놓은 걸까. 언제부터 놓여 있었는지도 알 수 없
다. 어느 날 그게 보였다. 제대로 된 데 제대로 심어져 있지
않은 것이.

작은 초록 이파리 때문에 관엽식물 같아 보였다. 쌀가게 주
인도 담뱃가게 주인도 모르는 일이라고 했다. 저 무거운 걸
치워버릴 사람이 있을 것 같지도 않다. 어쩌면 그래서는 안
되는 일인지도 모른다는 생각이 든 건 누군가 그걸 보러 오는
사람 때문이었다. 이따금 한밤중에 그 발육 상태가 좋지 않은
뻣뻣한 나무를 보러 내려오곤 했던 사람. 열여섯의 너는 허청
허청 산 쪽 마을에서 내려왔다. 누가 너를 볼 수 없을 거라고
여길 만한 시간에. 그 맞은편 불을 끈 어두운 가게 유리문 안
에서 집이 있어도 갈 데가 없는 것 같은 한 무거운 중년이 지
켜보고 있는 것을, 봄이 가도록 너는 알지 못했다.

비 오는 그 밤에 가스 검침원 여자가 아무도 없는 집에 있던 여자애 이야기를 할 때부터 나는 알고 있었을지도 모른다. 거기엔 정말 이 세상에 없는 한 사람이 살고 있다는 사실을.

단골손님들이 가끔 묻고는 한다. 맛을 내는 비법이 뭐냐고 말이다. 남편이 있을 때면 사람 좋은 웃음으로 상대를 한다. 재료는 모두 이 시장 안에서 구할 수 있는 걸 쓰고 어머니한테 배운 대로 고구마 양파 무 같은 야채 껍질로 육수를 낸다고. 옥수수 우린 물을 장에 섞어 쓰고 매실청 유자청 같은 수제청으로 단맛 신맛 감칠맛을 내는 이야기까지는 하지 않지만. 중요한 건 집에서 먹는 음식을 만들 때처럼 요령을 피우지 않는 거지. 해가 바뀌면 새해 결심을 하듯 사계절 계획표를 세우는 일도 잊지 말아야 한다. 1월이면 동치미를 담그고 3월에는 봄동겉절이를 5월에는 열무물김치를 10월에는 게장을 담근다는 식이다.

어쩌다가 다른 걸, 그러니까 내 엄마가 만들어주었던 음식을 해보고 싶을 때도 있지만 채 썰어 양념한 무를 두부에 넣고 끓인 무채두부찜이나 소금물로 씻어 쓴맛을 없앤 도라지에 찹쌀 반죽을 묻혀 튀겨내는 도라지튀김 같은 반찬은 곤란하다. 우리 동네 사람들이 원하는 건 기본적이고 소박한 찬들이다. 콩자반 달걀찜 두부조림 미역줄기볶음이나 감자조림 그리고 각종 김치들. 거기에 따뜻한 국 한 그릇이면 충분하지. 남편과 나는 각각 가진 하루의 절반씩 성실하게 일하는 데 쓴다. 그러기만 하는데도 하루가 금방 간다. 하루는 빨리 가는데 밤은 그렇지 않고, 손님이 드문 날에도 녹초가 돼버리는 건 이상한 일이지. 걸어서 겨우 15분쯤 거리인데 집까지 가는 길이 말할 수 없이 고되게 느껴질 때가 많다. 그런 날이면 남편이 일하다 틈틈이 쉬는 조리대 한쪽 간이침대에 눕는다.

시간이 흘렀는데도 꿈속에서만큼은 여전히 우린 가족이다. 엄마는 할머니가 되었고 아버지는 돌아가시고 없는데도. 엄마는 아파서 누워 있었다. 아버지한테 맞은 사람은 우리 남매였는데 아픈 사람은 늘 엄마였다. 어째서인가 이번 꿈에는 아들이 된, 남동생같이 작아진 아버지가 엄마 발치에 앉아 치마를 걷어 올렸다. 종아리부터 허벅지, 사타구니 안쪽까지 검은 멍이 길게 번져 있었다. 손가락을 갖다 대기만 해도 멍에서 검은 물이 뚝뚝 떨어질 것만 같았다. 살 수 있어 보이는 몸이 아니었다. 나는 울지 않았다. 아들로 변한 아버지가 그 멍에 연고를 정성껏 문질렀다. 손대지 말라고 엄마는 말하지 않았다. 그래봐야 소용없다는 걸 잘 알고 있으니까. 반짝 눈을 뜬 엄마가 내 쪽으로 고개를 돌리곤 상냥한 소리로 속삭였다. 부모라고 해서 꼭 사랑할 필요는 없단다, 우리 딸.

내가 혼자 그 집을 나온 건 중학교 졸업을 마친 해 2월이었다.

선잠에서 깨고 나서도 검은 멍이 머릿속에서 떠나지 않았다. 생각을 너무 많이 하지 말아야 할 때가 있다. 실내 불을 다 껐다. 불을 켜두면 영업 중인 줄 알고 잘못 들어오는 손님도 있는데.

너도 그랬다, 진희야. 밤 11시 반이 넘은 시간이었으니까.

혹시 미역국 있나요.

저 맞은편 다라이 나무 쪽으로 슬금슬금 다가와 이파리를 만지작거리다가, 주위를 두리번거리다가 길고양이처럼 유연하게 가로등 반대편으로 사라져버리는 여자애. 헛일 삼아 일주일째 아무도 없는 집의 뒤란으로 돌아가본 검침원 여자가 창문으로 본 아이. 상을 펴놓고 바닥에 앉아 있다가 천천히 일어나서 잊었다는 듯 커튼을 쳐버렸다던 그 다 큰 애가 너라는 것을, 나는 알아보고 말았다.

남편에게는 이렇게 말했다. 나는 몰랐다고. 너는 계절에 맞지 않은 옷을 입지 않았으며 언어발달에 문제가 있는 것처럼 보이지 않았고 구타의 흔적도 없었으며 걸음걸이가 이상하지도 않고 품행에 장애가 있어 보이지도 않았다고. 누가 봐도 학대받는 아이 같아 보이지 않을 거라고. 게다가 너는 애가 아니라 다 큰 여자애였다고. 그 집 사정이 있을지도 모르니까 당분간은 모르는 척해보자고. 순간 남편 눈에 핏발이 섰다. 그런 사람이 아닌데, 너에 관한 일에서만은 달랐다.

여보.

……

정미야.

내 말 왜 안 믿어.

당신은 알잖아, 그런 애들.

그만해 여보.

당신 정미니까.

조용한 소리였다. 습격 같은 거였지. 내가 너를 보고 몰랐다고 믿었던 그 모든 특징을 다 가진 아이가 정미라고 말하는.

사실이기도 하고 아니기도 했다. 그러나 서로가 아는 것에 관해 더는 말할 수 없었어.

정미는 진희에게 대답했다. 미역국은 지금 없다고, 내일 오면 끓여두겠다고. 짜지 않게 끓여주세요. 진희는 또박또박 주문할 줄도 알았다. 이상할 게 없는 목소리였다. 진희는 아래위로 어두운 갈색 체크무늬 반팔 실내복을 입고 맨발에 슬리퍼를 신고 있었다. 고개를 조금만 숙여도 얼굴을 가려버리는 긴 단발머리는 숱이 많아 보였고 얼굴에는 여드름과 모기에 물린 것 같기도 한 붉고 작은 자국들이 있었는데 그건 불안하게 흔들리는 진희의 깨끗한 눈동자와는 어울리지 않아 보이기도 했다. 잘 돌아보면 그때 정미의 얼굴은 잠시 동안 불을 가지고 놀아도 되는 어린애같이 두려운 생기로 순간 반짝거렸거나 무엇엔가 놀란 듯 보였을지 모른다.

그게 겨우 열흘 전쯤이다. 남편은 시간을 벌써 그만큼이나 흘려보냈다고 나를 질책하고 있지만.

어제 아침에는 구청 도서관으로 책을 반납하러 갔다. 한 사람이 젊은 시절에 가로챘던 친구의 편지를 40년 만에 돌려주러 고향으로 내려가는 이야기였다. 고향으로 가는 길은 A에서 B까지 기차를 타고 가는 단순한 여정이 되긴 힘들 거다. 역과 역 사이에서 뜻밖의 사람들을 만나고 예기치 못한 이야기도 듣게 되겠지. 종착역에 내린다고 해도 원하는 걸 해낼 수 없을지도 모른다. 인생이 그런 거니까.

끝까지 읽지 않은 책을 돌려주고 도서관에서 나와 고개 쪽으로 방향을 틀었다. 양버즘나무 말고도 네가 알려준 모과나무 은행나무 이팝나무 개나리 철쭉……, 꽃이 없는데도 이제야 그 나무들이 눈에 들어오기 시작하는구나.

남편이 이 도시에서 기차로 두 시간쯤 떨어진 도시로 일을 다닌 적이 있다. 수도권이 그쪽으로 이전될 거라는 소문이 한창일 때였다. 무슨 문화 건물을 짓는 규모가 큰 공사장에서 일자리를 얻었다고 했다. 우리가 만난 지 얼마 안 된 때였다. 나는 마포에 있는 백반집에서 서빙을 맡고 있었다. 사는 일만으로도 서로가 정신없을 때였지. 남편은 공사장에서 가까운 여관에 짐을 풀었고 주말마다 기차를 타고 나를 만나러 왔다. 한번은 그가 지나가는 소리로 앵무새 한 마리를 샀다고 했다. 일을 마치고 혼자 여관방으로 터덜터덜 걸어가는 그의 뒷모습이 상상이 갔다. 얼마 뒤에 그가 검은 천으로 가린 새장을 들고 기차에서 내리는 것을 봤다. 주말 동안 그 새가 혼자 새장에 있을 거라고 생각하니까 견디기가 어려웠다고. 우리는 새장을 들고 걸어서 좁고 냄새나는 내 방으로 왔다. 새장을 들어본 적 있니. 생각보다 무겁고 커서 우리 같은 사람들한텐 어울리지 않는 물건이라고 느꼈다. 새는 달랐다. 작고 화려한 데다 소리까지 냈거든. 어떤 짧은 분절음들은 너무 선명해서 공기를 찢어놓는 듯 들리기도 했다. 이틀 후 그는 다시 새장을 들고 기차를 탔어. 뒷모습을 보면서 나는 나한테 내기를 걸었다. 한 마리 더 사겠구나,라고. 그는 정말 그랬다. 자신이 일 나간 동안 하루 종일 혼자 있어야 하는 앵무새가 마음에 걸렸다고. 그는 정말 보기 드문 사람이었지. 사람이 사람을 때릴 수 있다고는 상상도 못 할 남자로 보였다. 나는 불안해졌다. 한 번도 가져보지 못한 감정, 너무 밑바닥에 있어서 느껴본 적도 없는 미세하지만 분명한 그런 흔들림 때문에.

앵무새는 두 마리가 되었고 기차를 타고 나를 만나러 올 때 그는 더 이상 새장을 들고 오지 않았다. 새는 어떻게 했어요? 그는 씩 웃었다. 눈가로 가느다란 주름이 뺨까지 이어졌다. 젊음이라곤 찾아볼 수 없는 얼굴에 무척 홀가분한, 자신을 기특해하는 표정이 그때 지나갔다. 새들은 방에 잘 두었다고 했다. 그는 새장이 아니라 방이라고 했어. 새장이 얼마나 답답할까 싶어서 그 두 마리를 방에 풀어두고 왔다고. 방을 치우고―짐이 얼마 안 되니까요, 그는 변명하듯 수줍게 웃었다 ― 바닥에 모이와 물그릇을 놓아두고. 나는 민철이라는 남자를 물끄러미 봤다. 주말을 보내고 돌아가서 방바닥에 떨어진 새똥과 깃털과 먼지 들을 열심히 치울 그를 떠올려보기도 했다. 창문까지 다 닫으면 답답해할지도 몰라서 딱 1센티미터만 열어두고 왔다고 한 말만은 마음에 걸렸다.

12월이 시작되고 공사가 거의 끝나갈 무렵이었다. 그가 일요일 저녁에 돌아갔을 때 창문이 반 뼘이나 열려 있고 앵무새 한 마리가 보이지 않았다. 남은 한 마리가 풀이 죽은 채 개놓은 이불을 부리로 쪼아대고 있었다. 그새 조금 커버린 수컷 앵무새가 부리로 창문을 조금씩 콕콕 쪼아 밀어서 날아가버렸다. 창이 열린 여관방은 냉기로 가득했다. 남은 한 마리도 며칠 앓더니 죽어버렸다고 했다. 내 탓이에요. 그는 내 무릎에 얼굴을 묻고 울었다. 날아가버린 새는 밖에서는 얼마 살지 못한다는 걸 그도 알고 있을 텐데. 잘 설명할 수는 없지만 그때 처음 내가 평생 살고 싶은 사람을 만났다는 슬픔이 몰려왔다. 불가피한 거였지. 한 사람이 한 사람에게 특별하다고 느끼는, 그걸 깨닫게 되는 순간을 무어라고 부를 수 있니. 다만 내 인생에서도 어떤 못 보던 것, 친밀하게 느껴지는 것, 살아 있는 것을 만나게 되기를 오랫동안 기다려왔는지 모른다. 그것이 진정한 기쁨으로 나를 놀라게 해주기를. 나는 그의 등을 쓸고 쓸었다. 포개진 따뜻한 몸과 일렁이는 감정들이 뒤섞인 우리의 삶을 두려움 때문에 경솔하게 밀쳐내서는 안 된다는 것을 알아차리면서.

너를 처음 보았을 때도 그랬을지 모른다, 진희야. 어쩌면 우린 잘 아는 사람들처럼 서로가 침묵하고 있거나 서로만 알고 있던 것에 대해 오직 선량함으로만 채워진 우정을 나누게 될 수 있을지 몰랐으니까. 그래서 네가 비밀을 지켜달라고 했을 때 그러겠다고 선뜻 말해버렸을 것이다. 내가 너를 도울 수 있을 거라는 생각은 착각이 분명하다는 걸 알면서도. 그건 틀림없이 실패로 끝날 거였지. 모험이었고, 그래, 도덕적이지 않은 일의 결말이 그렇듯. 그러나 네가 한 말은 나를 튼튼하게 묶어놓은 듯했다. 아줌마는 진짜 믿을 수 있는 사람인 거 같아요.

아버지가 마침내 안방에서 잠들면 우리는 더 좁은 건넛방에 모여 누웠다. 아버지가 우리 남매가 다니던 초등학교 선생님이라는 이유 외에도 엄마와 나와 동생이 침묵해야 할 이유는 많아 보였다. 다섯 살 때부터 나는 말을 하지 않는 것에 익숙해져 있었다. 소리 내면 너 대신 네 엄마를 때릴 거다. 아버지는 한번 말한 건 반드시 지키는 사람이었다. 아버지가 한번 시킨 일은 반드시 해야 했다. 우리는 그렇게 컸다. 태어날 때 어린애가 아니라 다 큰 애로 태어났다면 아버지라는 성인, 아버지라는 가장과 문제없이 지낼 수 있었을지도 모를 텐데. 하지만 나는 어린애였고 발육이 늦은 동생은 그보다 더 어릴 때였다. 아버지는 나와 동생을 공평하게 때렸다. 우리가 소리 내지 않는 이상 엄마에겐 손대지 않아서 나는 입술을 꽉 다문 채 몸의 근육과 뼈들을 힘껏 오그렸다. 어긋난 어떤 뼈들은 다시 원래 자리로 돌아가지 않기도 했다. 아버지는 피를 내지 않고 도구를 쓰지 않고도 가족 모두를 까무러치게 만들 줄 알았다. 아버지가 원래 그런 사람은 아니었다고 엄마는 숨죽여 울었다.

내가 가출한 지 3년 후 동생도 집을 나갔다고 했다. 그제야 버림받는 걸 두려워해서는 안 된다고 깨달았을까. 학대가 일시적으로 끝나는 경우는 드물다는 것도. 서로의 일을 그때는 알지 못했다. 우리가 다시 만난 건 아버지 죽음 이후였으니까. 엄마는 혼자 장례를 치른 후 고향으로 돌아갔다. 예순이 넘어 돌아간 집은 폐가나 다름없었다고 했다. 10여 년 전부터 엄마는 혼자 그 집에서 살고 있다. 길고 복잡한 것 같아도 어떤 인생은 몇 문장만으로 요약이 가능하다. 동생은 남쪽 섬 어딘가에서 소를 키우는 일을 하다가 지금은 인공사료 만드는 일을 한다고 들었다. 결혼도 했고 아이들도 있다고 했는데.

지금은 왜 같이 살지 않는 거예요?

너라는 존재가 드러나는 순간 부모와 따로 살게 될까 봐 두려워하는 네가 물었다. 부모 이야기에는 유독 방어적인 태도를 보이는 너를 맞바라봤다.

보지 않아도 서로를 꿰뚫어볼 수 있는 게 가족인 것 같다고, 그래서 무섭고 가능한 한 피하고 싶을 때가 많다는 말은 이제 남편한테도 하지 못할 것 같다. 같이 있었을 때도 우리는 서로를 지켜주지 못했다. 함께 눈물을 흘리는 것만으로는 부족했다. 시간이 지나도, 아무리 우리가 다른 사람이 되었어도 그때 우리들이 견뎌야 했던 밤과 경험은 여전히 살갗에 달라붙어 있는 것만 같다. 어떤 좋은 옷으로 가리고 있어도 소용없지.

우리 세 사람이 아버지의 죽음 뒤 처음이자 마지막으로 만났을 때 엄마가 말했다. 자신이 저지르고 있는 죄가 어떤 죄인지 아버지는 몰랐을 거라고. 나는 자리에서 일어났다. 엄마 얼굴은 보지 않았다. 엄마는 아직도 아버지가 우리에게 지은 가장 큰 죄를 모르고 있으니까. 우리 가족을 이렇게 서로 다시 보고 싶지 않은 사람들로 만들어놓은 사람이 아버지라는 것을.

너희 부모도 나중에 그렇게 말할지 모른다. 그게 정말 죄가 될지 몰랐다고.

잠깐만 진희야. 손님이, 가스 검침원 여자가 온다.

처서가 지났는데도 여전히 열대야가 기승을 부릴 때였다. 국을 담아 주었던 커다란 냄비를 네가 가져온 후 우리는 몇 번째인가 짧고 긴 밤 산책을 하고 있었다. 그날 너와 나는 수요일에 만났다. 좋은 것을 보여주겠다고 했지. 자정이 가까운 시간에 너는 내 가게에서 좀 떨어진 데서 나를 기다리고 있었다. 가게 문을 닫고 나오는 나를 보고 너는 먼저 큰길 쪽으로 걷기 시작했다. 천천히 네 뒤를 따라갔다. 우리는 나란히 걸어서는 안 되는 사람들이었다. 이웃들은 반찬가게 주인을 잘 알고 있으며 너는 여기 산다는 걸 들켜서는 안 되는 사람이니까. 사거리에서 인적이 드문드문해지는 고개 쪽으로 접어들어서야 네가 걸음을 멈췄고 내가 올 때까지 가느다란 두 팔을 늘어뜨린 채 기다렸다.

지금부터예요.

진희는 가로수를 가리켰다.

양버즘나무 길요.

저건 플라타너스잖아.

그건 학명이고요, 우리말 이름은 양버즘나무예요.

우리는 나란히 걷기 시작했다. 네가 양버즘나무 길이라고 이름 붙인 긴 고갯길을.

어느 날 밤이었는데 걷다 보니까 우리 동네에 이 나무가 유난히 많이 보이는 거예요. 저 나무를 왜 이렇게나 많이 심어놨을까 궁금해졌어요.

나는 새삼스러운 눈으로 울창한 플라타너스를 올려다보았다. 넓고 푸른 잎이 보기 좋아서 심어놓은 것 아닌가. 여느 가로수처럼. 진희는 보도블록에 떨어져 있는 이파리를 주웠다.

여기 솜털들이 돋아 있잖아요. 이게 시끄러운 소리와 나쁜 냄새를 빨아들인대요.

나무에 대해 잘 알고 있구나.

그냥 더 알고 싶어지는 게 있잖아요.

그 시간에 보도육교 위에서 차도를 내려다보는 것도 그 맞은편 비탈에 세워진 초등학교를 그 높이에서 보는 것도 처음이었다. 학교는 폐교처럼 인적이 없었다. 네가 명명한 양버즘나무 길을 왕복하는 데 한 시간쯤 걸릴 거라고 했다. 한 시간. 아버지는 밤 근무를 하고 새벽에 일을 나가는 네 엄마는 9시면 자리에 든다고 했다. 네가 그 시간에 혼자 밖에 나갈 거라고는 상상도 못 할 거라는 사람들.

나무 이름이 꼭 버짐을 떠올리게 하네. 버짐이라고 아니?

줄기 껍질이 그렇게 생겼죠?

보도육교 내리막길에서 이어지는 가로수 둥치를 진희는 손바닥으로 매만졌다. 아닌 게 아니라 얼굴에 핀 버짐마냥 껍질이 잿빛으로 얼룩덜룩해 보였다.

그렇긴 하지만 귀하게 들리는 이름은 아니구나.

한번 정한 식물의 이름은 바꿀 수 없대요, 아줌마.

진희는 말간 얼굴로 부서질 듯 말라버린 양버즘나무 이파리를 내밀었다. 나는 그걸 들고 너의 길이 끝나는 고개까지 걸었다. 너의 이야기를 끝까지 들었다. 처음 듣는 이야기였다. 그건 정말 처음 듣는 이야기였어.

폭력은 없었다. 단지 너는 지금까지 학교를 다녀본 적도 없고 병원에 가본 적도 없는 아이였다. 16년 동안. 젊었을 때 동거를 시작했던 너의 새아버지가 친부라는 사실을 입증할 방법을 알지 못했고 나중에는 그것이 너무 복잡한 데다 적지 않은 비용까지 필요해 불가능하다고 여겼다고 했다. 그래서 네 출생신고를 해주지 못했다고. 네가 그 사실을 이해하게 된 게 불과 얼마 전이라고. 그 말을 할 때 너는 잠깐 입술을 물었다. 그때 나는 너에게 말했어야 한다. 그것도 학대고, 방임이라고.

나는 네 부모의 무지가 나이에 있기라도 한 듯 그들의 나이를 물었다. 아빠는 마흔여섯, 엄마는 마흔여덟. 네 입으로 내 나이를 듣는 것 같았다. 아이를 낳을 수 있는 몸이었다면 네 나이쯤 되겠구나. 그런데 네 엄마는 너를 낳고도 출생신고도 하지 않았다고 했니? 아동폭력을 당한 아이들이 어떻게 성장하는지 너는 모르지. 나는 분노를 가지면 안 되는 사람으로 나를 키웠다. 누구의 가해자가 될 가능성이 크다고 했으니까. 나는 그렇게 나를 교육시키고 싶지 않았다. 분노. 그게 몸 밖으로 터져 나갈 듯한 뜨거운 기운을 가졌다는 걸 그 순간 느꼈다.

그래도 세상에서 우리 아빠가 제일 좋아요.

너의 양버즘나무 길은 터널로 이어지는 갈림길에서 끝났고 우리는 길을 건너 되돌아가야 했다. 관할이 바뀌는 그 지점부터 수종이 바뀐다고 했던가.

아빠가? 왜?

나는 걸음을 멈췄다.

엄마랑 절 사랑하니까요.

사랑?

그런 게 사랑이래요.

어떤 게?

같이 있는 거, 비밀을 지키는 거요.

진희야.

나는 아무 말이나 하고 싶었다. 오늘 밤 네가 죽어도 이 세상에서 그 죽음을 알 사람은 네 부모밖에 없다는 말을. 기본적인 양육의 의무를 지키지 않는 부모는 부모의 자격도 없는 사람들이란 말도.

아줌마. 저 나무 꽃도 펴요. 겨울엔 열매도 열리고요.

진희야……

꽃말도 있어요.

플라타너스한테 꽃말도 있구나.

은혜래요.

은혜.

네, 하늘로부터 받은 은혜.

여름밤 한적한 도로에서 올라오는 식은 열기와 쓰레기차가 지나갈 때마다 풍기는 냄새와 우리 둘에게서 나고 있을 땀냄새 때문인지 두통이 느껴지고 있었다. 플라타너스 둥치를 한 팔로 짚고 체중을 실었다. 아픈 사람의 이마를 짚었을 때처럼 손바닥에서 열이 느껴졌다. 바로 밑에서 가로수를 올려다보기는 처음이었다. 겹겹이 포개진 넓은 잎들은 무언가 풍성한 것을 숨기고 있는 듯 보였다. 나는 어째서인가 더는 걸을 수 없었고, 더는 믿을 수 있는 사람도 비밀을 지키는 사람도 될 수 없을 것 같았다. 그래서 덥석 네 한쪽 팔을 잡아끌었다. 만약 누가 먼 데서 우릴 봤다면 한 어른이 작은 여자애를 폭력적으로 끌어당겼다고 할지도 몰랐다.

이렇게 밤에만 다니면 답답하지 않니? 진희야, 뭐 하고 싶은 거 없어?

친구 집에 놀러 가고 싶어요.

너는 피식 웃었다.

그럼 친구부터 만들어야겠구나.

있잖아요, 아줌마.

네 팔을 잡은 손을 더 내 쪽으로 끌었다. 힘껏 당겼다가 최대한 멀리 밀어내버릴 것처럼. 우리는 침묵했다. 너는 고개를 더 숙였고 머리카락이 얼굴을 온통 덮어버려서 너는 그 속으로 숨어버린 듯싶었다. 우리는 다시 시장 쪽으로 걸었다. 나는 너의 또래 친구가 될 수 없고 너는 밤의 산책이 언제까지나 자유로울 수만은 없다는 것을 알고 있었으니까. 지금 우리가 사는 시간이 옳지 않다고. 너도 그 밤에 다 알아버렸을 거다. 그렇지, 진희야.

어제 읽은 책에서 그러는데 사람들은 왕자보다 어린왕자를 더 좋아한다고 하는구나. 왕자는 어른이고 어린왕자는 그렇지 않아서 그럴까. 진희야, 때때로 어른은 기만적이기도 하다. 위선적일 때도 있지. 그게 언제나 나쁘기만 한 건 아닐지도 모른다는 생각이 들기 시작했다. 어른의 조건에 대해 고민하게 되면서 말이다. 정직, 책임감, 믿음? 어떤 일이 벌어지면 사람들은 우선 그게 도덕적인가 그렇지 않은가부터 진단하려고 할 거다. 어른들은 왜 도덕적이거나 그렇지 않은 일에 민감한 거지? 만약 지켜보는 사람이 없다면 그런 행동을 하지 않게 될지도 모른다. 그렇다면 도덕성의 목적도 지켜보는 그 타자에 있는 게 아닐까. 자기가 자기한테 주는 가치보다 남들에게 받는 가치를 더 인정하고 싶어 하는 게 사람이니까. 내 머릿속이 복잡해져버렸다. 명백히 여기 존재하지만 출생신고조차 돼 있지 않은 너라는 열여섯 살짜리 아이를 알게 되면서부터.

이사 온 앞집 여자는 이른 아침부터 개 한 마리를 데리고 옥상에 올라가 비치파라솔 의자에 앉아 시간을 보낸다. 빨래를 널기 위해서는 여자를 보지 않을 수가 없다. 막걸리 한 병이 그 여자의 아침인 모양이다. 그걸 마시면서 개한테 말한다. 손, 손, 아니, 그건 발, 왜 말을 못 알아들어, 손, 손 내밀어봐, 이 멍청한 개새끼. 나는 빨래를 탁탁 소리 나게 턴다. 여자는 자신의 옥상 빨랫줄에 무릎 담요 같은 천을 신경질적으로 너는 것으로 자신을 가려버린다. 보지도 말고 아는 척도 하지 말라는 듯. 나는 시어머니에게 말했다. 앞으로 빨래는 어머니가 좀 너시라고. 시어머니는 무릎도 아픈데 빨래 너는 일까지 시키냐고 화를 냈다. 앞집 여자가 우리 반찬가게에 오면 나는 개한테 손발이 따로 있냐고 무뚝뚝하게 굴지도 모른다. 여자가 코앞인 앞집 옥상에 개를 데리고 있다는 사실만으로도 신경이 곤두서는 기분이다. 절박한 소리로 우는 어린애의 울음소리를 듣고만 있어야 할 때처럼.

가스 검침원 여자의 작은아들이 한밤중에 응급실에 실려간 일도 동네 사람들한테 들었다. 검침원 여자의 머리 색깔이 또 달라져 있었다. 나는 묵묵히 장조림과 백김치를 담았다. 작은애가 갑자기 쓰러져버렸다고 했다. 성장 속도에 비해 몸이 채 균형을 갖지 못해서 생기는 어지럼증이 원인이라고 한 것 같다. 그 얘길 먼저 전해주었던 쌀집 주인은 자기 아들은 중학교 때도 이불에 오줌을 싸곤 했다는 소리도 했다. 몸이 크는 만큼 부분적으로 장기가 속도를 못 따라갈 때가 있는데 자기 아들은 방광이 그랬다고. 성장기 아이들이 그런 이유로도 평범하게 자라지 못하는구나 싶었지. 일을 마친 후였을 텐데도 여자는 지쳐 보이지 않았다. 밥 먹고 작은아들과 공원 한 바퀴 걷다 올 거라고 했다. 나는 반찬 봉투에 작은 병에 든 생수와 레몬청을 넣었다. 뭘 이런 걸 주고 그래요. 여자에게 새로 염색한 색깔이 잘 어울린다고 말해주고 싶었다. 우물쭈물하는데 여자가 먼저 사장님은 좀 어떠냐고 물었다. 그게 남편을 가리키는 말인지 나를 가리키는 말인지 몰라서 나는 남편한테 물속을 걸어 다니는 기분이 어떤 거냐고 물어본 얘길 했다. 사장님이 뭐래요? 조금 무섭다고 했어요. 평진데 그건 다른 차원의 평지니까. 장애물이 없다는 걸 아는데도 조심하게 된다고요. 그런데 이상하게 더 걷고 싶어진다네요. 검침원 여자가 웃으며 말했다. 그게 무슨 소리래요. 그러게 말예요, 나도 따라 웃었다. 사는 게 다 그렇죠, 여기저기 아프고, 그러다 좀 괜찮아지면 다행이고. 검침원 여자가 시원시원한 소리로 말하고는 자리에서 일어났다. 그 여자가 스쿠터를 끌고 시장 골목을 내려가는 모습을 지켜봤다. 어쩌면 나는 저 사람이 들려주는 동네 이야기에 더 귀 기울여야 할지도 모른다 진희야. 어딘가에 또 너와 비슷한 아이가 살고 있을지도 모르니까.

나에 관해서 가스 검침원 여자는 이제 남의 말에 귀를 좀 기울일 줄 아는 사람이라고 말할까. 내가 나 자신에 관해서 말해야 한다면……, 나는 사람들이 찬이네 찬이네, 하고 부를 때마다 저 문 밖 어딘가에 한 번도 가져보지 못한 찬이라는 아이가 살아 있다고 불현듯 느끼는 사람이다. 나는 지금 다리 사이에 반으로 접은 방석을 끼고 옆으로 누워 자는 한

남자의 아내이기도 하고 내가 그 방석보다 남편과 가깝지 않
다는 짐작이 들 때마다 쓸쓸해져버리는 여자이기도 하다. 싫
은 사람하고 먹어도 맛있게 느껴질 만한 음식을 만들면 된다
는 시어머니의 비법을 실천해보려는 사람이기도 하고 매일
새벽마다 고향집 돌담에 이마와 두 손바닥을 댄 채 자식들을
위해 기도하는 한 여자의 딸이기도 하고 진희 너에게 나무 이
야기를 듣는 걸 좋아하는 사람이기도 하다. 그러고 싶진 않
았다만 나는 어른이고, 진희야 난 그래서 신고의무자이기도
하다.

네 말이 사실이라면 경찰은 우선 너의 부모를 아동복지법
위반 혐의로 입건할 거다. 여성아동범죄조사부에 송치하겠
지. 겁먹을 필요는 없다. 네가 부모님을 처벌하지 말아달라고
하면 검찰은 그렇게 할지도 모른다. 헤어져 살게 되는 일까지
벌어지진 않을 거다. 너의 부모는 네 말대로 그게 어떤 죄인
지 몰랐을 테니까. 하지만 너의 생존권을 침해하고 교육적 방
임을 한 데 대한 책임은 져야 한다. 한번 정한 식물의 이름은
바꿀 수 없다고 그랬지. 그들이 네 부모인 것처럼. 검사는 그
의 직권으로 너의 출생신고를 하게 될 거다. 주민등록증을 가
질 수 있게 될 거야. 너는 네가 원하는 대로 구립 도서관에서
나무에 관한 많은 책들을 대출할 수도 있다. 얼마간 청소년복
지센터에 다녀야 할 거다. 생전 처음 친구들을 만날 수도 있

고. 진희야, 너는 내 눈에 이미 나무 박사지만 퍼즐 게임이나 그림 수업에서 두각을 나타낼 수도 있겠지. 초등학교 졸업 자격 검정고시를 볼 수도 있고. 헝클어져버린 것 같던 네 생의 실마리는 지금부터 풀어갈 수 있을 거다. 앞을 봐, 진희야. 아무것도 없어서 새로운 거니까.

나는 이렇게 나의 이야기를 처음 쓴다. 사람은 타인의 삶을 빌려서 비로소 자신의 이야기를 시작하게 되는 걸까. 나는 너의 삶을 빌려서. 네가 그런 놀라운 힘을 가졌다는 사실만큼은 믿어주기 바란다. 나는 약속을 지키지 않은, 너를 기만한 어른이 될 거니까 너를 만날 수 없게 될 거라고 생각하지만 어느 날인가 너의 플라타너스, 아니 양버즘나무 길에서 마주칠 수도 있을 거다. 겨울이 되면 방울 같은 열매가 열린다고 했지. 다라이에 심긴 식물은 벤자민고무나무라고 했니. 너 대신 그 나무한테 물도 줄게. 나무가 살지 못하는 곳은 사람도 살 수 없는 데라고 한 말, 기억하고 있으니까.

내일 경찰에 누군가 전화를 걸 거다.

너에 관한 이야기가 신문에 실릴지도 모른다. 우리 동네로 경찰과 기자 들이 찾아오고 당분간 이곳이 소란스러워질 거다. 어쩌면 꽤 오랫동안. 어떤 어른들은 너에 관해 더 알고 싶어 하고 책을 쓰고 싶어 하는 사람도 있을지 모르고 더 많은 일화를 듣고 싶어 할지도 모르니까. 이웃들은 대답할 거다. 아는 대로, 추측한 대로. 미화하게 될지도 모른다. 아이 하나

키우는 데 온 마을이 필요하다는 어느 인디언 속담을 인용해 대는 취재진들 앞에서 말이다. 혹시 누군가 신고자가 누구였는지 알아낼 수도 있겠지. 너라는 애를 안 후 왜 바로 신고하지 않았는지 추궁할지도 모른다. 우리 가게까지 찾아올지도 몰라. 그러면 말하게 될까. 모른다고, 우린 모르는 일이라고. 그렇게 지나갈 수 있을까. 언제 그런 일이 있었냐는 듯 잠잠해질지 모른다. 그렇게 될 수 없을지도 몰라. 이 나라 어디선가 유사한 일이 또 벌어진다면 사람들은 네 이름을 기억해내고는 다시 우리 동네로 찾아올 거다. 사례가 필요하니까. 그 후 네가 어떻게 살고 있는지 궁금해하겠지. 호기심은 불어날 거야. 이웃들은 선의로 그들을 돕기도 할 거다. 그러다 어느 날엔가 난색을 표할지 모른다. 그만들 좀 찾아오라고, 그러잖아도 장사도 안 되는데 여기 이러다 그 소문 때문에 집값 땅값 더 떨어진다고. 이제 그만하면 되지 않느냐고. 결국 우린 약속이나 한 듯 이렇게 말하게 될 것이다. 그런 애가 여기 살고 있는지 몰랐다고. 김진희를 몰랐다고.

492번을
타고

내가 만나본 사람들 중 많은 이들이 언젠가 로마에 가본 적이 있다고 했다. 그렇다, 이탈리아 수도 로마 말이다. 오드리 헵번과 그레고리 펙이 젤라토를 먹던 스페인 광장과 콜로세움 같은 유적과 교황이 사는 바티칸 성당이 있는 관광 도시. 그런 말을 할 때의 사람들은 마치 헤어지고 싶지 않은 연인을 어쩔 수 없이 그곳에 두고 온 것 같은 표정을 짓곤 했다. 어떤 사람들은 휴가철의 살인적인 무더위와 박물관에 입장하기 위해 몇 시간씩 줄을 서야 하는 불편함과 소매치기들 때문에 불평을 늘어놓기도 했지만 이야기는 결국 앞으로 돌아가는 것이다. 솔직히 말하면 나는 마흔 중반이 넘도록 로마에 가보고 싶다고 생각해본 적이 없었다. 무더위나 소매치기도 그렇지만 관광지인 데다가 낭만적이라고 하니까. 나는 사람들이 언젠가 자신이 거의 죽을 뻔했던 경험담을 들려주는 것에 더 흥미를 느끼는 사람이다.

의사는 정교하게 생긴 척추 모형의 꼬리뼈와 그 옆으로 이어지는 허리뼈를 볼펜 끝으로 툭툭 두드리며 거기가 문제라고 말했다. 1년 전부터 허리에 자주 통증이 느껴졌다. 물리치료도 받고 침도 맞았지만 그때뿐이었다. 엑스레이 결과는 6개월 전보다 나빠지진 않았지만 나는 평지 걷기 운동을 했냐, 한 시간에 한 번씩 의자에서 일어나 자세를 바꿔주었냐, 하는 질문에는 대답할 수가 없었다. 거 참 말 안 들으시네. 의사가 볼펜으로 다시 꼬리뼈를 치려고 했다.

한 문화예술기관에서 모집하는 해외 체류 프로그램에 지원서를 보내놓은 게 1년 전이었다. 지원할 수 있는 세 도시의 대학들 가운데 가보지 못한 데가 사피엔차 대학이었다. 사람들에게 로마에 다녀온 이야기를 듣고 있다가도 나는 그 대학이 로마에 있다는 사실을 종종 잊어버리곤 했다. 그 프로그램의 의무사항은 크게 두 가지였다. 세 번 강의를 해야 하고 개인 사정이 어떻든 85일 동안 체류해야 할 것. 시기를 선택할 수 있어서 다행이었다. 12월 첫째 주에 떠나 이듬해 봄에 돌아오기로 결정하고 종강을 한 주 앞당겨 했다.

출발하기 이틀 전에 정형외과에서 허리에 근육주사를, 출발 전날에는 소염주사를 맞았다. 내복약은 2주 치. 의사는 내게 투명 비닐에 싸인 뭉치를 내밀었다. 이게 뭐예요? 나는 두껍고 큰 살색 스타킹 같아 보이는 그걸 떨떠름하게 내려다보았다. 열두 시간쯤 걸리죠? 기내에서도 허리에 차고 계세요, 걸어 다닐 때도요. 비닐봉지를 풀어보지 않아도 나는 그게 어떻게 생겼는지 안다. 엄마가 김장할 때나 다라이에 담가둔 이불을 발로 밟을 때 허리에 벨트처럼 두르는 우스꽝스럽게 생긴 것. 의사는 로마는 운동화 신고 천천히 걸어 다니면서 운동하기 좋을 거라고 했다. 아내랑 신혼여행으로 로마에 갔던 게 벌써, 하고 의사가 먼 데를 보는 눈으로 말을 꺼내기에 서둘러 인사를 하곤 진료실을 나왔다. 지난해 12월 10일 수요일 아침에 나는 3개월 치 짐과 선별해 고른 책들과 휴대용 저주파 치료기가 든 트렁크를 끌고 인천 공항으로 향했다. 옷 속에 복대를 단단히 착용하고서.

로마에 도착한 첫날밤, 빈속에 약 두 봉지를 털어 넣곤 순식간에 잠에 빠져버렸다. 다음 날부터 강의를 시작해야 했고 거기서 오는 긴장과 스트레스가 믿을 수 없을 만큼 깊은 잠 속으로 곯아떨어지게도 만들었다. 그 후부터의 열흘 동안은 강의 준비를 하고 학교에 가고 프로그램 관계자들을 만나느라 시간이 가는 줄도, 내가 로마에 있다는 사실도 깨닫지 못했다. 한기에 잠에서 깬 22일 월요일이 되었을 때는 달랐다.

사피엔차 대학은 방학에 들어갔고 담당자인 동양학과 교수나 관계자들 모두 가족과 연말연시를 보내기 위해 밀라노나 소렌토로 떠난다는 이메일을 보내왔다. 내가 만난 학교 사람들 중에서 그 도시에 남아 있는 사람은 숙소를 구해준 한국인 코디네이터 안 선생과 이번 프로그램을 위해서 내 단편소설을 한 편 번역해준 실비아라는 이탈리아 학생, 그렇게 둘밖에 없었다.

기내용 담요를 어깨에 두르고 거실의 흰 벽을 맞바라봤다. 정확히 말하면 벽의 절반을 꽉 채우고 있는 로마의 지도를. 저런 대형 지도를 짜 맞춰서 집 안에 걸어둔 주인은 어떤 사람일까. 강의들은 마쳤으니 학교에는 나가지 않아도 되고 만날 사람도 없었다. ……이제 여기서 무엇을 해야 할까? 정말이지 나는 낯선 공간에 와 있었다. 도시는 테베레라는 강을 중심으로 둘로 나뉘어 있는 것처럼 보였다. 동쪽에는 바티칸 성당과 박물관과 천사의 성이, 강의 서쪽에는 그 외 로마에서 유명하다는 대부분의 관광지, 유적지들이 있었다. 말로만 듣던 콜로세움이나 스페인 광장, 트레비 분수, 포로 로마노, 나보나 광장 같은.

내 숙소는 강의 동쪽에 있고 안 선생 말에 따르면 바티칸 성당까지 걸어서 15분 거리쯤이라고 했다. 바티칸 성당 이후의 동쪽 거리는 지도에 생략돼 있었다. 내 숙소도 마찬가지였다. 테베레강은 거꾸로 뒤집어놓은 완만한 S자 모양에 가까웠다. 이 지도로 보면 세로로 긴 그 강에는 열네 개의 다리가 있고 다리마다 산타젤로, 가리발디 등의 이름들이 붙어 있었다. 나한테는 우리 집에서 봉천고개를 넘어 한강대교만 건너면 시내가 시작되는 느낌이듯, 테베레강의 다리들만 건너면 바로 로마 시내로 이어져 있는 듯 보였다. 강의 모양은 어딘가 모르게 동네 정형외과에서 자주 본 플라스틱 척추 모형을 떠올리게도 했다. 척추를 옆에서 보았을 때의 그 길고 부드럽게 휘어진 S자 모양이. 테베레강을 보고 척추뼈를 떠올리고 있다니. 나는 고개를 내저었다. 난 이곳에 어울리는 사람이 아니라고. 그러자 그 지도는 어떤 말을 하려는 듯했다. 일단 강이 있는 쪽으로 가볼 것. 정오가 돼가고 있었다. 배가 고파오고 화장실 티슈와 전기주전자도 필요했다. 세 달쯤 살자면 더 많은 생필품이 필요할 거였다. 운동화를 신고 복대도 차고. 시장이든 식당이든 강이든 일단 밖으로 나가보자.

492번 버스를 처음 타게 된 것은 그 후로 2주가 더 지나서였다.

하루에 세 시간씩 걷다 보니 그사이 해가 바뀌어 1월 첫째 주가 시작되고 있었다. 걷고 먹고 자는 것 외에 달리 할 일도 할 수 있는 일도 생기지 않았다. 한두 번 서울에서 짧은 원고 청탁이 들어와 노트북을 아일랜드식 주방 테이블에 올려놓고 선 채로 써서 송고했다. 서서 원고를 쓰자니 몸에 긴장이 생기는 데다 어딘가 벌을 받는 느낌이 들기도 했지만 글은 앉아서 쓸 때보다 나아 보이기도 했다. 앉아서 할 수 없는 일이면 누워서도 엎드려서도 하기 어렵다. 나는 직립보행을 처음 배우는 사람처럼 걷거나 서 있다가, 힘에 부치면 잠시 어딘가에 허리나 등을 기댔다. 다리를 꼬고 앉거나 한쪽 다리에만 힘을 준 채 서 있는 자세도 피하고 두 다리에는 항상 같은 힘을 주고 서 있거나 걸어야 한다. 그러지 않으면 꼬리뼈쯤에 염증이 생길 거라니까. 게다가 어떤 차림을 해도 배 부분이 튀어나와 보이는 복대도 잊지 말아야 했다. 젠장, 로마에 와서 이런 꼴로 걸어 다니게 될 줄이야. 바람둥이 이태리 남자들을 조심하라고? 이런 걸 차고? 나는 큰소리로 투덜거렸다. 젠장, 젠장 맞을. 이상한 소리 같지만 최근 이삼 년 사이에 내가 예전과는 좀 달라지고 있다고 느낀다. 강의하면서 불쑥불쑥 쌍소리를 해대고 싶을 때도 있고 방귀도 아무 데서나 시원하게 뀌어버리고 싶다고 생각한다.

자딘을 겨우 서너 번쯤 만났을 때인가, 나는 그에게 나의 어딘가 고장 나버린 기분이라고 말했다. 다른 사람 눈을 의식하는 데 지쳤는지도 모르지. 나에 대해 아무것도 알 리 없는 자딘이 무표정한 얼굴로 말했다. 그러더니 너는 그냥 거기가 아픈 사람이라면서 손바닥으로 내 배를 가리키고 씩 웃었다.

탄력이 떨어져 헐거워진 복대가 윗옷 밖으로, 골반 아래까지 내려와 있었다. 자딘의 웃음을 본 건 그게 처음이자 마지막이었다. 농담을 하던 자딘도. 아무튼 자딘을 만난 이야기는 조금 뒤에 하기로 하자. 트라스테베레는 492번을 타고서는 갈 수 없는 곳이니까.

처음에 지치지도 않고 하루에 네다섯 시간씩 집에서부터 판테온, 트레비 분수, 스페인 광장 등을 왕복했다. 걸으면서 하는 생각은 누워서 하는 생각과는 다른 데가 있다. 그래도 2주쯤 지나니 시내까지 걸어서 나가는 일도 싫증이 나려고 했다. 게다가 겨울에는 우기가 시작되는 모양이었다. 이틀 걸러 비가 내리고 세차게 바람이 불어댔다. 그런 날이면 집 바로 앞에 있는 정거장에서 490번이나 495번을 타고 포폴로 광장이나 보르게세 공원으로 가서 걸었다. 그 정거장에서 한 블록 떨어진 정거장과 지하철역 근처에 시내를 가장 짧은 거리에 관통해 가는 492번 버스가 있다는 걸 알게 된 것은 현지인들이 가는 맛집을 소개해달라는 내 부탁을 받고 안 선생이 보낸 이메일을 통해서였다.

숙소에서 5분 거리에 있는 슈퍼마켓이나 가볼까 하고 장바구니를 들고 나섰다. 6시가 다 돼가는 1월 첫째 주 월요일이었다. 집 앞 정거장도, 장을 볼 요량이었던 슈퍼마켓도 그냥 지나쳐 갔다. 허리 통증은 크게 나아지지 않았다. 걷는 일 자체를 그만두는 게 낫지 않을까. 걸음을 멈추곤 표지판을 올려다봤다. 492번 버스 정거장이었고 2분 후에 버스가 도착할 거라는 사인이 들어와 있었다. 장바구니를 든 채 숙소를 나섰을 때부터 올해 첫 월요일 저녁을 혼자 집에서 대충 때우고 싶지 않다고 생각했을지 모른다. 곧 492번이 도착했고 나는 버스에 올라탔다. 안 선생 말대로라면 이 버스를 타고 현지인들만 안다고 하는 소박한 밥집에 갈 수 있을 거였다. 아르젠티나 광장 앞에서 하차한 후 트램이 가는 길을 따라 다리를 건넌다. 강둑을 따라 걷다 왼쪽에 티베리나섬이 나오면 그리로 들어간다. 식당은 섬 안에 있다고 했다.

492번은 바티칸 성당 담을 돌아 카보레 다리를 건너 나보나 광장으로 통하는 대로 쪽으로 천천히 움직였다. 달린다기보다 간신히 앞으로 나아가는 정도의 속도밖에 내지 못했다. 로마에 가본 사람들은 알겠지만 로마 버스 안에는 정거장 안내판도 안내 방송도 없다. 밖의 정거장 안내판을 보고 내리거나 대충 엇비슷한 데 내려서 걸어가면 된다. 그래도 노선도 제대로 모르는 492번 버스를 탄 건 그때가 처음이라 나는 아르젠티나 광장에 내릴 때까지 줄곧 희미한 긴장을 느꼈다. 492번은 저녁이 내려앉는, 그러나 내가 한 번도 본 적 없는 높이의 전경(前景)을 지나쳐 가다 이따금 신중을 기하듯 덜컥 멈췄다 새 승객들을 태우곤 다시 힘을 냈다.

코디네이터 안 선생에게 전화가 왔다. 서울에서 어머니가 오신다면서요? 실비아한테 들었어요. 나는 아, 네, 이도 저도 아닌 대답을 했다. 교황이 다녀간 후부터 로마를 찾는 우리나라 관광객 수가 서너 배 가까이 늘어서 비성수기인데도 비행기 표가 없었다. 항공사에 근무하는 막내 제부가 장모님 보내드리고 싶은데 아직 어떻게 될지 잘 모르겠네요 처형, 했던 게 일주일 전이다. 쌤, 저한텐 전화 한 번도 안 하시면서 실비아는 만나고 그러시나 봐요? 나와 엇비슷한 나이일 텐데 안 선생은 어법도 차림도 이십대 같다. 레오나르도 다빈치 공항 가는 길을 묻느라, 생일에 미역국을 너무 많이 끓여서 실비아에게 연락한 적이 있다. 나는 말수가 적고 크게 웃지 않고 책 읽는 걸 좋아하는 사람한테 호감을 느끼는 모양이다. 안 선생이 엄마가 로마에 체류할 기간을 묻더니 그럼 어머니 오시기 전에 실비아랑 셋이 저녁 한번 먹을까요, 했다. 연말연시를 내가 혼자 보낸 게 코디네이터의 잘못도 아닐 텐데 나는 갑자기 밥은 왜요? 퉁명스럽게 물었다. 새해도 시작됐으니까요, 쌤, 그리고 밥이 아니라 술. 안 선생이 허스키한 소리로 호홋 웃으며 전 금요일 저녁밖에 시간 안 됩니다,라고 못을 박기에 네, 네 하곤 전화를 끊었다. 그 동네에서 집이 가깝다는 실비아와는 금요일에 산타체칠리아라는 성당에서 먼저 만나기로 했다. 거실 지도에서 트라스테베레를 찾았다. 지도에 표시된 강의 아래쪽 끝, 내가 꼬리뼈쯤이라고 여기는 지역이었다.

중세 시대 노동자들이 살았던 곳이며 지금은 좁은 골목들 사이로 현지인들에게 인기가 많은 싸고 맛있는 식당과 클럽들이 밀집돼 있어 차츰 관광객들에게도 알려지기 시작한 동네라고, 성녀 체칠리아의 석관이 있는 성당의 정원으로 앞장서며 실비아가 말해주었다. 체가 어릴 때는 여기 트라스테베레, 깜깜했어요. 나는 한국 문학을 번역해 소개하는 게 꿈이라고 한, 머리카락이 인디언처럼 검고 곧게 뻗은 스물일곱 살의 실비아를 올려다보았다. 깜깜했다는 걸 내 식대로 해석해도 될까요 하는 눈으로. 작카님이 여기, 초아할 거라고 나, 생각했어요. 왜요? 여기, 작카님 동네랑 닮은 데가 있지 않아요? ……내가 사는 동네. 아, 실비아가 번역가 프로그램에 초대되어 서울에서 몇 달 살았다고 한 게 기억났다. 거기가 관악구였다는 것도.

바가 밀집돼 있는 산 프란체스코 거리 쪽으로 실비아가 걸음을 옮겼다. 금요일 밤을 즐기러 나온 현지인과 관광객들로 북적거리던 그 저녁에 좌판을 벌여놓고 호객하던 상인들 중에 자딘이 있었다. 내 눈을 잡아끌었던, 검고 작은 코끼리들이 프린트된 미색 천을 이불을 널 때처럼 두 손으로 번쩍 치켜들고 있던 시리아 청년이.

금요일 밤에 엄마가 정말 로마에 왔다. 숙소에 도착하자자 집 안을 둘러본 엄마가 이른 아침의 아버지에게 전화를 걸어 들뜬 목소리로 여보여보 집이 대궐 같아요, 했다. 그러고는 가족 대표로 사찰을 온 사람마냥 동생, 제부 들에게 일일이 메시지를 보냈다. 침대와 욕실이 있는 방 하나에 키친과 거실. 엄마 눈에 이 공간이 대궐처럼 보인다니. 시도 때도 없이 울려대는 엄마 전화의 메시지 알림도 그렇고 침대가 더블인 것도 슬슬 못마땅해지려고 했다. 그날 밤 엄마와 한 침대에 누웠다. 덧창을 닫고 불을 꺼도 방은 기대만큼 어두워지지 않는다. 거리로 난 건물인 데다가 나무 덧창의 이가 여기저기 틀어져 있기도 했으니까. 엄마가 뭐라고 작게 웅얼거리는 소리가 들렸다. 비아 안젤로 에모 구십칠, 비아 안젤로 에모 구십칠…… 나는 등을 돌렸다. 엄마가 외우고 있는 건 이 집의 주소였다. 동네 외과 의사한테 주의를 들은 이후 엄마는 무엇이든지 암기하고 외우려고 시도한다. 치매 예방 차원에서. 그런데 엄마, 구십칠은 한국말이잖아. 그건 노반타 세테라고 발음해야 여기 사람들이 알아듣지,라고 그때 나는 말하지 못했다. 내일부터 어떤 핑계를 대고 소파에서 따로 잘 수 있을까 궁리하기에 바빴으니까.

겨울 로마에서 비가 오지 않고 바람도 불지 않는다면 무조건 밖으로 나가야 한다. 그보다 더 좋은 날씨는 드물고 언제 갑자기 바람이 불고 비가 떨어질지 모르니까. 농축된 하늘색 구름들이 서쪽으로 흘러갔다. 나는 엄마를 재촉해 집에서부터 산피에트로 광장, 천사의 성으로 걸었다. 저게 세계에서 가장 큰 성당이다. 이 성이 옛날에 흑사병이 돌 때 천사 미카

엘이 나타나 병을 물리친 곳이다. 그리고 저 다리에 있는 조
각들이 이태리를 대표하는 조각가 베르니니의 작품들이다,
아는 대로 엄마에게 말해주었다. 우리 동네랑은 정말 다르
지? 하는 얼굴로. 엄마는 내 기대만큼 신기해하지도 관심을
보이지도 않았다. 아니 그러기는커녕 어딘가 모르게 뚱해 보
이기까지 했다. 걷는 게 힘에 부쳐서 그런가. 조금만 더 걸어
가면 꽃시장이 열리는 캄포 데 피오리 광장이 나오고 판테온
과 트레비 분수까지 볼 수 있었다. 나는 엄마가 좋아하고 관
심을 보일지도 모른다는 기대를 갖고 고집부리듯 계속 걸었
다. 어쩌면 길눈이 어두운 내가 로마 시내를 용케 잘도 다니
고 있다고 듣기 좋은 말을 해줄지도 몰랐다. 로마에 와서 처
음으로 뿌듯한 마음이 들려고 했다. 날씨가 화창한 만큼 관광
객들도 며칠 새 더 늘어나 보였다. 나는 뒤를 돌아봤다. 관광
객들에 치여 같이 걷기도 어려웠지만 엄마는 집을 나선 순간
부터 내 옆이 아니라 뒤에서 걸었다. 이따금 우리 앞으로 화
려하게 차려입은 모녀 같은 여자들이 팔짱을 끼고 지나갈 때
도 있었다. 그 사람들 눈에 우리는 관광지에서 크게 싸우고
서로 화가 난 듯 따로 걷는 모녀로 보이지 않을까.

아르젠티나 광장을 지났다. 집 근처에서 492번을 처음 탔
던 날, 바로 그 광장에 있는 서점 앞에서 집 방향의 버스에 탑
승했다. 광장, 서점, 집 쪽으로 가는 버스. 타지에서는 이런
것만으로도 괜찮은 날들이 있기도 했다.

서점 뒤쪽의 좁은 길로 삼사 분쯤 걸어 들어가면 판테온이 나온다. 그 골목에서였다. 엄마가 나를 불렀다.

왜?

나는 뒤돌아봤다. 엄마 표정이 일그러져 있었다.

더 이상 못 참겠어.

뭘?

……오줌.

그럼 아까 얘기하지.

아까, 어디서?

엄마와 걸어온 길에서 화장실은 바티칸 광장 한쪽에 있는 공중화장실밖에 없었고 그 거리면 엄마가 아직 요의를 느끼기 전일 것이다. 엄마는 고개를 외로 꼬곤 고풍스러운 유럽식의 검고 반드르르한 포석을 운동화 끝으로 치고 있었다. 집에서 나온 지 겨우 두 시간밖에 안 됐는데. 나는 말하지 않았다. 시내에 나왔다가도 네다섯 시간 정도만 지나면 내가 집으로 돌아가는 이유도 어느 정도는 화장실과 관계돼 있으니까. 관광지에서 급하게 화장실을 찾아야 할 때는 눈앞이 캄캄해지는 기분이다. 배도 안 고프고 뭘 마시고 싶지도 않은데 카페나 바에 들어가는 것도 한두 번이고. 걷다가 요의가 느껴지면 나는 이 라 펠트리넬리 서점 앞에서 492번을 타고 조용히 집에 가곤 했다(서점 안에 유료 화장실이 있다는 건 그 후 엄마 때문에 알게 되었다). 그러나 지금은 겨우 오후 3시고 오늘 내

목적은 엄마랑 피자리아에 가서 저녁을 먹고 무엇보다 엄마가 감탄할 만한 로마의 관광지들을 보여주는 데 있었다. 그런데 화장실이 어디에 있더라?

얼른 엄마 팔을 잡고 판테온에서 트레비 분수 쪽으로 향했다. 나도 엄마도 집을 나온 이후 처음으로 속도를 내며 나란히 걷기 시작했다. 등에서 땀이 배어났다. 엄마 저기야. 나는 손가락으로 노란 간판을 가리켰다.

그날 밤 저녁을 먹자마자 씻지도 않은 채 소파에서 혼곤히 잠들어버린 엄마를 나는 물끄러미 봤다. 태풍이 불거나 폭우가 쏟아지던 밤에는 함께 자곤 했던 사람, 내가 풀이 죽어 있을 땐 슬쩍 옆에 와서 도미 같은 것도 좋지만 전쟁이만 잡아도 괜찮은 거라는 둥 뜻 모를 소리를 잘도 해주던 사람…… 주방에는 엄마가 마늘만 넣고 끓인 백숙을 먹고 덜 치운 그릇들이 널려 있었다. 닭 뼈도 소금 그릇도 나 혼자 마신 맥주병들도. 우리가 여태껏 같이 살고 있어도 엄마가 나에 대해 모르는 게 많듯 나 또한 엄마에 대해 그런 게 많겠지. 소파 밑에 떨어진 기내용 담요를 주워 퉁퉁 부어오른 엄마 다리와 옷 밖으로 비어져 나온 배를 덮어주었다. 인간이 스스로를 신이라고 생각하지 못하는 이유는 하복부가 있기 때문이라고 했나. 하필이면 이럴 때 니체가 한 말이 떠오르다니. 엄마 말대로 나는 인정머리가 없는 게 맞을지도 몰랐다.

그날 이후 엄마와 나에게는 암묵적인 약속이 생겼다. 어디를 가든 한 시간 반에 한 번씩 화장실에 들를 것.

강을 끼고 걸어 트라스테베레를 갔을 때도 그랬다. 커피값을 아까워하는 엄마에게 화장실 있는 데를 모른다는 핑계를 대고 야외 테이블이 있는 카페로 들어갔다. 엄마가 화장실에 간 사이 화이트 와인 두 잔을 시켰다. 맞은편 거리에 자딘이 보였다. 바닥에 펼쳐놓은 천 위에는 실로 엮은 알록달록한 팔찌들과 크고 작은 장식용 태피스트리들, 침대보 같은 얇은 천들이 쌓여 있었다. 경찰이 오면 자딘은 깔아놓은 천의 네 귀퉁이를 보따리처럼 후딱 묶고는 어깨에 메고 좁은 골목으로 유유히 사라진다. 자딘이 언제나 같은 자리에 있는 것도, 언제나 만날 수 있는 것도 아니다. 나는 엄마한테 저기 좀 갔다 올게, 하고는 자리에서 일어났다.

인사를 하려는데 중국인 커플이 자딘의 노점 앞으로 다가왔다. 나는 그들이 흥정을 마칠 때까지 모르는 사람인 양 뒤로 물러섰다. 엄마가 로마에 오기 전인가, 집에 들어가기도 싫고 트라스테베레에서 혼자 무엇을 해야 할지 몰라서 자딘의 노점 옆에 가만히 서 있던 적이 있다. 자딘이 나를 돌아보면서 무뚝뚝하게 말했다. 장사가 안 된다, 네가 있으니까. 맞은편 카페에 앉은 엄마가 계속 나를 지켜보고 있었다. 중국인들이 다행히 자딘의 실팔찌 두 개를 사 갔다.

누구니?

우리 엄마.

와, 엄마라니.

왜?

가족이잖아.

너는 없니?

엄마는 천국에.

……

여동생이 올 거야.

동생은 있구나.

라라, 열네 살.

지금 어디 있는데?

시리아.

아, 언제 오는데?

늦은 봄에.

혼자?

많은 사람들하고.

어디서?

리비아에서.

리비아?

지중해 건너서.

……너처럼?

그래, 보트를 타고.

엄마는 아침이면 문소리를 내지 않으려고 주의하면서 열쇠를 챙겨 들고 밖으로 나갔다. 그 신중한 기척 때문에 도리어 나는 잠에서 깬 엄마가 슈퍼에서 1.5리터짜리 생수와 슈퍼보다 물건을 싸게 파는 방글라데시 청년의 야채가게에서 가지나 호박, 상추를 사서 다시 가파른 3층 계단을 올라와 생수병을 들이고 장바구니를 식탁에 내려놓는 소리를 듣게 될 때까지 모르는 척 누워 있었다. 그러곤 서울에서처럼 드라마를 볼 수 없게 된 엄마가 거실 소파에서 불경을 읊거나 몇 권 안 되는 책들 중에서 얇은 시집을 소리 내서 외우는, 그 안심이 되는 상태가 되면 다시 잠 속으로 빠져들곤 했다. 허리가 아픈 나 대신 아침마다 엄마가 나 모르게 사다 나른 생수병들이 벽에 쌓여갔고 그때마다 노인네가 무거운 걸 들고 다니면 안 된다고 싫은 소리를 해봤지만 소용없었다. 나는 생수병 바닥에 현금으로 바꾸어 온 생활비를 비닐봉지에 담아 얇게 깔아두었다. 집시 도둑들이 많은 동네였다.

사람들이 로마에 와서 대부분 감탄하고 놀라는 그 모든 것에 엄마는 무덤덤했다. 장엄한 판테온은 그냥 천장에 구멍이 뚫린 건물일 뿐이고, 젤라토는 우리 동네 슈퍼에서 파는 아이스크림과 다를 게 없고, 내년까지 공사 중일 트레비 분수는 가림막을 쳐놓은 흉물이고, 스페인 계단은 다리가 아파 잠시 앉았다 가는 장소였다. 피자, 스파게티도 한번 먹어보곤 그만이었다. 날마다 엄마에게 로마 시내를 관광시켜줘도 나는 자랑스러운 기분이 들기는커녕 허리만 더 끊어지게 아픈 느낌이 들었다. 어딜 가나 엄마가 두리번거리면서 찾는 것은 화장실뿐. 노란색 맥도날드 간판을 보면 엄마는 자동적으로 그쪽으로 향했다. 그러곤 볼일을 보고 나와 만면에 웃음을 짓고는 저거 꼭 궁둥이 같지 않냐?라며 노랗고 각이 둥근 M자 모양의 로고를 가리켰다.

로마 국립 박물관 중 하나인 마시모 궁전에 간 날이었다. 박물관이나 미술관에 관심이 없는 엄마를 나는 왜 데려간 것일까. 젖먹이 막내를 포대기로 둘둘 말아 업고 내 손을 잡은 채 자꾸만 어디론가 도망을 치던 기억 속의 엄마. 집에서 혼자 애를 셋이나 낳았던 엄마, 이제는 늙고 뚱뚱해진 엄마를. 우리는 두상과 흉상이 진열된 복도를 느리게 지나가고 있었다. 나는 더 이상 엄마에게 무엇도 설명해주지 않았다. 그래봤자 시큰둥한 표정만 지을 테니까. 맥이 빠지고 지쳐 어서 집으로 돌아가 시원한 맥주나 벌컥벌컥 들이켜고 싶어졌다. 엄마가 온 후로 나는 마음껏 술도 마시지 못하고 무기력한 채로 늘어져 있지도 못한다. 새 장소에서는 가족도 가족이 아니라 손님이 되나. 돌아갈 때가 가장 반가운 손님. 나는 엄마가 서울로 돌아갈 날짜를 세고 있었다. 한 공간에서 엄마가 시도 때도 없이 내는 코 고는 소리 잠꼬대하는 소리 트림 소리가 사라질 날을. 근데 코들이 왜 죄다 이렇게들 깨져 있냐, 엄마는 고개를 갸우뚱거리더니 조각들을 손끝으로 슬쩍 쓸었다.

엄마! 나도 모르게 빽 소리쳤다. 그런 거 만지면 안 돼, 창피하게 정말.

박물관을 나와 500인 광장을 지나 492번 버스 정거장으로 걸어갔다. 그쪽 방향이라면 명품 거리인 코르소를 지나 베네치아 광장 앞, 그리고 이제는 엄마에게도 익숙해졌을 아르젠티나 광장 앞 라 펠트리넬리 서점 앞을 지날 것이다. 계획대로라면 우리는 그 서점 앞에서 내려 캄포 데 피오리 광장의 가죽 벨트 가게에 갈 거였다. 엄마가 아버지 선물로 이태리제 가죽 벨트 하나는 사 가야 한다고 했으니까. 그 492번 안에서 우리는 각자 화가 덜 풀린 얼굴로 나란히 손잡이를 잡고 서 있었다. 버스가 명품 거리를 지나 제수 성당 옆을 지날 때쯤 나는 참지 못하고 엄마에게 물었다. 이럴 거면 집에 있지 뭐 하러 여기 왔어. 지지 않고 엄마가 말했다. 내 딸이 여기 있으니까. 서점 앞에서 버스가 멈췄고 엄마가 몸을 움직이는 것 같았고 그래서 나는 뒤를 돌아보지도 않은 채, 엄마가 내리는 걸 확인하지 않고 버스에서 내렸다. 그리고 버스 문이 닫혔다. 나는 성큼성큼 몇 발짝 앞만 보고 걷다가, 뒤돌아봤다. 엄마가 움직인 건 빈자리로 가서 앉기 위해서였고 그런 엄마를 태운 492번이 태평하게 달려가려고 했다. 짧은 순간이었지만 나는 거리에서, 엄마는 버스에서 엉거주춤하게 일어난 자세로 허겁지겁 서로를 찾았다. 어, 엄마! 나를 내려다보며 엄마는 입꼬리를 살짝 올리며 웃으려는 듯 보였다. 난처한 경우에 엄마가 그러듯. 어떡해, 엄마. 나는 492번 꽁무니를 쫓아갔다. 엄마가 혼자 무사히 집 정거장에서 내릴 수 있을까, 집을 찾아갈 수 있을까. 내가 없으면 여기서는 아무것도 하지 못하는 엄마가.

뛰다시피 다음 정거장으로 가봤지만 엄마는 없었다.

로마에서 엄마가 머물렀던 약 3주 동안 사나흘을 제외하고 우리는 거의 매일 492번 버스를 타고 다니곤 했다. 아르젠티나 광장이 우리의 중심이었다. 거기서부터 걷기 시작하면 각 방향에 따라 나보나 광장, 베네치아 광장, 캄피돌리오 광장, 콜로세움, 판테온, 트레비 분수, 스페인 광장, 포폴로 광장 같은 어지간한 명소들은 다 걸어서 갈 수 있었다. 엄마 말로는 그곳이 꼭 광화문 같아서 남대문, 시청, 서대문, 서촌, 북촌을 걸어서 다닐 수 있는 것과 비슷하다고 했다. 엄마도 나처럼 소매치기가 많은 지하철보다 버스 타는 걸 더 좋아했다. 특히 그 버스를 타고 숙소로 돌아갈 때를.

엄마에게는 일주일짜리 티켓을 세 번인가 사 주었고 나는 1.5유로짜리 일일권을 사용했다. 버스를 타면 일단 승차권을 버스 안에 있는 개찰기에 넣어야 한다. 시간이 찍히고, 90분 동안은 환승할 수 있다. 만약 불시에 나타나는 검표원들에게 무임승차가 발각되면 우리 돈으로 6만 원도 넘는 벌금을 물어야 한다. 이제 와서 하는 말이지만 나는 시내로 나갈 때만 승차권을 개찰기에 넣었고 아르젠티나 광장 서점 앞에서 집으로 가는 버스를 탈 때는 무임승차로 일관했다. 그러니까 하루에 왕복 두 번 타게 되는 버스값을 한 번만 내고 다녔다는 말이다. 내가 사는 치프로역 주변은 불과 몇 블록 떨어진 바티칸으로 향하는 거리와는 완전히 달랐다. 관광객들이 없을 뿐만 아니라 쓰레기통을 뒤져서 사는 사람들, 노인들, 방글라데시인들이 많아 보이는 동네였다. 한번은 무슨 파업이 있었던지 492번을 50여 분쯤이나 기다린 적이 있었다. 짜증이 난 김에 새 티켓을 개찰기에 집어넣지 않았다. 누가 뭐라는 사람도 없고 외진 동네로 가는 버스라 그런지 검표원들을 본 적도 없었다. 처음에는 장난 삼아, 그러다가 차츰 아무렇지도 않게 버스 티켓은 하루에 한 번만 사용하게 된 것이다. 물론 주머니 속에는 언제든 새 일일권이 들어 있었지만.

이 글을 쓰고 있는 지금은 여름이다. 그때로부터 5개월쯤 흐른. 나는 예전처럼 느지막이 일어나 엄마와 둘이 아침 겸 점심을 먹는다. 어디에도 우리가 로마에서 3주나 같이 살았다는 흔적은 없지만 오늘 밥상에도 지난겨울 로마에서처럼 감자조림, 가지무침, 달걀말이가 놓여 있다. 젓가락을 들다가 나는 숟가락으로 크게 밥을 떠서 된장에 풋고추를 찍어 먹는 엄마를 바라본다. 엄마 나이가 되면 삶을 다른 눈으로 보게 될 수 있을까.

엄마를 잃어버렸을지도 모른다고 생각한 그날, 492번 버스에서 집 앞 정거장을 지나쳐 내린 엄마는 지나가는 이태리 할머니를 붙잡고는 비아 안젤로 에모 구십칠이라고 연거푸 말했다고 한다. 그 할머니가 구십칠을 알아듣지 못하는 것 같자 엄마는 땅바닥에다 97이라고 썼다. Oh, Via Angelo Emo novanta sette? 할머니가 물었고 엄마는 힘차게 고개를 끄덕였다고. 집에서 두 정거장 떨어진 방향이었다. Prego, prego, 손짓하는 이태리 할머니 뒤를 따라 엄마는 무사히 집 앞으로 왔다.

492번을 타고 갈 수 없는 곳도 있었다. 레오나르도 다빈치 공항이나 자던이 있는 지구. '강 건너'라는 뜻의 트라스테베레.
2천 년 전에 세워졌다는 재의 도시를 보러 갈 때도 그랬다. 1월 마지막 주에 엄마와 나는 산타마리아마조레 성당 앞에서 관광버스를 탔다. 엄마가 창가 쪽에 내가 복도 쪽에 앉았다. 그러고 보니 엄마와 내가 버스에 나란히 앉은 건 우리가 타고 다녔던 492번이 아니라 그날 하루 타본 관광버스였다는 생각이 든다. 492번을 타고 있을 때도 나는 늘 서 있었고 엄마는 앉아 있었으니까. 서로가 무뚝뚝하고 조금은 성을 내는 듯한 얼굴로. 관광버스가 휴게소에 잠깐 섰다. 안도하는 표정으로 엄마와 몇몇 사람들이 화장실에 다녀왔고 버스는 다시 남쪽으로 달려갔다. 엄마는 커튼을 친 차창에 머리를 대고 깊이 잠들어 있었다. 투명한 오렌지빛 아침 햇살이 얼굴에 비춰들어 그런지 엄마는 깜짝 놀랄 만큼 늙어 보였다. 이 당일치기 여행에서만이라도 엄마를 감탄시킬 수 있는 무언가가 있을까. 설령 그런 게 없더라도 내 잘못처럼은 느껴지지 않아야 할 텐데. 나는 얼결에 눈을 감았다.

신전들과 대극장, 대중목욕탕, 원형 경기장 같은 데를 둘러봐도 엄마는 로마 시내를 관광할 때와 달라 보이지 않았다. 잠깐씩 깃발을 든 가이드가 보이지 않을 때면 고개를 두리번거리며 찾았고, 나는 이번에는 그런 엄마를 뒤에서 따라 걸었다. 내가 더 보고 싶은 비극 시인의 집이나 목신의 집을 지날 때도.

15분간 자유 시간이 주어졌다. 같은 버스를 타고 온 관광객들이 이쪽저쪽으로 흩어졌다. 볕이 뜨거웠고 나는 그늘 비슷한 데를 찾으려고 했다. 앞에 있던 엄마가 방금 전 가이드가 염색 공장과 포목 장터가 있던 곳이라고 알려주었던 폐허 쪽으로 가는 게 보였다. 나는 선글라스로 눈을 가리고 터덜터덜 엄마를 따라갔다. 베수비오산이 보이는 직사각형 모양의 광장 한쪽에 엄마는 쭈그리고 앉았다.

거기 뭐가 있어?

엄마 옆에 앉으며 물었다.

이거 봐라, 이거 봐.

뭔데?

이거 뱀밥 아니냐?

엄마는 듬성듬성한 짧은 초록 잡초들 사이를 손가락으로 살

살 헤집었다.

뱀밥은 무슨. 여기 그런 게 어딨어.

이거 잘 봐봐. 쇠뜨기 비슷하잖아.

혹시 민들레 아냐?

나는 공연히 아는 척을 했다. 땅에 납작하게 붙거나 짧고 뾰족하게 일어나 있는 가느다란 이파리들에 대해.

어머머, 저건 쑥이다, 쑥!

엄마가 쭈그린 자세로 성큼 앞으로 움직였다.

어, 진짜.

드문드문 쑥이 나 있었다. 나 있다기보다는 메마른 땅에 간신히 붙어 있는 정도였지만.

신기하네.

엄마는 다른 데서 쑥을 발견했을 때처럼 그것을 캐지 않고 그저 손바닥으로 쓸어대면서 킁킁거리고 냄새를 맡아가며 자꾸만 신기하네, 여기도 쑥이 있네, 혼잣말을 했다. 고개를 들고 저기 저 앞의 풍경도 좀 보라고, 나는 엄마에게 말하지 않았다. 여기는 저 베수비오산과 폐허로 남은, 한때 사람들이 살았던 도시를 보러 오는 데라고도. 나는 선글라스를 고쳐 썼다. 여기에 쑥이 있어서 다행이다, 라는 느낌을 어떻게 설명하면 좋을지 모르겠다. 햇볕에 끝이 타 누렇게 말라비틀어진 쑥 이파리들을 손바닥으로 연신 쓸어대던 내 늙고 뚱뚱한 엄마의, 그 더할 나위 없이 만족해하던 표정을. 나는 자리에서 일어나 풍경을 등지고 엄마 바로 앞으로 가 섰다. 해가 중천에 있어도 내 그림자가 엄마에게 그늘을 만들어줄 수 있지 않을까, 헛된 기대를 하면서.

지금처럼 엄마랑 아침 겸 점심을 먹고 나면 엄마는 식탁을 치우고 나는 세 종류의 조간신문을 펼쳐놓고 읽는다. 지난 4월 20일 월요일에도 마찬가지였다. 리비아에서 난민을 가득 태우고 출발한 어선이 지중해에서 침몰했다는 기사를, 나는 보고 있었다. 최소한 7백여 명 이상이 사망했고 배의 아래쪽에 백여 명이 더 타고 있을지도 모른다고 했다. 구조된 사람들은 극소수에 불과하다고. ……참사, 침몰, 배, 배의 아래쪽. 이런 말들을 담담하게 들어 넘기게 될 날은 오지 않을 것이다. 일어설 수도 돌아설 수도 없었다. 식탁 의자에 앉은 채로 나는 두 손으로 허리를 짚었다. 끊어질 것 같은 건 지금 허리가 아닌데도. 다시 또 그 소리가 들리는 듯했다. 종소리. 커졌다 희미해지지 않는, 희미해지면서 커지기 시작하는 소리. 오랫동안 그랬다. 물속으로 향하는 것 같은 소리. 그래서 더 조종(弔鐘)처럼 들리는 소리.

한 가지에 대해 더 생각해야 했다. 나는 설거지를 마치고 돋보기를 쓴 채 공과금 고지서를 들여다보고 있는 엄마를 불렀다. 엄마. 왜. 지금이 봄일까. 4월이잖아. 그럼, 늦은 봄일까.

3월 첫째 주가 되자 낮 기온이 20도 가까이 오르내렸다. 엄마가 사놓고 간 생수병들이 줄어드는 것과 동시에 물병 바닥에 놓아두었던 생활비 봉투도 바닥이 났다. 집으로 돌아갈 날을 이틀 앞두고 나는 지하철역 근처 492번 종점으로 갔다. 가는 비가 흩뿌렸고 몇몇 낯익은 동네 사람들이 카페에서 신문을 보거나 에스프레소를 마시고 있었다. 어딜 가나 담배 냄새가 났고 거리의 낮은 식수대에서는 가늘게 졸졸졸 물이 흐르고 이따금 멈춰 선 개들이 허겁지겁 물을 마셨다. 운전수도 승객도 없는 빈 버스에 올라탔다. 잠시 망설이다가 창가 자리에 앉았다. 10분쯤 기다렸을까, 지하철역 방향에서 작고 납작한 가방을 어깨에 X자로 멘 남자가 걸어왔다. 몇 번인가 얼굴을 익힌 적이 있는 키 작은 히스패닉 운전기사였다. 버스에 올라탄 그가 시동을 걸었다. 나는 자리에서 일어나 새 티켓을 개찰기에 집어넣었다 빼곤 다시 앉았다. 492번 버스는 여기 에모에서 출발해 티부르티나까지 간다. 거긴 한 번도 가본 적이 없었다. 이곳처럼 로마의 외곽이며 쓰레기를 뒤지며 살아가는 젊은이, 노인들이 사는 동네일 거였다. 거기까지 가려면 다리를 건너 시내 곳곳의 유적지, 관광지들을, 테르미니역, 성당들을 지나 먼 동쪽으로 달려야 한다. 여느 때처럼 492번 버스는 우회할 수 없을 테고 이렇게 앉아 창밖을 내다보고 있는 나는 버스에서 내리지 않는 한 뒤로는 갈 수 없을 것이다. 빗물이 흘러 잘 보이지 않는 차창을 휴지로 문질렀다. 밖을 내다볼 수 없다면 처음부터 버스는 타지 않았으리라. 거의 세 달 동안 내가 492번 버스를 타고 본 것들은 많았다.

서 있는 사람, 앉아 있는 사람, 자는 사람, 기다리는 사람, 사는 사람, 파는 사람, 걷는 사람, 껴안는 사람, 소리치는 사람, 구걸하는 사람, 내려가는 사람, 올라가는 사람, 혼자 있는 사람, 둘이 있는 사람, 붙잡는 사람, 끌려가는 사람, 먹는 사람, 버리는 사람, 줍는 사람, 읽는 사람, 노래하는 사람, 쓰는 사람, 구경하는 사람, 싸우는 사람, 훔치는 사람, 달리는 사람, 쓰러진 사람, 피 흘리는 사람, 우는 사람, 구걸하는 사람, 병든 사람, 말하는 사람, 기도하는 사람……

내 기억 속에서 버스는 지금 강을 건너고 있다. 덜컥, 버스가 멈추고 문이 열린다. 나는 하차한다. 도로 다리를 건너 강둑을 따라 남쪽으로 내려간다. 모여 있던 갈매기들이 푸드덕 둔하게 한번 날아올랐다 제자리에 앉고 지는 햇살이 강물 위로 떨어져 내린다. 그렇게 걸어서 트라스테베레에 처음 간 날. 짙은 주황빛 건물들 앞에서 나는 작은 코끼리들이 프린트된 천을 흔들며 호객하고 있는, 짧은 곱슬머리에 귀가 뾰족한 청년을 처음 만난다.

이거 얼마입니까?

20유로.

너무 비싸요.

코끼리, 평생 짝이 하나.

네?

몸을 씻어요.

코끼리가요?

사랑하기 전에.

뭐에 쓰는 천이죠?

몸에 덮어요.

질이 안 좋아 보여요.

좋은 꿈 꾸게 해줄 거예요.

양에 관해서도 알아요?

다리가 약해요.

염소는요?

바위를 좋아해요.

사슴은요?

더위를 싫어해요.

와, 잘 아시네요.

공부했어요.

공부요?

사육사 되고 싶어요.

여기서요?

내 나라에서.

로마를 떠나기 전날 저녁이었다. 안 선생과 실비아가 송별회를 하자고 해 트라스테베레로 갔다. 엄마가 서울 집으로 돌아간 그다음 날부터인가 나는 492번 버스를 타고 시내로 나가는 대신 여기 트라스테베레로 가곤 했다. 성당 앞, 광장, 어디에도 자딘은 보이지 않았다. 송별회를 하던 날도 마찬가지였다. 나는 와인을 따라주는 실비아에게 자딘이라고 말하지 않고, 그 많은 난민들이 사는 곳은 어디인가 하고 물었다. 로마 근교에 보호시설이 있다고 했다. 물건을 팔기 위해서 몇 시간씩 나왔다가 다시 그곳으로 돌아가야 한다고. 보호시설이라고는 하지만 감옥 같은 데라고. 그게 정말이냐고 묻는데 실비아가 벨이 울리는 전화기를 들고 나, 잠깐 실례합니다, 하고는 밖으로 나갔다. 옆 테이블에 있던 한 청년이 슬그머니 내 옆쪽으로 다가와 앉았다. 복대를 안 하고 나와서인지 허리께가 허전했고 바로 앉기도 힘들었다. 다리가 길고 모델같이 옷을 타이트하게 입은 옆자리 청년이 자신의 와인병을 들어 내 잔에 따르며 뭔가를 물었다. 안 선생이 고개를 젓더니 이 사람은 이태리 말 못한다라고 말하는 눈치였다. 그러자 남자가 나를 가리키며 짧게 한마디 더 했다. 쌤, 애가 쌤하고 애기하고 싶다는데요, 안 선생이 허스키한 소리로 웃었다. 짐도 꾸려야 하는데, 더 이상 취하면 안 되는데, 실비아에게 물어보고 싶은 것도 많은데, 자딘은 어디로 간 걸까, 내가 적어준 전화번호를 갖고 있기나 했을까. 여기서 그 보호시설까지는 어떻게 오가나. 나는 와인을 들이켜곤 안 선생에게 말했다. 무슨 얘기를요? 안 선생이 남자한테 통역했다. 인생에 대해서. 인생? 사랑. 사랑? 가족. 가족? 집. 집? 그런 얘길 지금 하자고? 그럼 언제? 대충 이런 말들이 오갔던가. 지루해졌는지 남자가 다시 와인 한 잔을 따라주곤 차오, 하고 옆 테이블로 돌아갔다. 이런 밤도 한 번뿐인데요 쌤. 아쉬운 기색으로 남자를 눈으로 좇던 안 선생이 말했다. 어떤 밤요? 쌤, 저랑 할까요? 이야기. 어떤, 이야기요? 이 순간에 대해서.

　나는 지금 이 글을 지난겨울에 그랬듯 서서 쓰고 있다. 몸이 긴장되고 얼마간 벌을 받는 느낌이 들기도 하지만 글이 조금 나아질지도 모른다는 기대를 버리고 싶지 않기 때문이다. 이 이야기가 나 자신에 관해서가 아니라 어느 한 겨울 낯선 도시에서 내가 만난, 인정(人情)을 나누고 싶었던 모르는 한 사람에 관한 이야기처럼 읽히기를 바라서일지도 모른다. 그 사람이 왜 하필이면 자딘이었는지 묻는다면 그저 집에서부터 걸어서 내가 가보지 못한, 알지 못했던 강 건너 마을로 간 게 시작이었다고 이치에 맞지 않는 대답을 하게 될까. 아니면 인정이 필요할 때 사람들은 어떻게 하나, 라고 되물을까. 내 숙소에서 엄마가 아침마다 외우던 윌리엄 블레이크 시집 중에 "서시(序詩)"라는 제목의 시가 있었다. 나는 자는 척을 하며 엄마가 외우는 그 시를 들었다. 서시. 나 자신에게는 이 글이 앞으로 내가 쓸 책의 서시처럼 느껴지기를 바라는 것인가. 같이 있을 때면 늙은 엄마랑 싸우는 게 일이고 로마의 건축양식이나 역사에 대해서는커녕 우리나라 역사에 대해서도 별로 아는 게 없는 내가 언제 이만큼이나 나이를 먹어버린 것일까 생각하면 머릿속이 아득해져버리고 만다. 저 너머에 있는, 이쪽 건너의 사람들에 대해 제대로 생각하고 써본 적이 없는데.

지갑 속에 채 쓰지 못하고 온 버스 티켓들이 몇 장 들어 있다. 누군가 로마에 간다고 말해주면 이 티켓들을 주고 싶다. 492번 노선과 화장실이 있는 데를 표시해놓은 시내 지도도. 참, 외곽에서 시내로 갈 때, 특히 목요일이나 금요일에는 반드시 티켓을 개찰기에 찍기 바란다. 관광객이 많은 그런 요일에 교통회사 로고가 찍힌 유니폼을 점퍼나 조끼 속에 입은 검표사들이 불시에 버스에 오르곤 하니까 말이다. 한번은 무임승차를 한 채로 시내로 나가던 날, 코르소 거리를 지나 바르베리니 국립 미술관 쪽으로 가는 정거장에서 세 명의 검표원들이 세 개의 문으로 각각 올라탔다. 가슴이 쿵쾅거리고 손바닥에 땀이 찼다. 그날 어떻게 되었느냐고? 그건 비밀이다. 아무튼 로마의 모든 길은 492번 버스로 통한다. 체류지가 시내 한가운데라면 이 정보는 필요 없겠지만. 야외 카페나 광장, 성당 앞에서 누군가 꽃 한 송이나 실팔찌 같은 것을 팔러 오면 당신은 어디서 왔느냐고, 이름이 무엇이냐고 물어봐도 좋을 것이다. 어쩌면 그를 만나게 될지도 모르니까.

나는 여전히 내가 만난 이가 로마에서의 로맨틱한 이야기를 들려주기보다는 언젠가 한 번 자신이 죽을 뻔한 경험담을 들려주는 것에 더 관심이 간다. 그러면 그가 지금 이렇게 살아 있다는 것에, 우리가 마주 앉아 그런 이야기들을 나누고 있는 사실에 기꺼이 감탄할 수 있게 되니까. 한국어, 아름다워요, 이유? 나도 몰라요. 실비아는 꿈꾸는 듯한 눈빛으로 말했다. 유보된 많은 사건과 이야기들. 저 너머에 대해 자주 생각하게 될 것이다. 딱히 이 무분별한 통증 때문이 아니더라도. 아직 거기에 그들이 있으니까.

봄의
피안

환영합니다, 여러분. 사, 삼월 두번째 수업입니다. 혹시 저, 저를 기억하십니까? 벌써 2주 전의 일입니다만, 첫 수업 때 선생님 어시스턴트를 했었지요. 그동안 이 클래스를 열지 못했습니다. 선생님께서 원치 않으실지 몰라서요. 여쭤봐도 대답도 없으시고요. 네, 선생님께서는 지금 우리가 수업을 하고 있다는 사실을 모릅니다. 선생님 없이 저, 저 혼자 이런 수업을 진행해보기는 처음입니다. 선생님이 아시면 야단치실 게 뻔합니다.

닭을 좀 만질 줄 안다는 게 좋은 건지 그렇지 않은 건지 헷갈릴 때가 있습니다. 저는 선생님께서 소개해주신 여성은 마음에 안 들어도 세 번은 만나는데요, 할 얘기가 없어서 쩔쩔

매고 있다가 결국 제, 제가 꺼낼 수 있는 건 닭 이야기밖에 없습니다. 처음 만난 사람과는 상대방이 흥미를 느낄 만한 이야기를 하는 게 좋다고 해서요. 저, 저는 닭을 손질하는 방법에 관해 설명하기 시작합니다. 그러면 상대방은 처음엔 상체를 테이블 앞으로 당기고는 귀 기울입니다. 지금 여러분같이 말입니다.

지난 수업 시간에 여러분도 우리 선생님께 배우셨겠지만 닭을 잘라내는 데 순서가 있잖아요. 맨 먼저 닭의 목 부분, 쇄골부터 제거해야 하죠. 그래야 여성분들이 좋아하는 닭 가슴살을 발라내기가 쉬우니까요. 그다음은 다립니다. 일단 가슴살과 다리가 연결되는 곳에 깊숙이 칼을 찔러 넣곤 다리 살을 잘라야 하죠. 그리고 다리와 연결된 뼈는 손으로 바깥쪽으로 당기며 꺾어야 하잖습니까. 제가 거기까지 이야기하면 여성분들은 대부분 징그럽고 무서운 얘길 들었다는 듯 인상을 찌푸리곤 합니다. 열에 일곱은 그래요. 그러곤 다시는 저를 만나고 싶어 하지 않아요. 선생님께는 칭찬을 받는 일이 다른 여성들한테는 그렇지가 않은 것 같다고 투덜거리면 안타깝다는 듯 선생님은 한숨을 내쉬면서 한 말씀 하곤 하십니다. 정말 걱정이야, 문기, 어째 요즘 세상엔 닭 한 마리 제대로 손질할 줄 아는 젊은 여성이 이렇게나 드문 걸까.

그러다 선생님과 저는 어? 하는 얼굴로 곧장 다른 데를 보곤 합니다. 그런 젊은 여자와 우리는 알고 지낸 적이 있으니까요. 아무튼 이럴 때만큼은 닭에 대해 조금 안다는 게 다행인 것 같습니다. 제, 제가 오늘 여기 선생님 자리에 서게 된것은 복습을 하기 위해서입니다. 오늘은 총 열 번인 우리 수업의 두번째 시간이죠. 선생님께서 하시던 대로 한 시간 동안은 지난 수업에 여러분이 배운, 닭을 손질하는 법에 대해 한번 더 이야길 나누려고 합니다. 제, 제가 말도 잘 못하고 숫기도 없지만 그것만큼은 여러분에게 말씀드릴 수 있습니다. 선생님 대신.

지금 여러분 앞에 놓인 그 생닭 한 마리를 보십시오. 크림색이 돌면서 모공들이 툭툭 튀어나와 있지 않습니까. 껍질도 주름이 잡혀 있거나 늘어진 것 없이 제대로 붙어 있으면서 촉촉한 수분기가 느껴지지요? 닭을 구입하실 때는 냉동용이 아니라 이런 신선한 냉장용으로 구입하셔야 합니다. 손으로 들었을 때 약간 묵직한 느낌이 나는 게 실하고 좋지요. 이렇게 목과 발, 내장이 완전히 제거된 채 깨끗하게 엎드려 있는 닭을 볼 때면 어딘가 모르게 무릎을 꿇고 기도하는 앳된 인간처럼 보이지 않습니까?

선생님이 좋아하는 것들은 모두 여기에 있습니다. 잘 손질된 재료들과 계량컵, 계량스푼, 알루미늄 배트들, 원적외선 전기레인지, 스테인리스스틸 나이프와 볼, 냄비들, 소금과 후추, 이 넓은 테이블과 의자들, 불려놓은 쌀, 그 꽃도 말입니다. 선생님께서는 클래스를 준비하실 때마다 전날 양재동 꽃

시장에 다녀오시곤 했어요. 식탁에 꽃이 있어야 음식도 맛있게 느껴지고 분위기도 화사해진다면서요. 어제는 저 혼자 갔다 왔습니다. 꽃에 대해선 아는 게 없어서 선생님께서 자주 사시던 종류로 골랐습니다. 이런 연한 핑크와 흰색 꽃들이 있으니 아닌 게 아니라 주방이 더 환해 보이네요. 그리고 한 가지가 더 있군요. 이곳을 찾아와주신 여러분 말입니다.

그런데 선생님은 지금 어디에 계시는 거냐구요? 네, 지금 막 그 이야기를 하려는 참입니다.

그때만 해도 지금처럼 가전제품 수리원이 흔하던 때는 아니었어요. 드라이버나 렌치 같은 수동 공구만 있으면 어디든 달려가도 환영받곤 했습니다. 대기업에서 만들었다는 전자제품들에 웬 잔고장이 그렇게나 많은지 하루에 열 군데도 넘는 집을 방문하고 다녀야 했던 시절이었습니다. 힘은 들었어도 일할 맛은 났죠. 저, 저는 겨우 열아홉 살이었고 저를 필요로 하는 데가 많다는 착각이 나쁘지만은 않기도 했으니까요. 하루는 그 전자제품 할인마트의 창립 몇 주년 기념인가 하는 전체 회식이 있었습니다. 지금은 복개된 저 큰길 아래쪽에 있던 회관에서였어요. 여자들 몇 명이 들어오는데 유난히 짧고 흰 종아리가 눈에 띄는 겁니다.

여러분이 우리 선생님을 직접 만나신 건 지난 시간이 처음이죠? 잡지나 텔레비전에서 보신 것 말고요. 지금이나 그때

나 선생님은 변한 게 별로 없습니다. 적어도 겉으로 보기엔
요. 그날 먼저 식당 안쪽에 앉아 있던 저는 단박에 선생님을
알아볼 수 있었습니다. 눈썹 위에서 둥글게 자른 바가지 머리
에 O자 다리, 작은 키에 무거워 보이는 가방을 든 채 뒤뚱뒤
뚱한 걸음걸이. 제가 어렸을 적부터 계속 봐왔던 것만 같은 비
둘기색 투피스. 선생님을 한번 본 사람들은 무엇보다 선생님
의 흰 다리를 잊지 못하죠. 선생님께서 걷는 모습을 뒤에서 보
고 있자면 우스꽝스러워 보이기보다 저런 다리로 용케 잘도
살아가는군, 어딘가 모르게 안쓰럽고 대견하다는 인상을 주는
데다 얼른 쫓아가서 뭔가 대신 들어주고 싶게도 만드니까요.

선생님은 자리를 찾아 두리번거렸고 저는 자리에서 벌떡
일어났습니다. 어쩌면 선생님이다!라고 작게 소리쳤을지도
모릅니다. 시간이 많이 흘렀으니 절 알아보지 못한다고 해도
섭섭해할 일은 아니었습니다. 그러나 선생님은 어? 무, 문기!
문기, 맞지? 저를 기억해내신 겁니다. 10초도 안 될 그 순간
에. 아무래도 한쪽 귀가 없다시피 뭉개져버린 사내 녀석은 세
상에 흔치 않은 걸까요. 하여간 저, 저는 너무나 반가운 마음
에 사람들 사이를 뚫고 그쪽으로 갔습니다.

선생님께서는 오븐 코너 서비스센터에서 임시직으로 일하
고 있었습니다. 오븐을 구매한 고객의 집을 방문해서 그 오
븐으로 할 수 있는 몇 가지 요리들을 시연하고 사용법을 익힐
수 있도록 돕는 일이었지요. 집에 있어도 고객들은 바쁩니다.

전화가 걸려오고 학교에서 아이들이 돌아오고 택배를 받아야 하고 우리 같은 기사들이 혹시 뭔가를 가져가진 않는지도 감시해야 합니다. 신속하게 일을 처리하고 나오는 게 정확하게 일을 마치고 나오는 것보다 중요하게 느껴질 때도 있습니다. 그건 선생님도 마찬가지였던 모양이에요. 그러자면 닭요리만 한 게 없습니다. 선생님께서는 미리 손질해간 닭 봉이나 닭 날개 대여섯 개를 비닐봉지에 넣고 그 안에 허브나 카레 가루 같은 향신료를 첨가해 흔들고는 빠른 시간 안에 오븐에서 구워냈습니다. 아이들이 있는 집에서는 인기 만점이었지요. 그 옛날 선생님께서 형제원에서 밥을 해주셨던 때처럼요. 서울이 넓다는 건 거짓말 같았죠. 꼭 십여 년 만에 우리는 다시 만나게 된 겁니다.

그 얼마 뒤였어요. 선생님 주방에서 저녁을 얻어먹고 있던 중이었습니다. 오븐이 고장 났다기에 봐드리러 간 날이었어요. 꼼꼼한 데다 친절하기까지 해야 하는 게 우리 일입니다. 그날은 일부러 그럴 필요는 없었죠. 밥 한 공기를 더 퍼서 제 앞으로 내밀던 선생님께서 이렇게 말씀하시는 게 아니겠습니까.

혹시 닭을 만져볼 마음 없어, 문기?

저는 어리둥절한 눈으로 선생님을 봤습니다.

일을 도와줄 사람이 필요하기도 하고.

선생님은 말끝을 흐리셨습니다.

닭이라니요, 선생님?

저는 되묻지 않을 수 없었습니다. 제, 제가 열아홉이 되도록 닭 같은 건 만져보지도 않은 데다 부엌에서 제대로 된 음식을 만들어 먹는 사람이 아니라는 걸 잘 아는 분이 그런 질문을 하셨으니 말입니다.

지금 여러분과 제가 앉아 있는 이곳 말입니다. 여느 유명한 요리 선생님들의 주방에 비한다면 보잘것없겠지만 우리 선생님한테는 더 이상 바랄 게 없는 일터입니다. 타일, 접시, 문고리, 쓰레기통, 화분 들 모두 선생님 손으로 고르고 정성을 들인 거죠. 여러분이 오시기 편하도록 이 복지센터 옆으로 옮겨온 지 채 1년도 안 됐는데요. 사고가 난 건 2주 전, 여러분과의 첫 클래스를 마치고 난 그 밤이었습니다.

출출하신 분 안 계십니까? 선생님이셨다면 벌써 손질한 닭을 바삭바삭하게 튀겨 매콤한 파절임과 곁들여 냈을 텐데요. 그 찬합 뚜껑 한번 열어보시겠어요? 선생님께서 수강생들을 위해 준비해두시곤 하는 간식입니다. 그때 회식 자리에서 선생님을 다시 만난 후로 지금까지, 그러니까 10년 동안 닭을 만져왔어도 막상 여러분 앞에 이렇게 나와 있으니까 많이 떨리는군요. 역시 이 자리는 우리 선생님께 딱 어울리는데 말이에요. 저는 선생님 옆에서 불 조절이나 하고 재료 준비를 도와드리는 게 편한데. 여태까지야 어땠을지 몰라도 제대로 된

애제자 역할을 못 해내는 게 지금부터는 걱정거리가 될 것 같습니다. 저란 사람은 처음부터 좋은 제자가 돼야겠다는 작정 같은 게 없었을 겁니다. 그저 선생님이 권해주신 일이니 가까스로 여기까지 따라왔을 뿐.

선생님께 제자가 물론 저 하나만 있는 것은 아닙니다. 제가 선생님께 닭을 만지는 법을 배우기 시작한 지 한 서너 해쯤 지났을 때였어요. 선생님은 그 당시 닭요리의 대가로서 주목받게 되었죠. 닭 공장에서 일한 경력이 있는 오븐 요리 강사가 시연을 보이러 간 집 주인 눈에 띄어 닭요리 전문가로 활동하게 되었다는 스토리만으로도 이목을 끌었어요. 그 집 주인이 우리나라 외식업계에 상당한 영향을 미치는 사람이었다고 들었습니다. 선생님께서는 그날 맛을 궁금해한 그 고객에게 선생님만의 특제 닭조림 비법을 알려드리게 된 거구요. 닭고기 전문가로서 선생님의 제2의 인생이 열리는 것 같았습니다. 선생님은 여전히 어깨를 구부리고 걸어 다니셨지만요.

선생님을 인터뷰하러 왔던 우리 지역 신문의 신입 기자가 있었습니다. 처음에는 선생님 수업을 수강하다가 선생님께 본격적으로 닭요리를 배우고 싶다고 찾아오더군요. 참하게 생긴 것과는 달리 완두 씨는 한번 마음을 먹으면 끝까지 달려들어 해내고 마는 데가 있는 사람이었던가 봐요. 제자로 받아들여달라고 선생님을 자주 찾아오던 그 무렵인가, 완두 씨가 저에게 수강생들이 다 여자인데 문기 씨가 편할 리 없잖아요,

하더군요. 그녀가 그렇게 손가락으로 이마의 머리카락을 치우며 저를 옆으로 한 번씩 올려다볼 때마다 저의 어딘가를 살짝 찌르는 느낌이었습니다. 게다가 완두 씨는 저보다 두 살인가 적은 걸로 알고 있는데 꼬박꼬박 문기 씨 문기 씨, 부르곤 해 누나나 작은 선생님같이 여겨지기도 했지요.

완두 씨와 선생님 사이에 무슨 이야기가 오갔던 모양인지 어느 날부터 제가 도맡아왔던 어시스턴트 역할의 절반쯤은 완두 씨가 맡아 하게 됐습니다. 사실 그때 제 기분은 선생님과 완두 씨, 그 두 사람의 도우미 역할을 저 혼자 하는 것 같았다고 할까요. 만약 완두 씨가 남자였다면 큰 배를 혼자 이끌고도 남았을 겁니다. 완두 씨는 천천히 선생님 주방을 지휘해나가는 듯 보였습니다. 상냥하고 설득력 있는 말투로 말이지요. 완두 씨가 선생님 주방을 떠난 뒤 그때 왜 그녀를 제자로 받아들였느냐고 선생님께 돌려서 물어본 적이 있어요. 선생님께서는 눈을 깜박거리더니 완두 씨가 이런 말을 했다고 합니다.

선생님, 저도 고아로 자랐어요. 문기 오빠처럼.

아무튼 한 네다섯 해 동안인가 선생님과 저, 그리고 완두 씨, 이렇게 세 사람이 함께 팀을 이루게 되었어요. 아주 오래 전 일처럼 느껴지는데 당시 우리나라엔 닭고기 열풍이 불었다고 해도 과언이 아니었지요. 엇비슷한 시기에 한 여배우와 미국으로 진출하게 된 야구 선수가 자신들의 젊음과 체력의 비결이 닭 가슴살과 닭 날개에 있다고 말한 게 그 시작이었습니다. 전국적으로 양질의 고단백질, 저칼로리를 내세운 닭요리 체인점이 생기고 방송사마다 요리 연구가들을 앞다퉈 섭외하고 시청자들은 닭요리가 나오는 프로그램에 열광했습니다. 우리 선생님이 눈코 뜰 새 없이 바빠지기 시작한 것도 그 무렵이었습니다. 선생님이 시키신 대로 제가 선생님 스케줄을 관리하고 시장을 돌면서 주문해놓은 재료들을 찾아오고 다듬는 역할을 맡았습니다. 선생님께서 음식 프로그램이나 토크쇼의 게스트로 나가 요리를 해야 할 때는 완두 씨가 보조하곤 했고요.

우리한테 완두가 있어서 얼마나 다행이니, 문기!

선생님은 우리 두 사람을 번갈아보며 흐뭇해하셨습니다. 서로 손발이 척척 들어맞았습니다. 거기에 요가니 다이어트니 하는 바람도 불어, 선생님께서는 자신의 젊음의 비법이 닭 날개에 있다고 말한 그 여배우와 광고에 출연하기도 하셨어요. 그 당시 닭고기 유행은 정말 대단했답니다. 일인당 평균 닭고기 소비량이 무려 40퍼센트까지 늘었을 정도였으니까요. 선생님과 완두 씨는 자매나 모녀처럼 같이 다녔어요. 제가 하는 일이야 사람들 앞에 나서지 않아도 되는 거였으니 얼마나 다행이었는지 모릅니다. 선생님 스케줄이나 수강생들 숫자만큼 닭 주문량도 많아졌습니다. 저희가 닭고기를 받던 데서 미처 손질이 덜 돼서 올 때도 있어 제가 일일이 확인하지 않으면 안 되었어요. 선생님께서 중요하게 여기신 건 무엇보다 닭이 싱싱하고 깨끗해야 한다는 거였거든요. 지방이 잘 떼어져 있어야 하는데 종종 닭의 항문 주위에 노란 지방 덩어리들이 덜 떼어진 경우가 있었어요. 그러면 선생님께서는 이런 바보 천치! 저에게 한마디 하시곤 했어요. 사람같이 닭의 항문에서도 심한 냄새가 납니다. 그 주변의 지방이랑 볼록한 꽁지도 꼭 잘라내버려야 해요. 여러분도 잊지 마시기 바랍니다. 그 무렵을 떠올리면 제 몸에도 닭의 항문 냄새가 배 있던 건 아닐까 싶기도 합니다. 아무려나 우리 선생님께서 사람들에게 누린내 없이 깔끔한 닭요리를 선보이는 게 우선이었지요.

찾는 곳이 많아지는데도 평소와 달리 침울해 보이기까지 하는 선생님을 위해서라도 저는 닭 손질하는 데 더 정성을 쏟지 않을 수 없었습니다. 선생님께서 오른쪽 눈에 작은 얼룩 같은 게 자꾸만 나타났다 사라진다고 말씀하신 것도 그 무렵부터였습니다. 병원에서는 노안이 온 것 외에 별 이상이 없다는데도 말이에요.

생각난 김에 지금 말씀드릴게요. 선생님께서 닭 누린내를 없애는 몇 가지 특별한 비법을 갖고 계신데요, 그중 하나가 닭을 우유나 청주 대신 버터밀크에 담가두는 겁니다. 아, 버터밀크요? 그건 팔기도 하지만 우리 동네 마트 같은 데는 없고요, 여러분께서 직접 만드실 수 있어요. 우유 한 컵에 식초 한 큰술 넣어서 밤새 실온에 두세요. 다음 날이면 걸쭉하게 돼 있을 거예요. 선생님께서는 그 버터밀크를 밀가루에 넣고 빵을 굽기도 하셨어요. 닭 한 마리를 오븐에 통째로 구워서 같이 먹으면 근사한 한 끼가 되었죠. 그런 날 오후면 순간순간 저는 선생님의 이 작은 집과 주방이 제 집인 것 같다는 착각에 빠질 때가 있었어요. 선생님은 제 어머니도 이모도 고모도 누나도 아닌데 말입니다.

선생님과 완두 씨가 나란히 서서 닭요리를 하고 이야기를 주고받는 장면들을 텔레비전에서 보고 있을 때도 그랬어요. 두 사람이 가족같이 여겨지기도 했던 겁니다. 그런데 한 번도 가족이란 걸 가져보지 못해서 그랬을까요, 가족은 가족인데 제가 빠진 장면이 더 행복하고 자연스러워 보였습니다. 가끔 어떤 감정에 의해서 판단이 흐려질 때가 있잖아요. 주말 오후, 선생님 식탁에서 한가롭게 차를 마시고 있을 때면 희미하게 몰려드는 불안들이 있었어요. 저는 완두 씨 자리에 저를 세워놓고 상상해봤습니다. 지금 선생님 옆에서 푸른색 체크무늬 앞치마를 입고 이등분한 닭 가슴살에 소금과 후춧가루를 뿌리고 있는 사람이 나라면 그 모습은 어떻게 보일까, 하고 말입니다. 그러면 선생님과 저는 젊은 모자처럼 보일까요, 아니면 선생과 애제자처럼?

사람들이 바본 줄 알아요?

어디선가 완두 씨 목소리가 들리는 것 같아서 정신이 번쩍 났습니다. 제 잘못을 지적하고 훈계하는 듯한 목소리. 저는 그만 풀이 죽고 말았습니다. 속을 채워 넣은 닭을 실로 꼭꼭 동여매고 있던 선생님의 붇어 터진 하얀 손등을 제가 멍하게 보고 있다 완두 씨와 눈이 마주쳐버렸던 순간처럼요. 어디에 있든 그곳이 적합한 자리인가 아닌가 의심하고 쉽게 물러나버리는 게 저같이 자란 사람들의 본능일지도 모릅니다. 선생님을 돕던 일을 그만두고 본업으로 돌아간 것은 닭고기 유행이 지나가기 얼마 전의 일입니다. 선생님이 시킨 일은 아니었는데도 저는 밀려나버린 기분이었어요.

여러분만을 위한 이 〈계절 닭요리 클래스〉가 열리는 날은 항상 금요일 오후입니다. 2주 전도 마찬가지였어요. 그 전날이 춘분이었던 것, 기억하십니까? 선생님께서는 평소에도 절기를 중요하게 생각하는 분이셨죠. 춘분인데 문기, 우리 쑥 같은 걸 좀 먹어야 하지 않을까, 연락이 왔습니다. 클래스가 열리기 전날은 재료나 그릇 등을 준비해야 하고 청소도 해야 하기 때문에 보통은 선생님과 저녁 시간을 보내곤 했습니다. 아직 한 번밖에 선생님을 만나보지 못한 여러분은 잘 모르시겠지만 우리 선생님은 여러분을 언제나 귀한 손님처럼 맞고 싶어 하셨답니다. 그때 그 일이 일어난 후로도 주 수입원이 되었던 몇 개의 다른 닭요리 클래스는 모두 접으셨지만 여러분 수업만큼은 닫지 않으셨지요. 금요일 수업에 필요한 준비를 다 해놓고 선생님과 저는 쌉쓰름한 쑥국과 홍고추로 색을

낸 쑥전을 먹었습니다. 옛날부터 춘분에 먹던 음식은 쑥떡이
라고 말씀하셨는데 그날은 준비할 시간이 없으셨던 모양이에
요. 조촐한 밥상이었죠.

밤과 낮의 길이가 같은 날이었어요. 저는 젓가락으로 쑥전
을 집었다 놨다 하시는 선생님을 물끄러미 바라보았습니다.
식탁엔 선생님과 저 두 사람밖에 없었고 거실 창밖으로 봄밤
이 짙어갔습니다. 그런 시간이면 가급적 창에 비친 모습은 보
려고 하지 않습니다. 선생님이든 저든 나이가 그대로 드러나
버리고 마니까요. 저쪽, 마루를 지나면 바로 마당으로 이어집
니다. 손바닥만 한 화단에는 채송화나 봉숭아 같은 알록달록
한 꽃들과 히아신스 구근들이 심어져 있어요. 마당 한쪽에는
빨랫줄이 걸려 있을 뿐 개나 고양이도 없습니다. 문득 저나
여러분이 이곳을 찾지 않으면 선생님께서는 내내 혼자 계시
겠구나 하는 짐작이 들었지요. 그런 생각을 처음 한 것도 아
닌데, 그날은 해가 지면서 그늘이 더 선명해져 보이는 탓이었
을 겁니다. 여느 때보다 감상적인 기분에 빠져들고 만 거죠.
열아홉 살에 선생님을 만나 지금까지 10년 동안 이렇게 같이
저녁밥을 먹은 것만 해도 셀 수가 없을 텐데, 정작 선생님께
서 저녁 식탁을 치우신 후 어떤 시간을 보내시는지에 대해서
는 아는 게 없었습니다. 남편도 자식도 없고 가까운 사람이라
고는 식료품 재료상들 외에는 없다시피 한 선생님.

잠시 동안이었지만 식탁에 젓가락을 내려놓는 소리도 국

을 마시는 소리도, 우리 두 사람의 숨소리도 전혀 들리지 않는 것 같았습니다. 소리도 시간도, 냄새까지도 모든 게 정지된 듯했어요. 저는 밤이 된 것 같았고 선생님은 낮이 된 것 같았어요. 저는 낮이 되고 선생님은 밤이 된 것 같았어요. 우리는 똑같은 것 같았죠. 어떤 불안도 긴장도 없는 순간이었어요. 평화롭다는 게 뭔지 저는 잘 모릅니다만 그때 그 순간만큼은 이해할 수 있었지요. 몸에서 힘이란 힘은 다 빠져나가고 무엇에겐가 더 공손해지고 싶다는 기분이 들었어요. 선생님께서도 그 고요한 상태를 느꼈는지 속삭이듯 허공에 대고 얘, 문기야, 지금 무심이 흐르고 있구나, 하셨습니다. 무심(無心). 언젠가 선생님께서 평화롭다는 게 뭐냐고 묻는 저에게 주셨던 답이 그 말이라는 게 떠올랐습니다. 그렇다면 선생님께서도 지금 나처럼 행복하신 걸까? 생각하려는데 갑자기 눈물이 뚝 떨어지는 게 아닙니까, 바보처럼. 저는 그만 식탁 의자를 밀쳐내듯 자리에서 일어나버렸습니다. 선생님께 죄책감을 느끼면서 가졌던 수많은 쾌락의 순간들마다 제가 그랬던 것처럼. 젓가락을 드시던 선생님께서 왜 그러니? 맨송맨송한 얼굴로 저를 올려다보고 있었습니다.

그다음 날이 여러분과 처음 수업을 가졌던 금요일이었어요. 올해 첫번째이자 봄 학기 첫 수업답게 화기애애한 분위기였지요. 아니, 그날따라 선생님께서는 더 활기차고 명랑해 보이기도 하셨어요. 간밤의 일이 마음에 걸렸던 저도 평상시대로 선생님을 대하고 어시스턴트 역할을 해낼 수 있었어요. 수업 후 여러분과 만들었던 닭찜으로 다 같이 저녁을 먹고 여러분이 집으로 돌아갈 채비를 하자 전날의 일 때문에 혼자 남아 선생님을 보기가 어색해져버렸습니다. 보통은 남아서 뒷일까지 도맡아 했는데 그날은 9인분의 설거짓거리를 남겨놓고는 저도 일찍 선생님 댁을 나왔습니다. 선생님께서 자정이 넘은 시간에 차를 몰고 나가신 건 그날입니다.

닭을 처음 만졌던 순간이 요즘 자주 떠오르곤 합니다. 선생님 병실 앞 복도에 앉아 있을 때면 더 그런 것 같습니다. 제 평생 처음 만지게 될 닭은 사각형 알루미늄 배트에 담겨 있었어요. 물론 선생님 주방에서였죠. 그동안 닭이라는 건 뜨겁고 맵고 단, 그냥 씹는 시늉이나 하다 소주와 함께 목구멍으로 넘겨버리는 어떤 덩어리였는데요. 생닭을 그렇게 정식으로, 목적을 갖고 마주해보긴 처음이었습니다. 윤기 흐르는 미색 껍질에 울룩불룩하게 튀어나온 구멍들, 목과 다리의 반듯한 절단면, 그리고 기도하듯 납작 엎드려 있는 자세. 무엇이든 채워 넣으면 있는 대로 다 받아들일 것 같은 잘 손질된 배. 게다가 그 닭은 무엇보다도 선생님께서 저를 위해 골라주신 첫번째 닭이었습니다. 선생님이 시키신 대로 저는 그 축축하고 탄력 있는 생닭을 손바닥으로 쓸고 만져보고 무게를 가늠해보고 냄새를 맡고 헛헛해 보이는 배 속을 들여다보기도 했어요. 살아서 펄떡거리는 생선도 향기 나는 과일도 아니었는데

공구들을 만질 때와는 달랐어요. 선생님께서 아무리 싱싱한 닭을 준비하셨다고 해도 틀림없이 냉장실 안에 있었을 텐데, 이상하지만 따뜻하다고까지 느꼈습니다. 더 과장을 하면 순간적으로 저는 접지된 것 같은 느낌도 받았어요. 고장 난 제품들을 수리한 후 코드를 꽂고 연결하는 그 접지의 순간. 윙, 하는 소리가 들리는 듯했고 몸이 약간 떨리기도 했어요.

그날 선생님께서는 제 눈앞에서 칼과 가위로 닭을 여덟 조각으로 토막 냈습니다. 반짝거리는 칼과 가위를 들고 정확한 동작으로 닭을 탁탁 토막 내시는 선생님은 아름다워 보였습니다. 뭔가에 집중하고 있는 사람이 그렇듯. 평소와 똑같을 공기들이 갑자기 화환처럼 선생님을 에워싸고 있는 것 같았습니다.

지난 시간에 처음 배운 닭 손질하기의 기본, 기억하시죠? 여러분 중에는 요즘엔 마트 같은 데서 부위별로 나눠서 파는 닭이 있는데 굳이 왜 이런 걸 배워야 하느냐고 묻고 싶은 분도 있을 겁니다. 선생님 말씀에 따르면 닭을 부위별로 나눠 손질하고 쓸 수 있으면 요리하기도 편한 데다 가족 숫자만큼 조각을 나눌 수 있기 때문이라고 합니다. 다시 닭 손질하기의 기본으로 돌아가보면, 일단 뼈와 뼈 사이의 관절은 연골로 돼 있으니 자르기가 어렵지 않습니다. 처음에는 다리와 몸통 사이에 칼집을 슬쩍 넣곤 몸통을 두 토막으로 나눕니다. 다음에는 양쪽 다리를 잘라낸 후 넓적다리 살 사이의 연골 부분을 두 조각으로 자르지요. 그다음엔 어깨 살을 자르고 가슴살을 두 조각으로 자르면 여덟 토막이 되죠. 지난 시간에는 우리가 아홉 명이었기 때문에 선생님께서 한 조각 더 자르셨어요. 그럴 때는 몸통을 칼등으로 내리쳐서 뼈를 부러뜨린 다음에 자르면 쉬워요. 조금 후에 여러분들 각자 닭을 한 마리씩 토막 내보기로 합시다.

닭고기 열풍이 불던 무렵, 선생님은 한 지방대학의 식품영양학과 교수로 채용되었습니다. 2년인가 계약을 해야 하고 기간이 지나면 연장할 수 있는 자리라고 했어요. 선생님이 강의를 나가는 날이면 다른 스케줄들은 완두 씨가 맡아 하게 되었지요. 완두 씨는 성실한 데다 화면으로 볼 때 더 예뻐 보이고 목소리도 설득력 있게 들린다는 장점이 있었어요. 제가 어시스턴트 일을 그만두었을 땐데, 선생님께서 강의를 마치고 KTX를 타고 올라오는 저녁이면 우리는 가끔 동네 포장마차에서 만나곤 했어요. 저로서는 학생들과 섞여 있으면 잘 보이지도 않고 학생들이 떠들기라도 하면 쩔쩔매기만 할 것 같은 선생님께서 어떻게 수업 시간을 보내시는지 염려가 되기도 했고요. 학생들 중 누군가가 투서 비슷한 것을 한 후로는 더 그랬죠. 아무리 유명한 닭요리 전문가라고는 해도 어떤 학생들은 여상 졸업이 최종 학력인 우리 선생님을 교수로 받아들이기 어려웠던 모양인가 봐요. 선생님은 눈의 얼룩들이 점점 커지는 것 같다고 말씀하셨어요. 무엇을 봐도 검은 얼룩이 어른어른 끼어든다고요. 밤 운전은 하지 말아야겠지, 문기? 저는 고개를 끄덕거리며 선생님 눈 속의 깃털 같은 얼룩에 대해 생각하지 않으려고 했어요. 저는 제가 할 수 있는 일을 할 따름이었어요. 선생님 잔이 비면 사이다를 채워드리고 또 잔이 비면 사이다를 따라드리는. 사이다 두 병이면 선생님이 취해 버리시니까 타이밍을 잘 보고 있다가 그 전에 골목 입구까지 바래다드리는 일도요.

어제는 꿈을 꾸었어, 문기.

선생님께서 사이다를 한 병 더 시키셨어요.

무슨 꿈인데요, 선생님?

학생들이 차례대로 내 무릎을 베고 누워서는 귀를 파달라고 조르는 거야.

선생님, 형제원에서도 애들 귀 파주는 거 좋아하셨잖아요.

그래 그랬지. 그런데 학생들 귓속에서 자꾸만 이상한 게 나오는 거야.

뭐가요?

어떤 학생 귀에서는 개미가 나오고 어떤 귀에서는 개구리들이.

어휴.

점점 더 큰 게 나오지 뭐야.

그래서요?

애들을 밀쳐버리면서 말했지. 얘, 더는 못 하겠다!

……선생님.

왜, 문기?

맥이 빠진 선생님께서 잔을 내려놓으시곤 제 옆얼굴을 보는 게 느껴졌습니다. 여쭙고 싶은 말이 많았죠. 한마디도 떠오르는 것 없이 숨만 막혀왔어요. 숨이 컥컥 막히는 것 같았어요. 선생님이 계속 저를 쳐다보고 계셨거든요. 저는 호기롭게 선생님 가방을 집어 들곤 자리에서 일어나 말했어요. 서, 선생님, 오늘 계산은 제가 하겠습니다.

사람은 평생 몇 가지 인생을 살 수 있는 걸까요. 선생님께서 안 계시니 잡념이 더 많아집니다. 저로 말할 것 같으면 세번째 인생을 살고 있는 느낌입니다. 첫번째는 선생님을 처음 만났던 형제원 시절, 두번째는 선생님을 모르고 지내던 시절, 세번째는 다시 선생님을 만나 선생님의 제자가 된 지금. 제가 불안해지는 건 원치 않는 네번째 인생을 살게 될지도 몰라섭니다. 선생님을 영영 잃게 되는 것, 그래서 정말로 혼자가 돼버리는 것. 우리가 불행에 빠지는 가장 큰 이유는 무력감 같습니다. 그 무력감 뒤에 도사리고 있는, 나는 이해받지도 사랑받지도 못하는 쓸모없는 존재라는 느낌도. 자신에게 솔직한 채로 그런 감정에 빠져 지내는 것이 나은지, 아니면 사람들이 흔히 말하듯 현실을 똑바로 직시하는 게 나은지 도무지 알 수가 없습니다. 현실을 직시해봤자 돌아오는 건 무력한 나 자신뿐 아닌가요? 내 삶이 평범하기는커녕 그것에서도 한참이나 뒤떨어져버렸다는 깨달음 말입니다.

하루에 두 번, 그것도 20분쯤, 너무나 짧게 느껴지는 면회 시간 동안 저는 선생님 곁에 앉아 그런 불평들을 늘어놓습니다. 어느 순간 선생님께서 벌떡 일어나 하실지도 모를, 이런 바보 천치! 언제까지 그렇게 모래 속에 머리를 처박고 살아갈 거니, 문기? 라는 꾸중을 기다리면서 말입니다.

선생님의 전성기는 오래가지 못했습니다. 강의를 마치고 돌아온 선생님과 동네 포장마차에서 만나곤 했던 시간도 곧 끝나고 말았죠.

지금으로부터 40여 년 전인가, 이 동네 재래시장에서 대형 화재가 난 적이 있습니다. 여러분 중에는 아마 그 화재에 대해 알고 계신 분이 없을 겁니다. 여러분들이 태어나시기도 훨씬 전의 일인 데다가 지금은 재래시장이 있던 자리, 그 산동네는 몰라볼 정도로 규모가 큰 아파트촌으로 변해버렸으니까요. 그러나 여러분 중에서 그 화재에 관해 들어보신 분이 있다면 그건 유례없이 큰 화재였던 데다 사망한 사람들이 많았기 때문일 것입니다. 게다가 그 화재의 원인이 열 살짜리 여자아이한테 있었다는 사실 때문에라도.

닭집은 비좁은 데다 미로처럼 얽힌 재래시장 한가운데쯤 위치해 있었습니다. 비가 내리지 않아도 하루 종일 바닥이 질척거리는 데였어요. 주말을 앞둔 늦은 오후였습니다. 시장이 가장 붐비는 날이었죠. 닭집도 마찬가지였어요. 점심 먹을 짬도 내지 못한 가게 주인이 찐 옥수수를 사러 자리를 비운 사이였어요. 닭집 여자아이는 천장까지 높이, 층층이 쌓인 닭장들과 닭 한 마리를 통째로 집어넣으면 곧장 깃털들이 후드득 날아오르는 원통같이 생긴 닭털 뽑는 기계와 남겨졌어요. 옥수수 노점상의 말에 따르면 닭집 여자가 그 가게에 머물렀던 시간은 채 10분도 안 된다고 해요. 그 10분 사이에 닭집에서부터 불길이 솟구치기 시작한 겁니다. 서울 시내에서도 가장 크고 넓은 산동네 재래시장에서 말입니다.

한번은 선생님과 같이 있다가 텔레비전에서 요리를 하고 있는 완두 씨를 본 적이 있습니다. 완두 씨가 선생님 어시스턴트 일을 그만둔 지 이삼 년쯤 지난 상태였을 겁니다. 그 무렵 완두 씨가 낸 『이십대를 위한 간편 닭고기 요리 백 가지』가 젊은 여성들 사이에서 1분에 한 권꼴로 팔린다고 하던 때였죠. 유명한 사람들이 형제나 부모와 함께 여행을 떠나 현지에서 음식을 만들어주는 프로그램이었어요. 완두 씨는 파프리카 가루로 맛을 낸 닭구이를 만들고 있었습니다. 동행한 어머니와 남동생을 위한 요리였어요. 우리 선생님을 한창 텔레비전에서 봤을 때처럼 내가 아는 사람 같지가 않았습니다. 채널을 돌릴까 망설이는데 선생님께서 혼잣말하듯 백 가지가 뭐니, 더 알려줬어야 했는데,라고 하시더군요. 저는 고개를 돌려 선생님을, 담담한 얼굴로 완두 씨를 보고 있는 선생님을 바라봤습니다. 화재를 일으켰던 장본인이라는 사실이 세간에 알려지면서 그 당시 선생직도 수강생들도 다 잃어버린 데다 예전부터 해온 이 무료 강좌까지도 의심받게 된 선생님을.

그 오래전 일을 알아내고 사고 책임이 선생님한테 있었다는 사실을 퍼뜨린 사람이 누구인지 의심해봐야 소용없었습니다. 선생님을 곁에서 지켜보고 있으면 말입니다. 너무 오래 입어서 원래의 색깔도 형태도 사라진 헐렁한 티를 입고 한여름에도 발목까지 오는 양말을 신은 채로 입을 벌리고 앉아 있는 선생님은 이 세상에서 최초로 빚어진 여자만큼이나 늙고 지쳐 보였습니다. 하다못해 쥐새끼 한 마리도 창밖으로 던져버리면 버둥거리며 나는 시늉이라도 한다는데. 제가 화가 나 있건 말건 선생님은 태평해 보이기까지 했습니다. 자기가 무슨 성자라고. 그런 사람을 본 적은 없지만 무척이나 위대하고 커 보이지 않겠습니까? 선생님은 여전히 쭈그려 앉아 있는 작은 사람에 불과했습니다.

그리고 지금은 13일째 의식불명 상태로 계십니다.

그날 밤 사고가 난 지점은 나들목 근처 외곽 순환도로였습니다. 그 길을 빠져나가서 대체 어딜 가려고 하셨던 걸까, 처음에는 궁금했습니다. 완두 씨네로 가는 길이기도 했으니까요. 저는 고개를 흔들어버렸습니다. 어떤 추측도 상상도 선생님께서 원치 않으실 것 같았습니다. 혼자 있을 때의 선생님에 대해, 주방이 아닌 다른 데서의 선생님, 밤의 선생님에 대해서 아는 사람도 알고 싶어 하는 사람도 없을지 모르니까요. 저 또한 선생님에 대해 속속들이 알지 못합니다. 저는 그런 시간엔 선생님 곁에 제가 있어서는 안 되는 거라고 알고 있었어요. 선생님께서 저렇게 누워 계셔서 그런지 후회가 되는 일들만 떠오릅니다.

선생님께서 다른 봉사자들과 함께 처음 형제원에 오신 것은 제가 아홉 살 때인가 그렇습니다. 그때 선생님은 스물아홉인가 서른 살쯤인가였을 거예요. 한 달에 한 번씩 마지막 주 토요일 점심 전에 내려오셨다가 일요일 저녁에 돌아가곤 하셨어요. 그 하루 동안, 선생님께서는 주방에서 다른 봉사자 누나들을 잔소리 많은 장군처럼 진두지휘하며 두 끼씩 밥을 차려주셨어요. 특별한 반찬은 없는데도 그 밥의 맛은 잊을 수가 없었습니다. 따뜻한 데다 쌀 한 알 한 알이 탱탱하게 살아 있는 것 같았어요. 선생님께서는 빨래를 하고도 시간이 남으면 양반다리를 하고 앉아 저희의 귀를 파주시고는 했죠. 저희 같은 녀석들의 귀를 만지려는 사람은 그때껏 아무도 없었어요. 저는 다른 녀석들처럼 선생님 무릎을 베고 누워본 적도, 귀를 다 파신 선생님께서 귓속으로 후후 입김을 불어넣어주면 어떤 기분인지 느껴본 적도 없었어요. 도망 다니기 바빴을 뿐입니다. 제 귀가 이렇게 생겨먹었기 때문이고 선생님께는 보여드리고 싶지 않았어요. 저기, 문기 잡아라! 선생님은 녀석들과 편을 먹고 저를 잡으려고 하셨어요. 그게 그 일요일 오후를 마감하는 저희들만의 놀이였죠. 그랬으니 저로서는 무조건 도망가버려야 했어요. 게임의 법칙은 잡히지 않는 거잖아요, 끝까지.

선생님의 두개골은 깨진 데도 금이 간 데도 없다고 해요. 그런데도 지금까지 못 일어나시는 게 이해가 안 갑니다. 그리고 의식이 돌아온다고 해도 얼마간의 기억을 잃어버리실 수 있다는 것도. 의사들이 하는 말은 어렵지만 제가 알아들은 건 그 정도였고 그 정도면 충분합니다. 이제 담당 의사든 저 같은 보호자든 할 수 있는 것은 선생님이 깨어나시기를 기다리는 일밖에 없을 테니까요. 네, 하루아침에 제가 선생님의 보호자가 돼버렸습니다. 그때 그 화재로 선생님께서는 가족을 모두 잃어야 했으니까요. 그 불길 속에서 혼자 살아남은 사람에게 40년 후, 보호자는 힘없는 이 제자 하나가 유일합니다.

선생님께서 그렇게 되셨는데 저는 괜찮으냐고요?

병실 복도에 앉아 있으면 혼곤히 졸음이 몰려올 때가 있습니다. 흐릿한 눈앞으로 병실을 다녀가는 복지센터의 음악, 독서 치료사 선생님들이 보일 때도 있고 선생님과 오래 거래하던 가락시장 상인 두 분, 그리고 요즘엔 완두 씨도 자주 보이곤 합니다. 완두 씨는 카메라가 없을 때면 고개를 15도쯤 숙이고 있어서 슬퍼 보이기도 하고 평소와 똑같아 보이기도 합니다. 제가 푸드덕거리는 닭들을 이끌고 뒤뚱뒤뚱 앞장서 어디론가 가고 있는 선생님의 뒷모습을 발견하곤 어, 저기 선생님 있다, 선생님 잡아라! 헛소리를 할라치면 손가락으로 제 무릎을 꾹 누르며 문기 씨, 집에 가서 자요, 시끄럽잖아요, 하고 깨워주는 사람도 완두 씨입니다. 그냥 가만히 깨워도 될 걸 완두 씨는 누르기만 해도 아픈 무릎 연골쯤을 찔러대는 겁니다. 저는 더 겸연쩍어져서 저기, 선생님께서 완두 씨 주라고 따로 모아둔 레시피들이 있어요, 입가의 침을 얼른 문지르며 말해버렸죠. 선생님께서 전에 저에게 시키신 일인데 하지 않았던 일. 완두 씨는 고개를 저어요. 그러곤 말없이 저를 봅니다. 그 눈이 난 이제 됐어요, 문기 씨나 가져요,라고 말하는 듯해요. 선생님께선 처음에 이런 완두 씨를 왜 저에게 소개시켜주시려고 했는지 알다가도 모를 일입니다. 눈빛 하나만으로도 남자 기를 팍 죽이는 여자를 말이에요.

오늘은 여러분과 닭 손질하는 법을 한 번 더 연습한 후에 고사리와 숙주, 대파를 넣고 닭개장을 끓일 계획이었습니다. 여러분같이 몸이 허약해진 분들께는 이만한 보약이 없죠. 선생님의 닭개장 비법은 육수를 깔끔하게 내는 데 있는데요, 그러기 위해서는 숙주와 고사리, 대파를 먼저 물에 데친 후 쓰셔야 합니다. 처음부터 같이 넣고 끓이면 국물이 탁해지는 데다 비릿한 냄새까지 나거든요. 그러나저러나 오늘은 여러분과 닭개장을 완성해 밥까지 말아 먹을 시간은 부족하게 돼버렸네요. 가장 중요한 이야기는 마지막에 하는 거라고 들어서 여태 쓸데없는 말만 늘어놔버렸어요. 선생님께서 시키신 대로, 제가 하지 않은 일이 한 가지 더 있습니다.

그날 그 회식 자리에서 선생님을 다시 만난 얼마 후에 말입니다. 선생님께서 저에게 닭을 만져볼 마음이 없느냐고 물어보셨을 때, 선생님께서는 이 복지센터에 여러분 같은 분들을 위한 강좌를 만들 계획을 세우고 계시던 중이었습니다. 복지센터에 닭요리 강좌를 개설하는 것도 선생님 생각처럼 간단한 일은 아니었습니다. 자원봉사 차원의 무료 강습인데도 구청이나 복지센터에서는 쉽게 결정을 내려주지 않았어요. 심사도 서류 절차도 까다로웠죠. 진로 준비 사업의 일환으로 강좌를 열어도 좋다는 결정이 내려지는 데까지 무려 반년 넘게 걸렸어요. 첫 수업이 있던 날, 선생님께서는 잘 다림질한 앞치마와 머릿수건을 걸치시곤 저에게도 주셨어요. 저도 그날부터 선생님의 어시스턴트 역할을 하게 됐으니까요. 우리는 조금 들떴을 겁니다. 첫날 강좌를 어떻게 마쳤는지 기억도 안 나요. 끝나고 나자 저녁 8시가 넘었습니다. 선생님과 저는 수강생들에게 싸 주고 남은 닭 가슴살 볶음을 놓고 사이다로 건배를 했어요. 모래주머니도 빠지지 않았죠. 닭똥집 말입니다. 선생님께서 좋아하는 부위거든요. 삶은 모래주머니를 소금에 찍어 먹다 말고 저는 선생님께 처음으로 물었어요.

선생님, 하필이면 왜 닭이었어요?

응?

생선이나 뭐 두부요리 전문가가 되실 수도 있었을 텐데요. 머릿속에서 떠나지 않았거든.

닭이요?

그래, 닭이.

……

문기도 그런 게 있지 않아?

뭐가요?

머릿속에서 떠나지 않는 거.

그날 선생님께서 그러셨어요. 앞으로 몸이 말을 듣지 않을 때까지 이 강좌만은 평생 하실 거라고요. 선생님 잔에 사이다를 가득 따라드리며 이런 돈도 안 되는 일을 평생이나요? 하고 놀렸던 것도 기억합니다. 겨우 10여 년 전의 일입니다. 선생님께서 의식을 되찾으신다고 해도 어쩌면 기억하지 못할.

제 자랑을 하는 건 아닙니다만 선생님을 만난 후로 가능한 한 선생님 말씀을 따르려고 했어요. 형제원을 나와서는 검정고시를 봤고 자격증도 땄고요. 다시 선생님을 만나게 됐을 땐 닭요리도 배우기 시작했으니까요. 선생님이 시키는 대로 여자도 여럿 만나봤고 적금이나 국민연금도 붓게 됐어요. 비로소 내가 사람같이 산다고 느끼고 있었는데, 선생님께서는 왜 하필 이 순간에 저렇게 되신 걸까요. 선생님 말씀대로라면 이제 이 클래스도 접어야 합니다. 이 클래스가 흐지부지해지는 걸 원치 않으실 테니까. 여러분에게 제가 오늘 드리고 싶은 말씀은, 다음 주부터 이 강좌를 제가 맡아서 하고 싶다는 것입니다. 또 모릅니다. 강사가 바뀌었다고 어떤 복잡하고 까다로운 절차나 심사를 거쳐야 할지. 그러나 이 복지센터에서의 강의는 선생님 꿈이기도 합니다. 제가 선생님 밑에서 닭요리를 배우기 시작한 지 채 10여 년밖에 되지 않았지만 저 스스로 뭔가 할 수 있을 것 같은 느낌이 들기는 처음입니다. 어떤 것이 비로소 좋아진 데다가 책임감도 생겨버렸으니까요. 이제부터는 선생님이 시키는 대로 하지 않을 생각입니다. 이런 바보 천치! 선생님의 꾸지람이 기다려집니다.

제 삶을 뚫어지게 응시해봤자 돌아오는 건 역시 후회와 숨을 데가 없다는 사실뿐이더군요. 그 숨을 곳이 없는 상태에서 할 수 있는 일을 하면서 하루하루를 보내는 게 지금으로서는 가장 정직한 방법일지도 모르겠습니다.

밥은 다 되었는데요. 여러분, 닭개장은 다음 주 이 시간에 같이 끓여보겠습니다. 원하시는 분은 닭을 가져가셔도 좋습니다. 몇 조각으로 자를지는 그 요리를 여러분과 함께 나눌 사람들의 숫자에 따라 결정하시기 바랍니다. 해가 길어졌군요. 진짜 봄인가 봐요.

저수하(樗樹下)에서

최근엔 내가 어디를 가든 할머니 셋이 따라다닌다. 사람이
조심해야 할 것은 앞이 아니라 뒤라는 생각이 들 때가 많다.
할머니들을 따돌려보려고 하거나 흠칫흠칫 돌아보는 일은 소
용없다. 낮이나 내가 깨어 있을 때에는 나타나지 않으니까.
내가 알지도, 만나본 적도 없는 분들이니 존칭은 생략하기로
한다. 할머니 셋이 나를 따라다니기 시작한 건 황 피디와 서
촌으로 집을 알아보러 다니던 무렵부터인 것 같다. 내가 처음
누하동의 한옥을 보고 온 날 밤, 이를테면 이런 식이다.

할머니 1: 도수 딸이 진짜 집을 떠날 모양인가 보네.

할머니 2: 집이 아니라 봉천동이겠지.

할머니 3: 늙은 부모는 어떻게 하고?

그러면 나는 그게 꿈인 줄 알면서도 도수가 누구지? 의아
해하며 뒤척이는 시늉을 한다. 할머니들이 오늘 내가 보고 온
한옥엔 그 터를 못 떠나는 젊은 귀신이 둘이나 살고 내년 여
름 홍수 때는 툇마루까지 물에 잠길 거라는 둥 시시콜콜한 이
야기를 나누는 소리가 이마 위에서 들린다. 천장에서 셋이 머
리를 맞댄 채 나를 내려다보고 있는 듯한 소리다. ……생각
났다. 도수(都秀)는 아버지 어렸을 적 이름이다. 사주에 명이
짧다고 나와 나의 첫번째 친할머니께서 일찌감치 이름을 바
꿨다고 들었다. 아버지를 도수라고 부르는 것으로 봐서는 어
렸을 적의 아버지를 알고 있는 사람들이 틀림없다. 누굴까?
힘껏 눈을 떠보면 할머니들은 사라지고 없지만 목소리 때문
인지 키가 작고 눈 코 입이 오종종하고 몸집은 통통한 분들일
듯싶다.
  황 피디도 알고 할머니 셋도 알고 있는데 정작 엄마는 내가
집을 나가기로 결심한 사실을 모르고 있다.
  그곳이 왜 서촌인가? 깊이 생각해보지는 못했다. 광화문이
나 북촌보다는 집값이 싸고 산이 있고 재래시장이 가까우니
까, 하는 정도로는 대답할 수 있지만. 엄마가 물어볼 때를 대
비해서 제대로 된 말을 준비해둬야 한다. 그러나 엄마는 이렇
게 물을 거다. 새삼스럽게 왜 집을 나가려고 해? 혹은 왜 봉
천동이면 안 되니?라고. 결혼도 안 한 딸이 집을 나가겠다는
걸 엄마들이 쉽게 이해할 리 없다. 엄마와 이 문제로 이야기

나누게 될 때를 위해 이 한 마디만 생각해두었다. 엄마, 나도 이제 마흔여섯이야. 아들 없는 집의 맏딸로서 부모랑 살 만큼 살았다는 식의 억양으로 말이다. 휴, 하고 한숨을 한 번 내쉬면 효과가 클지 모른다.

그런데 왜 다시 헛것이 느껴지는 것일까? 몇 년 동안은 그런 것 없이 무난히 지내고 있는 줄 알았는데. 집에 무슨 일이 생기거나 가족들 중 누가 또 죽음을 앞둔 것일까. 내가 헛것을 볼 때는 대체로 그런 일들이 일어나고는 했으니 말이다. 이번에는 좀 기다려볼 필요가 있다. 나를 짓누르거나 나쁜 꿈을 꾸게 만들지는 않는 것 같으니까. 다만 이 할머니 셋은 참견하기를 좋아하고 꽤나 소란스러운 편이다. 이런 귀신들은 흔치 않지만 나는 시끄러운 거라면 질색이다.

그 얼마 뒤에는 할머니들 셋이 아니라 다른 것을 보게 되어 정말 놀랐다. 택시 안에서였다. 7월 3일 목요일이었고 나는 늦어도 3시까지는 성균관대학교 국제관이라는 건물 앞에 도착해야 했다.

오늘 거기서 무슨 행사가 있습니까?

택시 드라이버가 백미러로 나를 올려다보며 물었다. ……? 많이 듣던 목소리였다. 이 나라 국민이라면 누구라도 아직 기억하고 있을 목소리. 지금은 이 세상 사람이 아니지만 한 나라의 대통령이었으니 호칭을 어떻게 해야 할까, 나는 백미러에서 눈을 떼지 못했다. 택시 뒷좌석에서 백미러를 보면 보통 각도에 따라 운전기사의 이마 절반과 눈썹, 눈까지만 보이게 마련이다. 그것만으로도 얼굴 전체를 다 본 것 같은 때가 있다. 나는 눈 운동을 할 때처럼 의식적으로 두 번 눈을 깜박깜박거려보았다. 그러곤

아, 안녕하셨어요.

나도 모르게 자리를 고쳐 앉고 말했다. 굉장한 날이군, 속으로 빠르게 중얼거리면서. 전직 대통령, 아니 택시 드라이버는 적당한 속도로 한강대교를 건너고 있었고 나는 약간 긴장되는 걸 느꼈지만 그것은 목적지에 너무 빨리 도착해버리면 어쩌나, 하는 아쉬움 때문일 것이었다. 백미러로 보이는 이마 한가운데의 굵은 주름과 희끗희끗한 머리를 둥글게 넘긴 헤어스타일. 살아계실 때와 다르지 않았다. 노란색 운전복 상의도 잘 어울렸다. 손님들이 다 알아볼 텐데 이렇게 무방비 상태로 드라이버를 하셔도 되는 걸까, 나는 물어봐야겠다고 생각했다.

언젠가 나는 그동안 내가 만난 택시 기사들에 관한 소설을 써볼까 하고 택시를 탈 때마다 기사들에게 말을 걸고 은근슬쩍 취재용 질문들을 던지곤 기록하기도 했다. 그게 시들해진 것은 한 이집트 작가가 택시에 대해 쓴 장편소설을 읽게 된데다 주인공이 자정이면 택시를 타고 1960년대 파리로 돌아간다는 영화 「미드나잇 인 파리」를 본 영향도 컸을 것이다.

역시 대가들은 빠르다고 감탄하기만 했던 것 같다. 그런 이유가 아니더라도 내가 택시 기사들에게 흥미를 잃게 된 데는 더 이상 택시를 탈 수 없는 사정이 지속됐기 때문일지도 모른다. 2년 사이에 왼쪽 오른쪽 발목에 두 번이나 깁스를 하고 있어야 했으니. 어쨌든 택시 기사들에 관해 지금도 잊을 수 없는 것은 이름만 들어도 알 만한 유명인들과 비슷하게 생긴 사람들이 무척이나 많다는 거였다. 얼굴 전체를 다 보기 어려워서 더 그래 보이는 걸까. 한번은 진짜 가수 최백호 씨가 아닌가 싶을 정도로 똑 닮은 기사를 만나 좋아한다고 말했던 실수를 한 적도 있다.

그래도 돌아가신 전직 대통령을 만나기는 처음이다. 이분이 대한민국 몇 대 대통령이셨더라? 12, 13, 14…… 숫자를 세보다 택시가 서울역 앞을 지나고 있다는 걸 깨달았다. 목요일 한낮이라 그런지 차가 막히지도 않았고 어제부터 천둥 번개와 함께 쏟아지던 빗줄기도 가늘어 보였다. 이 택시에 타 있을 시간이 많지 않았다.

국제관에서 오늘 〈염상섭 작은 포럼〉이 열립니다.

나는 깍듯하게 말했다.

아, 횡보(橫步) 말이지요?

네, 잘 아세요?

뭐 잘 안다기보다 『삼대』나 「표본실의 청개구리」 같은 소설을 읽은 정도지요.

저도 겨우 그 정돈데 어쩌다가 오늘 한마디 하게 됐거든요. 소설 쓰는 분이니까요.

나는 택시 드라이버가 한 말을 헤아려보지 않을 수 없었다. 횡보가 소설 쓰는 분이라는 말인지 아니면 내가 그렇다는 사실을 이미 알고 하는 말인지 그 억양만으로는 짐작하기 어려웠기 때문이다. 하긴 저쪽에서 오셨다면 거의 모든 것을 알고 있긴 할 거라고 나는 편하게 마음먹기로 했다. 택시를 모는 솜씨가 보통이 아니라는 데 한 번 더 놀라기는 했지만.

2년 전부터 성균관대 동아시아학술원과 〈염상섭 문학제〉를 주관하고 있는 신문사 문화부장이 전화를 걸어와 후배 작가니까 와서 한마디만 해달라고 했다. 횡보에 대해 남달리 아는 것도 없고 읽은 것도 없다고 발을 빼도 마찬가지였다. 거절을 할 거였으면 2년 전에 했어야 했다고 나는 후회했다. 그때도 역시 고등학교 선배인 그 부장의 부탁으로 〈2012 염상섭 문학제〉중 '내가 만난 선배 작가 염상섭'이라는 자리에 참석한 적이 있었다. 그 자리를 앞두고 벼락치기로 읽은 건 「표본실의 청개구리」가 수록된 단편집 『두 파산』, 염상섭에 관한 두 권의 논문 모음집이 다였다. 그렇게 후배 작가 자격으로 나가 다른 패널들과 구 시청을 리모델링한 서울 도서관 사서교육장에 모인 청중들 앞에서 두 시간 동안이나 횡보에 대해 아는 척을 했다. 이번에는 달랐다. 횡보를 전공한 연구자들이 모이는 자리였다. 아는 척을 하고 싶지도 할 수도 없는 자리가 아

230

닌가 말이다. 신문사 부장이 이렇게 말했다. 그때 청중들 앞에서 했던 마지막 말, 나 기억하고 있는데. 내가, 뭐라고 그랬는데요? 후배 작가로서 또한 독자로서 더 많은 21세기 독자들이 '염상섭'을 만나게 되기를 바란다고. 그랬어요 내가? 염상섭만큼 정치와 자유, 권력과 개인의 인권에 관해 문학적으로 객관적인 태도를 보여준 작가도 없다고, 그래서 염상섭은 현재적이다,라고. 그래서 박수 받은 거 생각 안 나?

하하, 그래서 꼼짝없이 오늘 참석하게 된 거로군요.

전직 대통령이 크게 웃자 예의 눈가의 그 주름들이 길게 퍼졌다. 지금 이 모습을 나 혼자만 보고 있다니. 나는 울적해지려고 했다. 택시 드라이버가 괜찮아요, 하는 눈으로 백미러를 올려다보았다. 이 택시 안에서 가장 나쁜 게 있다면 그건 침묵일 것 같았다. 시간이 어디론가 빨려 들어가는 기분이었다. 어째서 오늘은 시청 앞이 막히지도 않고 공사 중인 데도 없는 걸까. 나는 한숨을 크게 내쉬었다.

『염상섭 문장 전집』이 드디어 출간된 모양이군요.

어떻게 아셨어요?

저기 가보셨지요?

교보빌딩 앞으로 직진하려는 참이었다. 택시 드라이버가 가리키는 쪽으로 고개를 돌렸다. 종로 방향에 얼마 전 삼청공원에서 옮겨진 염상섭 동상이 있을 거였다. 그쪽으로 한 바퀴 돌아서 간다고 해도 늘어선 전경들과 전경 버스들 때문에 벤치에 앉은 염상섭은 볼 수 없을 게 뻔했다.

전집도 나오고 저 이전된 동상 앞에서 낭독회가 열릴 거라고 들은 적이 있지요.

많이, 알고 계시네요.

신문도 읽고 라디오도 들으니까요.

그래도 다른 분보다 더 그러신 것 같아요.

이렇게 슬슬 돌아다니면서 세상 구경하고 있으니까 보고 듣는 게 많아지지요.

요즘, 전반적으로, 마음에 안 드시죠?

오늘처럼 누군가를 기리는 일은 참 좋지요.

......

그래, 그 자리에 가서 무슨 말씀을 하실지 여쭤봐도 되겠습니까?

정리는 못 했는데요, 집단과 개인의 운명에 관해 짧게 말하려고 해요.

그게 횡보가 추구했던 문학의 핵심 아닌가요?

네, 여전히 그런 문제를 제기하는 게 소설에서 중요한 일인 거 같아서요.

어디 그게 소설에서만 중요한 일이겠습니까.

한 말씀, 들려주시겠어요?

국제관이라고 하셨지요? 저기 저 건물인 것 같은데요.

지난 6월 초순, 황 피디 소개로 알게 된 복덕방 사장에게 문자메시지가 왔다. 청운동과 통인동에 마땅한 데가 나온 모양이었다. 상호가 '늘 푸른'이라는 복덕방 여사장을 서너 번 만나본 결과 내 나름대로는 서촌의 터줏대감이라고 여기게 되었다. 그 일대라면 모르는 집 모르는 주민이 없어 보였다. 그곳에 산 지도 40여 년이 넘었다고 했다. 그만하면 오래되었지요? 하는 표정으로. 그래서 나도 모르게 저도 봉천동에서 46년째 살고 있어요, 했다가 나중에 황 피디에게 핀잔만 들었다. 봉천동이라는 지명도 사라지고 없는데 계속 봉천동이라고 하는 사람은 나밖에 없을 거라고. 그 지명이 어때서 중앙동이니 행운동이니 하고 바꾸어버렸는지 몇 년이 지난 지금도 이해하기 어렵다. 내가 잡아탄 서울 시내 택시 기사들에게 봉천동이요, 할 때 거기가 어디냐고 되묻는 사람은 한 번도 본 적이 없다.

늘 푸른 사장이 황 피디와 나를 데리고 간 곳은 청운초등학교 뒤쪽의 단독주택 2층이었다. 혼자 방을 얻어본 적도 없고 내가 이런 일에 밝을 리 없다는 걸 아는 황 피디가 복덕방 사장과 그 집 전셋값 이야기를 하는 걸 정작 나는 남의 일처럼 듣고 흘려버렸다. 도저히 내가 감당할 수 없는 집세였으니까. 그런데 이상한 일이기는 했다. 복덕방 사장에게 나한테 가능한 액수가 현재 작업실로 쓰고 있는 곳의 전세금 6500만 원이 전부라고 처음부터 말해두었으니까 말이다. 비어 있는 이 이층집엔 책장과 책상을 들여놓으면 적격일 아주 큰 방이 하나, 보통 크기의 방 두 개, 그리고 좁은 거실과 욕실이 하나씩 있었다. 네 가족이 살다가 두 아들이 유학을 가는 바람에 부부가 집을 줄여 나갔다고 했다. 옛날식 구조에 그만큼이나 오래된 집이긴 했지만 한눈에도 그 아주 큰 방은 작업실로 쓰기 딱 좋아 보였다. 남는 책장들은 다른 두 개의 방에 세워두면 될 듯싶었다. 내가 6500에 석 자 책장이 열일곱 개쯤 들어갈 수 있는 공간을 찾는다는, 황 피디 말로는 말도 안 되는 사정을 간신히 이해하게 된 늘 푸른 사장이 나에게 이 집을 보여준 것도 그 때문인가 보았다. 가능한 것과는 상관없이, 그래도 한번 구경이나 해보라고.

그것이 문제였다. 견물생심이라던가, 마당에 키가 큰 소나무와 우람한 목련 한 그루가 있는 집의 2층. 그 전셋집을 본 후로 다른 좁은 방들, 더 좁은 집들은 눈에 들어오지 않았다.

내가 최근에 늘 푸른에 간 것이 일주일 전인데 그 집은 그때까지도 비어 있었다. 작가님 집인가 봐요. 내 책을 읽은 적이 있다는 사장이 넌지시 말했다. 늘 개량 한복을 입고 있어서 그런지 전생에 믿음직스러운 상궁이 아니었을까 싶게 말수도 적고 걸음걸이도 웃음도 조심스러운 사람이었다. 내가 저 집에 살 수 있게 되려나, 긴가민가하는 눈으로 나는 이번에는 그 집 대문 밖에 선 채로 2층을 올려다봤다. 그렇게 남의 동네, 남의 집 밖에 우두커니 서 있자니 18년 전 생각이 났다. 작가가 된 지 1년쯤 지났을 때였는데 독립이라는 걸 너무나도 하고 싶어서 꽤 오랫동안 이 집 저 집 알아보러 다닌 적이 있었다. 지금과 다른 게 있다면 그때는 젊고 애인도 있었고 겁도 없었다는 점이다. 그 이층집 골목을 내려오는데 문득 그 시절과 달라지지 않은 건 내가 여전히 독립할 형편이 못 되는데다 소설을 쓰고 있다는 사실인 것 같았다. 또 다른 한 가지는 이번에도 내가 그때처럼 지금 집에서 부모와 살 수밖에 없을 거라는 예감. 예감은 예감일 뿐이라고 누가 말해주었으면 좋겠다 싶을 때는 항상 아무도 곁에 없다.

그날 밤에도 할머니 셋이 내 옥탑방에 나타났다.

할머니 1: 도수 딸도 늙었네, 저 흰머리 좀 봐.

할머니 2: 옮긴다면 그쪽이지.

할머니 3: 부모 생각은 안 하고?

나는 끙 하고 발로 이불을 차내며 할머니, 할머니 잘 때는 좀 조용히 해주세요, 아버지가 밤새 틀어놓는 저 텔레비전 소리만으로도 힘들어요, 우는소리를 내볼까 하다 그만두었다. 모르긴 몰라도 이 할머니 셋은 아버지 편일 테니까.

서촌으로 집 보러 다니는 일을 더 이상 엄마에게 비밀로 할 수 없게 된 것은 늘 푸른 사장의 전화를 받고 나서다. 보증금 8천만 원에 월세 80. 그 청운동 이층집에 들어갈 수 있는 마지막 특별 조건이라기에 나는 보증금 생각은 후다닥 던져두고 월세 80 걱정만 하기 시작했다. 월세 80. 그 정도면 뭘 해도 매달 낼 수는 있지 않을까. 서촌 일대로 자기 지인들을 하나둘씩 불러들이는 데 재미를 붙인 황 피디는 체부동 골목으로 날 불러내 내가 좋아하는 병어구이와 맥주를 사주며 책임감이 생기면 수입도 더 늘어날 거라고 부추기고 용기를 주는 말들을 해주었다. 나는 얼마든지 넘어갈 준비가 돼 있었으므로 택시를 타고 늦지 않게 봉천동으로 돌아왔다. 이젠 정말 엄마한테 통보할 때가 되었으니까.

80이라고?
고구마 순을 똑 부러뜨리며 엄마가 되물었다.
그렇다고 하네, 그 집이.
목소리가 기어들어갈까 봐 나는 엄마를 똑바로 보지 않고 대답했다.
나간다고?
응, 그랬으면 하네.
언제쯤?
뭐, 준비되는 대로.
무슨 준비?
뭐, 이런저런.
그럼 쟤는 어떻게 하고?
쟤라니?

236

애가 지금 장난하나.

응?

쟤 말이야, 쟤.

나는 엄마가 다듬다 만 고구마 순으로 가리키는 쪽을 바라봤다. 한 사내아이가 거실 책장에 기대앉아 무슨 책인가 골똘히 읽고 있었다.

정신 차려. 80이 어디 애 이름인 줄 아니. 월세 그렇게 내다가 굶어죽는다.

엄마, 쟤 뭐야?

애가 정말! 이거 니가 먹을 거니까 니가 다듬어.

엄마가 고구마 순이 잔뜩 쌓인 소쿠리를 거칠게 내 쪽으로 밀쳐 내며 식탁에서 일어났다. 갑자기 평소의 엄마답지 않게 너무 씩씩하고 단호해 보여 나는 더 당황스럽고 어리둥절해지고 만다.

우리 집 식구들은 대체 내가 없으면 어떻게 될지, 어휴.

쓰레기봉투를 든 엄마가 현관 밖으로 나가버리려고 해 나도 엉거주춤 따라 나간다.

저 애 누구냐니까?

누구긴 누구야, 우리 애지!

엄마가 빽 소리를 질렀다

국제관 9층 세미나실 입구에서 쭈뼛거리다가 후배 작가 문과 눈이 마주쳤다. 문도 눈에 띄지 않을 자리를 찾아 앉아 있는 것 같아 얼른 그 옆으로 갔다. 둥그런 ㄷ자 모양의 강의실이었고 우리 자리가 맨 끝이었다. 소설가는 두 사람뿐 다른 40여 명은 모두 염상섭을 연구하는 사람들인 것 같았다. 몇몇 안면이 있는 평론가들이 보였다. 저 선생님들 전공이 문학평론이 아니라 염상섭이었구나? 나는 문에게 속삭였다. 문이 왜 이러세요, 하는 표정을 지우곤 근데 오늘 우릴 왜 부른 거예요 선배? 묻기에 나도 몰라요, 했다. 점점 더 위축되는 느낌이었다. 이런 엄숙한 자리는 처음부터 오지 않는 게 상책인데. 이럴 줄 알았으면 『만세전』이라도 다시 읽고 올걸. 후회가 이만저만이 아니었다. 스피치 할 페이퍼도 작성해 오지 않았다는 문은 초조해하는 기색도 없이 이쪽저쪽 아는 사람들한테 손 인사를 나누고 있었다. 소설가 둘 중 누구라도 제대로 발표하면 되겠지 뭐. 나도 의외로 태평한 데가 있어 어떻게든 될 거라고 여기기로 했다. 택시 드라이버 말처럼 어쨌든 이 자리는 횡보 염상섭을 기리는 자리가 아닌가 말이다.

테이블 위에 "작은 포럼—저수하의 시간, 염상섭을 읽다"라는 제목의 발표문을 묶은 복사물과 언뜻 봐도 7백 페이지쯤은 되겠다 싶게 두꺼워 보이는 『염상섭 문장 전집 Ⅲ』『저수하의 시간, 염상섭을 읽다』[1] 두 권이 놓여 있었다. ……그런

---

1) 두 권 모두 한기형, 이혜령 엮음, 소명출판, 2014.

데 저수하가 뭐지? 저수지와 비슷한 말일까, 아니면 저수(低首), 고개를 숙인다는 뜻과 관계있는 단어일까? 제목부터 벌써 이해하지 못하는구나 싶어서 의기소침해지려고 했다. 내 차례는 뒤에서 두번째이고 마지막 발표자가 웃긴 말을 잘하는 후배 문이었다. 책 제목은 이해할 시간이 있을 거였다. 모르는 것이 있을 때면 책부터 찾아보는 데 익숙한 나는 포럼이 시작되거나 말거나 앞에 놓인 책들의 머리말부터 펼쳤다.

내가 택시에서 내리기 전에 드라이버는 당신이 알고 있는 횡보에 관한 이야기를 몇 가지 들려주었다. 그중 한 가지가 횡보라는 염상섭의 호에 관한 거였다. 살아생전에 염상섭은 '갈지자 걸음을 걷다'라는 뜻의 이 호를 탐탁지 않게 여겼다고 했다. 내가 흥미롭다는 듯 왜요? 물었더니 소위 말하는 아취(雅趣)라는 것도 좋아하지 않았던 데다 그 시절에는 다방골인가 하는 술집에 단골로 다닐 때라 실제로 갈지자 걸음을 걸었기 때문이 아닐까요, 하곤 웃었다. 횡보가 말년에는 성북동에서 살았지만 아까 내가 택시를 잡자마자 곧 지나쳐 온 이웃 동네 상도동 52번지에서 산 적도 있다고 알려주면서 영락없는 '서울 사람' 아니 '서울 작가'였지요, 했다. 그러곤 조심스러운 기색으로 핸들을 손가락으로 두어 번 툭툭 두드리더니 우리 국민들이 근대문학을 좀더 찾아 읽으면 좋겠지요, 학창 시절에 도스토옙스키나 톨스토이 같은 작가들은 안 읽으면 안 되는 줄 알면서 우리 근대문학 작품들은 등한시하는 경향이 있는 거 같아서요, 했다. 그것이 나를 겨냥하고 한 말은 아닐 텐데도 나는 뭔가 켕기는 기분이 들어 네, 네, 그렇지요, 크게 수긍하지 않을 수 없었다.

비가 그쳐가고 뭉게구름 사이로 뜬금없이 햇살이 비춰 나오려고 했다. 날이 눈부시게 개기라도 할라치면 이 택시에 타고 있었던 시간들이 진짜 꿈처럼 느껴질 것만 같았다. 더 듣고 배울 것이 많을 텐데. 뒷자리에서 손을 모은 채 앉아 있던 나는 얼른 횡보 문학을 현재 재조명하는 의미는 어디서 찾을 수 있겠느냐고 물었다. 허허, 그런 거야 오늘 포럼에서 연구자분들이 말씀해주시지 않을까요, 하였다. 국제관 앞이었고 미터기를 끈 채로 이미 10여 분쯤 지나고 있었다. 배를 타고 수학여행을 가던 아이들이 많이 죽었고 아직 찾지 못한 사람들도 많고 군대 간 청년들이 목숨을 끊는 사건들이 연달아 일어나고 있다는 말도 하지 못했다. 이미 다 알고 있을 거라고 생각하지만 아무래도 나는 그냥은 택시에서 내릴 수가 없어서 운전석 쪽으로 얼굴을 가까이 갖다 대곤 저기요, 이렇게 조용히 그분을 불렀다.

책 맨 앞장의 「제목에 관한 주석」과 발표문을 종합해보면 저수(樗樹)란 '쓸모없는 물건'이나 '쓸모없는 나무'를 뜻한다고 했다. 장자의 「소요유」에서 시작된 말인가 보았다. 장자는 그 무용함을 탓한 게 아니라 무용하기 때문에 되레 그 나무 밑에서 마음 놓고 누워 잘 수 있지 않겠느냐 하였고 거기에 25세 젊은 청년이었던 횡보는 아래 하(下)자를 붙여놓았다. 「제목에 관한 주석」을 쓴 동아시아학술원 교수는 횡보가 말한 저수하를 문학의 근본적인 쓰임을 새삼 강조하기 위해서가 아니었을까 하는 뜻으로 글을 맺었다. 하긴 그 말도 일리는 있을 거였다. 문학의 죽음이라는 말이 새삼스럽지 않은 시대에 살고 있으니까.

연구자들이 차례로 나와 문장 전집의 출간 소회나 완간 의미에 대해 발표하고 있었다. 택시 드라이버의 짐작처럼 곧이어 이 시대에 염상섭 문학을 재조명하는 이유에 관해서도 언급하기 시작했다. 횡보가 해방 이후 한국 문학에서 세력을 행사하던 사람들로부터 백안시된 것은 "그 작가적 불온성의 실체가 인정된 탓"이다. "'사회주의'와 '진보적인 것'에 대한 염상섭이 보여준 태도는 확실히 독자적인 것"[2]이고…… 나는 발표에 집중하지 못한 채 세미나실에 모여 앉은 연구자들을 힐끔거리고 있었다. 이 21세기에 식민지 시대 작가인 염상섭을 읽고 공부하느라 평생을 보내고 있는 사람들이라니. 고개를 절레절레 내저었다. 쓸모없는 나무, 저수하. 그 함정에 나는 빠져들지 않기 위해 책의 빈 공간에다 이마에 혹이 난 횡보의 얼굴을 우스꽝스럽게 그렸다가 쓱쓱 지우곤 이내 두 손으로 턱을 괴고 말았다.

2) 『저수하의 시간, 염상섭을 읽다』, p. 6.

아이는 수련회도 수학여행도 가지 않았다. 그런데 언제 저렇게 골격이 생기고 배가 홀쭉해졌을까? 아이를 볼 때마다 나는 저 애가 어디서 왔을까, 궁금하고 신기하다. 만약 내 무관심과 이기심 속에서 열 달을 보내다 나온 거라고 대꾸하면 어쩌나, 아이를 똑바로 보고 물어볼 용기도 없다. 아이와는 오랫동안 사이가 좋지 않았다. 나는 아이가 어두운 데만 좋아하는 징그럽고 기다란 뱀을 키우는 걸 이제 그냥 못 본 척 내버려두고 아이는 내가 낭독회니 레지던스니 해서 몇 달씩 외국에 체류하고 있다 돌아와도 데면데면한 눈으로 본다. 너한테는 할머니 할아버지도 있고 뱀도 있잖니. 나는 가족들에게만 특별히 냉랭하게 구는 데 익숙해진 듯싶기도 하다.

제대로 된 부모 노릇을 본 적도 없고 할 리도 없는 나는 아이가 학교를 안 가면 안 가는 대로, 대문 밖은커녕 집 안에서도 그늘로만 살금살금 다니는 애를 두고만 보았다. 뭐든 하면 되지 않겠냐. 엄마가 그 애를 두고 하는 말이 언젠가 맞아떨어지기를 은근히 바랐는지도 모르지만. 지난해, 제 스스로 한학교를 찾아낸 아이가 거기라면 다녀보고 싶다고 말했다. 전국의 이른바 오타쿠들만 모이는 데 같았다. 그러곤 입학한 얼마 후에 클럽활동 동의서라는 걸 가져왔다.

요즘에도 생물부라는 게 있나?

나는 고개를 갸웃거리며 사인을 했다. 아이가 자발적으로 무엇인가 하겠다고 나선 건 그때가 처음이라 한시름 덜어낸 기분이기도 했을 거다. 내가 엄마 방에서 낮잠을 자고 있으면 아이가 제 할머니 할아버지와 식탁에서 주고받는 소리가 들릴 때도 있었다. 아이는 신입생 주제에 생물부에서 눈에 띄게 활동적이고 책임감 있는 멤버로 자리 잡아가는 모양이었다. 생물부에서는 각종 파충류들을 돌보지만 뱀이 가장 인기 있고 그게 있어서 생물부가 유명해졌나 보다. 뱀이 뭐라고. 나는 돌아눕는다. 누구나 자신의 흥밋거리를 찾게 되면 그럴까. 저 애 목소리가 저렇게 우렁우렁하구나, 저렇게 수다를 떨 때도 있구나 싶어진다. 할머니 할아버지는 그래, 뱀이면 어떠냐, 잘만 키워봐라, 아이를 격려한다. 술에 취하면 옛날 버릇 못 버리고 이 집에서 다 나가버리라고 아직도 나한테 손가락질하는 아버지가 저 애한테만큼은 살갑게 구는 것도 못마땅해 나는 아, 진짜 집 시끄럽네, 잠에서 깨는 소리를 낸다. 세 사람은 얼른 의자를 밀쳐내고 뿔뿔이 흩어져버린다.

그 사립학교에 관심 있어 하는 초등학생들을 위해서 1년에 한 번씩 문화제를 여는 모양이었다. 밴드부는 공연을, 바둑부는 바둑대회를 열고 생물부는 새로운 파충류와 뱀들을 잡아 전시한다고 했다. 문화제를 앞두고 인솔 교사와 일주일 동안 캠프를 가는 게 생물부의 가장 큰 행사라고 아이는 전했다. 그게 지난가을이었다. 올해만 같아도 아이를 어디로도 보내지 않았을 텐데. 게다가 뱀을 잡으러 산에 간다니.

문화제가 열리던 날 나에겐 다행히 한중 작가 문학 포럼에 참석하는 스케줄이 잡혀 있었다. 이틀 동안 상하이에 머물다 집에 돌아와보니 욕조 바닥에 뱀 한 마리가 똬리를 틀고 있었다. 집 안은 어둡고 조용했다. 저녁에 먹은 듯한 된장찌개 냄새와 생선 비린내가 희미하게 났지만 어쩐지 사람이 살고 있는 집 같지가 않았다. 다들 어디로 가버렸을까. 집이 빈 걸 보면 이 나이에도 버려졌다는 기분이 잠깐씩 든다. 그날 문화제에 간 엄마나 아버지가 찍은 것인지 식탁 위에 사진 한 장이 놓여 있었다. 장난감처럼 손과 목에 실뱀들을 둘둘 말고 있거나 개구리인지 두꺼비인지를 두 손에 들고 있는 우리 집 아이 또래들 예닐곱 명이 활짝 웃고 있다. 우리 집 애는 오른쪽 끝에서 제법 투실해 보이는 뱀 한 마리를 목에 감고 이를 드러낸 채 웃고 있었다. 웃고 있는 아이들을 보는데도 가슴은 오그라들었다 그런데 이놈이 저 뱀인가 보구나. 나도 모르게 욕실 쪽을 노려보게 되었다.

7월 둘째 주 금요일에 황 피디 집에 저녁 초대를 받아 갔다. 초복을 일주일 앞둔 보름이라는 게 황 피디가 지인들을 초대한 이유이기도 했는데 그런 이유는 매번 황의 기분에 따라 바뀐다. 내가 이쪽으로 이사를 오면 그 이유로, 오지 못하면 또 그 이유로 불러다 밥을 먹일 사람이다. 그날은 황과 같은 제작팀에서 일하다 사진을 찍기 시작한 후배와 천문학자인 대학 교수가 황의 집으로 왔다. 천문학자는 초면이었는데 서로는 잘 아는 사이 같았다. 모두가 황의 권유로 서촌으로 집을 옮겨 온 사람들이었다. 삶은 닭과 파전, 배추겉절이로 황 혼자 상을 차려 냈다. 와인과 막걸리, 맥주 같은 걸 두서없이 서로 따라 주고 따라 마시기 시작했다. 술 취한 아버지와 어제도 한바탕 한 뒤라 나는 술맛이 달아나 있었다. 이 더위에 술을 섞어 마셨다가는 큰일 날 텐데, 하는 마음도 없지 않았다. 여름에 조심해야 할 것은 만취와 낮잠과 환(幻). 지나간 수많은 여름들이 나에게 알려준 것들이다.

내 잔에 첨잔을 해주며 마음에 드는 매물이 나왔느냐고 천문학자가 물었다. 황이 내가 곧 이쪽으로 옮겨 올 거라고 말을 퍼뜨려놓은 모양이었다. 내가 딴 데로 시선을 돌리자 지금 사시는 덴 어딘데요? 다시 물었다. 그런 질문은 지금까지 백 번도 넘게 받아온 것 같다. 저는 봉천동에 삽니다. 내 대답에 천문학자가 반색을 했다.

그 동네에 요즘 봉로수길이 유명하던데, 자주 가시겠네요?

우리 동네에요? 봉로수길이 뭔데요?

신사동 가로수길을 따서 봉천동의 가로수길이라고 붙인 거 같아요.

거기에 뭐가 있는데요?

가로수길처럼 작은 숍들이나 수제 맥주집, 이자카야 같은 거요.

어, 전 금시초문이에요.

그쪽 대학에 있는 제 친구가 제자들하고 다니는 모양이에요.

낙성대 후문 쪽인가?

봉천사거리에서 낙성대로 이어진 길요.

봉로수길이라.

네, 봉로수길.

재미있다는 듯 듣고 있던 황 피디가 빨리 이쪽으로 옮겨 오지, 했다. 왜 못 오시고 있는 거냐고 젊은 사진작가가 물었다. 책장만 열일곱 개래, 그거 다 들고 나오려고 하니까 웬만한 공간으론 안 되는 거지, 황이 말했다. 내 생각을 해서인지 턱도 없이 적은 전셋값 이야기는 빼고. 일단 책은 두고 적당한 공간으로 먼저 옮겨 왔다가 한 일이 년 후에 다시 넓은 데로 옮기라는 게 황의 조언이었다. 글쎄, 책을 두고 어떻게 나만 나오냐니까. 나는 봉로수길이라는 데를 떠올리고 있느라 말을 흐렸다. 봉천동에서 아직 내가 모르는 데가 있다니.

작가가 책을 두고 나오면 되겠어, 황 피디? 나 전화 좀 받고 올게.

천문학자가 휴대전화를 들고 테라스 쪽으로 나갔다.

황 피디와 단 둘이 있을 기회는 좀처럼 생기지 않았다. 황의 후배는 말이 많은 편이고 화장실도 가지 않는 것 같다. 황에게 눈짓을 해봤지만 맥주 모자라요? 저기 짝으로 사다 놨어, 쓸데없는 말만 했다. 황 피디에게라면 나는 말할 수 있다.

내가 택시 안에서 그분을 만났다는 것을. 그리고 우리가 나눈 대화도. 자신이 그 자리에 없었다는 걸 누구보다 섭섭해할 사람이다. 나는 의기양양한 눈으로 황 피디를 바라봤지만 황은 후배 사진작가 말에 귀 기울이느라 정신이 없어 보였다. 와인 몇 잔을 혼자 따라 마시곤 테라스에 천문학자가 있다는 사실을 잊은 채 나는 테라스로 나갔다.

천문학자가 고개를 젖힌 채 하늘을 올려다보고 있었다. 도로 들어가기도 뭐해 나도 난간 앞으로 다가가 말을 붙였다.

저도 이렇게 자주 밤하늘을 보는데, 선생님도 그러신가봐요.

아, 작가님은 왜요?

달이나 별을 매일 5분 10분씩 바라보면서 눈을 깜박이는 게 좋대요.

네?

노안 걱정이 돼서요.

그러니까, 눈 운동 하시느라구요?

선생님께선 뭘 보시는 건데요?

저기, 방금 수원에 산다는 시민한테 전화가 왔는데요. 하늘에 이상한 게 떠 있다고요.

뭐요? 비행물체요?

그래 보인다고 하는데, 여기선 아무것도 안 보이네요.

그런 전화를 자주 받으세요?

제가 아무래도 그쪽 일을 하다 보니까요.

유명하신가 봐요.

아니, 그게 아니라 우리나라에 천문학자가 생각보다 많지 않거든요.

혹시 책 쓰신 거 있으세요?

책이라뇨, 무슨.

안 보인다고 하면서도 천문학자는 두리번두리번 하늘에서 눈을 떼지 못하고 있었다. 나도 그 옆에 서서 구름에 가려 흐릿해 보이는 보름달을 위에서 아래로, 왼쪽에서 오른쪽으로 눈의 초점을 이동시키면서 반복적으로 쳐다보았다. 사실은 내가 매일 빼먹지 않고 하는 운동이다. 꿈이라면 여든이 넘어서도 건강한 눈으로 책을 읽는 거니까. 테라스 문을 열고 황 피디가 거기서들 뭐 해? 물었다. 내가 처음 본 사람한테 또 무슨 엉뚱한 얘길 하고 있는 건 아닐까 걱정된다는 얼굴로.

높은 데서 서촌의 야경을 보고 있으려니 우리 집 옥상에서 봉천동 일대를 내려다볼 때랑 어딘가 비슷해 보이는 것 같기도 하다고 황에게 말해야지, 나는 서촌을 등지고 몸을 돌렸다.

늦더위가 남았지만 여름은 끝나가고 있었다. 잠시 동안 폭양이 쏟아질 때면 눈을 꼭 감게 되고 그러면 곧장 아득한 느낌이 몰려들었다. 먼 데를 다녀온 것 같기도 하고 긴 낮잠을 자고 난 후 같기도 했다. 여름은 늘 이런 식으로 지나가는지도 몰랐다. 한없이 아득한 채로. 가끔씩 그 포럼에 가기 위해 탄 택시에서 만났던 드라이버를 떠올리기도 한다. 택시에서 내가 내리기 전, 이제 우리가 무엇을 해야 할까요?라고 내가 물었을 때 그분은 잠시 생각에 잠겼다가 각자가 할 수 있는 일들을 해야겠지요, 하였다. 내가 기대했던 것과는 너무나 평범하고 시시한 대답이었기 때문에 더는 묻지 않았다. 황 피디에게 내가 이 얘길 하자 각자가 할 수 있는 일을 하지 않는 게 지금 가장 큰 문제가 아닌가? 반문하는 바람에 할 말이 더 없어졌지만. 내가 입을 내밀자 황은 이렇게 한마디 더 붙였다. 목적지를 알려주는 택시 같은 건 이 세상에 없다니까. 나는 황을 바라봤다. 내 얘기라면 다 믿어주는 줄로만 알았던 황도 그 택시 드라이버와의 일만은 믿어주는 눈치가 아니었다. 할머니들 셋이 마지막으로 나타난 건 내가 늘 푸른 사장과 통화를 한 사나흘 전이다.

할머니 1: 도수 딸이 마음을 고쳐먹었나?

할머니 2: 시간이 필요하대잖아.

할머니 3: 때라는 게 있지.

나는 얌전히 눈을 감고 그 소리를 듣고 있었다. 시국에는 도통 관심이 없는 할머니들이었지만 나의 아버지와 이 집에 관한 이야기를 끝도 없이 나누고 있는 이들이 이제는 귀찮거나 성가시지 않았다. 친척들 중에 누가 간암 말기라거나 자살했다거나 하는 소식은 아직까진 없으니까.

포럼이 있던 날, 나는 뒤풀이 자리에서 일찍 빠져나왔다. 밖으로 나가면 어딘가에 아직 그 택시가 멈춰 서 있다가 손을 들어 올리면 슥 하고 나타나 나를 태우고는 서울 시내 이곳저곳을 느긋하게 달려줄 것만 같았다. 합동 분양소가 있는 시청 광장이나 횡보가 태어나고 자란 곳이라고 내게 알려준 서촌의 골목들, 광화문, 서대문, 종로. ……나는 버스를 타고 광화문으로 갔다. 비가 그친 후의 습도와 더위 때문인지 머릿속이 더 몽롱해졌다. 교보문고로 내려가 「저수하에서」라는 산문이 실려 있는 『염상섭 문장 전집 I』을 사곤 종로 쪽 출입구를 통해 거리로 나왔다. 염상섭 브론즈 조각은 한 팔을 느긋하게 벤치에 걸치고 다리를 꼰 채 앉아 있었다. 왼쪽 등 뒤의 "사람이 책을 만들고 책이 사람을 만든다"라고 새겨진 커다란 돌덩이가 보호병들처럼 보였다. 벤치에 고여 있는 빗물을 손수건으로 문지르고 나는 염상섭 옆자리에 앉았다. 어떤 행인들에게는 작가의 책에 사인을 받으러 온 독자처럼 보였을지도 모르겠다. 염상섭은 사인을 해주지 않고 무슨 일이 벌어져도 그저 태연히 거기 앉아서 세상 구경이나 하겠다는 듯, 조금은 무뚝뚝한 표정을 짓고 있었다. "인생의 고해를 끊임없이 노려보면서 무엇인가를 찾아내는 것이 소설가의 임무"[3]라고 말했던 작가 옆에서 나는 무언가 혼잣말을 하며 자정이 될 때까지 다리를 꼬고 앉아 있었다. 그랬던 일이 벌써 한 달이나 지났다.

아이는 드문드문 학교에 나가고 보통은 저렇게 뱀에 관한 책을 읽으며 하루를 보낸다. 일요일 오후에 나는 끝물인 고구마 순 껍질을 벗기느라 식탁에 앉아 있다. 아이가 책장을 넘기는 소리, 부모가 번갈아가며 집에 하나밖에 없는 화장실을 들락거리는 소리, 아버지 텔레비전 소리, 천식인 엄마의 기침 소리, 전기밥솥에서 김이 솟아 나오는 소리가 두서없이 들린다. 서촌으로 방을 얻어 나갈 수 있는 형편이 될 날이 올까. 나는 고구마 순을 깨끗하게 벗기며 생각한다. 거기엔 아마도 이런 소리들은 들리지 않을 게 분명하다. 분명한 것은 그 집에는 오직 내가 만들어내는 소리만으로 가득 차리라는 것. 나혼자 내는 소리로만 가득 차는 집. 그게 정말 내가 원하는 것일까. 새삼스럽다는 듯 집 안을 둘러보았다. 거실에는 오래된 책장들이 줄줄이 놓여 있고 바닥에까지 책들이 쌓여 있다.

저걸 두고 어떻게 나가.

한숨처럼 저절로 혼잣말이 나왔다. 책장에 등을 기대고 앉아 있는 아이가 나?라고 묻는 눈으로 나를 보았다. 아니라고, 나는 고개를 흔들었다. 아이가 다시 책으로 눈을 돌렸다. 눈앞이 흐릿해지려고 한다. 저 애는 내가 쓴 책인가, 쓸 책인가. 뱀이라는 게 기본적으로 인간과 교감이 불가능한 생물이라는 사실을 알 필요는 없다. 원하는 걸 찾은 것만으로도 저 자

---

3) 염상섭, 「소설과 인생」, 『염상섭 문장 전집 III』, p. 432.

리가 편할 테니까. 내가 할 수 있는 건 그저 두 개뿐인 눈으로 지켜보는 것밖에 없을지 모른다.

도리 없이 올해의 절반은 "독서와 애곡(哀哭)"[4]만으로 보내버렸다. 그 탓인지 문득문득 오장을 빼앗기고 사지에 못 박힌 채 진저리를 치며 발딱발딱 고민하는 듯한 개구리가 자주 떠오르곤 한다. 그럴 때면 「표본실의 청개구리」의 주인공처럼 나 또한 전신에 냉수가 끼얹어지는 느낌이다. 정신이 번쩍 들면서 할 수 있는 일을 해볼까, 하는 작정이 들면 어디에 있다가도 나는 내 책상 앞으로 돌아가고 싶어진다. 그러니 만약 다음에 누군가 내게 어디에 사느냐고 묻는다면 저수하에 삽니다, 라고 농이나 해볼까 한다.

4) 염상섭, 「표본실의 청개구리」, 『두 파산』, 문학과지성사, 2012, p. 42.

기억에 없지만 잊고 싶지 않다는 말

황예인
(문학평론가)

어떤 소설을 가리켜 작가가 스스로 '자전소설'이라 밝히지 않았다고 하더라도, 「저수하(樗樹下)에서」를 읽고 조경란의 자전적인 이야기라고 생각하지 않을 수는 없을 것이다. 열일곱 개의 책장을 가지고 이사하려는 사십대의 여성 소설가, 또 초청받은 포럼을 통해 문학의 의미를 되짚어보고 작가로서의 다짐을 하는 결말이 화자를 곧바로 저자로 받아들이도록 만들기 때문이다.

그렇지만 조경란의 소설과 함께 시간을 통과해온 이들이라면 무엇보다 이 이야기의 첫 장면에서 할머니 귀신들이 나누는 대화〔"할머니 1: 도수 딸이 진짜 집을 떠날 모양인가 보네./할머니 2: 집이 아니라 봉천동이겠지"(p. 225)〕 속에 등장하는 지명을 보자마자 이를 중요한 신호로 알아차렸을 것이다. 봉천동, 작가가 실제로 태어나고 자랐으며 그의 정체성을 형성하는 중요한 공간. 꾸준히 이야기의 배경으로 기능해온 한편 글쓰기의 기원과 본질을 탐구하기 위해 부단히 파고들었던 상징.

그러므로 이번 소설집을 이해하는 데 「저수하(樗樹下)에서」를 의미심장하게 받아들이지 않기란 어려운 일이다. 이제까지 뿌리를 내리고 살아왔던 삶과 문학의 자리를 둘러싼 결심을 하는 이야기이니까.

이와 함께 또 한 편의 소설 「492번을 타고」에서도 신호는 반짝이고 있다. 한 문화예술기관에서 모집하는 해외 체류 프로그램에 지원한 것을 계기로 '나'는 로마에서 약 세 달간 머물게 된다. 아픈 허리를 하고서 해외로 떠난 '나'를 걱정하며 로마로 찾아온 엄마는 아침마다 윌리엄 블레이크의 시집을 소리 내어 읽는데, 그중 「서시(序詩)」가 '나'의 귀에 들어오는 것이다. "서시. 나 자신에게는 이 글이 앞으로 내가 쓸 책의 서시처럼 느껴지기를 바라는 것인가"(pp. 188~89). 소설가인 '나'는 지금 쓰고 있는 소설이 이 책의 서문 혹은 머리말처럼 여겨지기를 바라고 있다. 다른 누구도 아닌 바로 나 자신에게 말이다.

이 구절에 의지하여 「492번을 타고」를 이번 소설집의 '서시'라고 이해해도 괜찮을까? 다행히, 또한 흥미롭게도 이 이야기와 무척 닮아 있는 「매일 건강과 시」가 책의 첫머리에 놓여 있으므로 그렇게 읽어보기로 한다.

*

「저수하(樗樹下)에서」는 '나'가 황 피디와 함께 서촌으로 새집을 보러 다니는 이야기와 작가로서 초청받은 〈염상섭 작은 포럼〉에 참석하는 이야기로 이루어져 있다. 얼핏 집을 떠나려는 이야기 쪽에서 활력이 느껴지는 듯하지만, 정작 더 힘이 세 보이는 쪽은 후자다. 바로 그 안에 떠나려는 결심을 불러일으킨 원인과 결국 떠나지 못하게 된 이유가 함께 담겨 있기 때문이다.

46년 동안이나 부모와 함께 살아온 집(과 동네)에서 나가려는 까닭은 무엇일까. 작가는 이에 대해 그냥,이라고 말하고 싶어 하는 듯하다. '나'에게 엄마의 예비 질문, "왜 집을 나가려고 해? 혹은 왜 봉천동이면 안 되니?"를 떠올리게 만들고 "엄마, 나도 이제 마흔여섯이야"(pp. 226~27) 같은 답변을 준비해보는 것이다. 하지만 이것은 누구에게도(아마 화자 자신에게조차) 시원한 답이 되지 못한다. 짐작에 도움이 되는 이야기는 포럼으로 가는 길 쪽에 있다.

먼저 택시 기사. 포럼으로 가기 위해 택시를 잡아탄 '나'는 운전석에 앉은 사람이 노란색 운전복 상의가 잘 어울리며 굵

은 주름과 둥글게 넘긴 헤어스타일을 한, 하지만 이제는 이
세계에 속하지 않는 전직 대통령임을 알아본다. (자전소설에
서 죽은 대통령이 택시 기사로 등장하다니, 그럴 수도 있나? 그
러나 이미 할머니 귀신 세 분의 대화로 시작된 이야기이므로 우
리는 '나'가 택시 기사에게 "아, 안녕하셨어요"라고 인사하는 상
황을 별로 어색하지 않게 받아들인다.) 그와 이런저런 이야기
를 나누며 목적지에 도착한 '나'는 아직 할 말이 남아 있는 사
람처럼 한동안 내리지 못한다.

"배를 타고 수학여행을 가던 아이들이 많이 죽었고 아직 찾
지 못한 사람들도 많고 군대 간 청년들이 목숨을 끊는 사건들
이 연달아 일어나고 있다는 말도 하지 못했다. 이미 다 알고
있을 거라고 생각"(p. 240)하면서 말이다. 그 생각이 우리에
게 불러오는 '2014년'이라는 시간(바로 이 해에 이 작품이 씌
어지기도 했다), 그리고 아마도 그에게 이런저런 이야기를 건
네고 어떤 답변을 듣기 위해 작가가 그 시간으로 데려온 전직
대통령. 이렇게 작가는 강렬할 수밖에 없을 감정을 드러내지
않는 방식을 택하면서 그 시간을 통과하는 일의 갑갑함과 압
박감을 보여주는 듯하다.

그다음은 '저수', 곧 '쓸모없는 나무'라는 말. 포럼에 참석
한 '나'는 염상섭의 저수하를 두고, 문학의 무용함이 곧 문학
의 근본적 쓰임이라는 사실을 강조하기 위해 염상섭이 마련
한 표현이라고 풀이하는 연구자의 말을 곱씹어본다. 흥미로

운 것은 '나'가 그 말을 "함정"(p. 241)이라고 표현하며 이에 빠지지 않기 위해 애쓰고 있다는 점이다. 마치 문학의 목적에 관한 오래된 믿음이 이제는 자신에게 더 이상 작동하지 않게 된 것처럼.

그러니까 '나'가 심상한 태도로 한집에 살 만큼 살았으니 이제는 나가볼 때가 되었다는 것처럼 말했지만, '봉천동'이라는 삶과 문학의 자리를 떠나겠다는 결심은 바로 이러한 맥락에서 이해해야 할 것이다. 2014년, 시민과 작가로서의 제자리를 점검해보지 않을 수 없었을 테니까 말이다.

하지만 '나'는 결국 떠나지 못하는데 그것은 '아이' 때문이다. 물론 이 아이를 두고 '나'는 "내가 쓴 책" 혹은 "쓸 책"(p. 251)으로 규정하고 있듯 실제의 아이는 아니다. 아이라는 존재는 우리에게 약간 늦게 전해진 택시 기사와의 대화——아마도 내리기 전 '나'가 그에게 가장 묻고 싶었던 질문으로 열렸을——를 통해 흐릿한 실체가 선명해진다. 택시에서 내리기 전 "이제 우리가 무엇을 해야 할까요?"라고 묻는 '나'에게 전직 대통령이 해주었던 "각자가 할 수 있는 일들을 해야겠지요"라는 말은 그 당시에 "너무나 평범하고 시시한 대답"(p. 249)이었다. 바로 그런 이유로 택시에서 내리는 장면에서는 일부러 드러내지 않았던 이 문답이 시간적 간격을 두고 우리에게 전해졌을 것이다. 하지만 저수하라는 말이 촉발시킨 문학의 쓰임에 대한 고민, 떠나려는 결심이 가능하게 만든 제자리에 대한 전면적인 탐색이 이 시시함을 완전히 뒤바꿔놓았으리라.

결국 '나'는 서촌에 봐두었던 새집으로 가지 않기로 한다. 봉천동에서 봉천동으로, 바뀐 것은 없다. '나'는 원래 봉천동에 살았고 앞으로도 봉천동에 살 것이다. 그런데 이를 두고 봉천동을 떠나지 않기로 했다거나, 그냥 봉천동에 남기로 했다는 식으로 말할 수 있을까? 그보다는 봉천동으로 다시 돌아왔다고 말하는 편이 '나'의 결심을 이해하는 데 더 도움이 될 것 같다. 떠난 적 없는 곳으로 돌아오는 일이라니, 이것은 가능한 일일까? 집을 떠나보내면서 오히려 제대로 머물게 된 남자의 이야기 「언젠가 떠내려가는 집에서」를 본다면 그렇게 말할 수 있을 듯하다.

*

아버지와 단둘이 살고 있는 서른일곱 살의 남성이 화자로 등장하는 「언젠가 떠내려가는 집에서」에서 남자의 기본 상태를 규정하는 것은 "떳떳하지 못한 마음"(p. 67)과 "무엇을 하고 어디에 있든 자격 미달"(p. 72)이라는 기분이다. 지금 발 딛고 있는 이 자리가 어쩐지 자신이 있을 데가 아닌 것 같다는 어색한 느낌. 어째서 그럴까.

그 이유는 어렵지 않게 찾아진다. 그가 "다른 집"(p. 75)에서 왔기 때문이다. 우회하여 설명되고 있지만 남자는 그가 아버지라고 부르는 사람에게 갓난아이 시절 입양되었던 것으로 보인다. 그가 동네를 산책하면서 "내 부모는 나를 버렸으나"라는 시편의 구절을 떠올리고 교회에 설치된 베이비 박스 근처를 기웃거리는 사람이라는 것. 태어났다는 사실보다 버려졌다는 사실이 선행하는 그의 자기규정은 아무리 오래 머물러도 그 자리를 자신의 집으로 받아들일 수 없게 만들고 있다. 그렇다면 그의 제자리는 어디라는 말인가? 그를 버린 부모 혹은 베이비 박스라는 것일까?

그것이 아님을 이야기하기 위해 작가는 '경아'라는 여자아이를 남자와 만나게 한다. 두 사람은 소설집에 등장하는 다른 인물들, 요컨대 삶의 자리를 찾지 못하는 남성 인물과 여성 인물 사이에 형성되는 독특한 관계를 그대로 보여준다.

어떤 관계가 저마다의 독특한 무늬를 갖고 있지 않겠냐마는, 이번 소설집에서 작가가 만들어낸 관계는 여성 인물의 뚜렷한 존재감과 그 영향력을 통해 그 무늬를 짜내고 있다는 점에서 특별하게 느껴진다. 심하게 휜 다리를 한 선생님("눈썹 위에서 둥글게 자른 바가지 머리에 O자 다리, 작은 키에 〔……〕 뒤뚱뒤뚱한 걸음걸이. 〔……〕 선생님을 한번 본 사람들은 무엇보다 선생님의 휜 다리를 잊지 못하죠.", 「봄의 피안」, p. 197)이나 거대한 몸집을 한 현 선생("키가 무척이나 크고 우람해 보이기까지 했소. 그게 이유가 될 수는 없을 텐데도 우리 패거리들은 와, 무슨 여자가! 그렇게 놀리듯 수군거렸소.", 「오랜 이별을 생각함」, p. 104)은 편견에 기반한 여성성이나 여성의 이상적인 아름다움과는 거리가 멀다.

이러한 특징은 여성과 남성 사이에 형성돼 있는 권력의 차이를 바꾸어내고, 이야기 안에서 당연한 듯 생겨나기 마련인 성적 긴장감을 차단하는 데 기여하는 듯하다. 덕분에 이야기는 연애/폭력을 통한 삶의 성찰이라는 서사로 흘러가지 않게 된다. 또한 이러한 여성의 영향력을 담백하게 받아들이는 남성 인물의 수용성 또한 이 관계의 무늬를 좀더 선명하게 만들고 있다고 할 수 있을 것이다.

"어디에 있든 그곳이 적합한 자리인가 아닌가 의심하고 쉽게 물러나버리는"(p. 205) '문기'는 휜 다리의 선생님에게서 닭요리를 배우지만 늘 보조로만 머물 뿐이다. 하지만 소설의 마지막 부분에서 그는 사고로 병원에 입원 중인 선생님을 대신하여 "이 강좌를 제가 맡아서 하고 싶다"(p. 221)는 욕망을 드러내게 된다. 물론 이는 그가 도망치듯 살아온 자신의 자리를 마침내 받아들이게 되었다는 뜻이다. 「오랜 이별을 생각함」 속 '나'는 남편과 아버지로서의 제 역할을 다하지 못하고 비겁하게 살아왔다는 자각을 하고, 열일곱 살 무렵 거구의 현 선생이 던진 질문 "사물에 윤곽선이라는 게 있나?"(p. 114)라는 말을 떠올린다. 그는 소년 시절에 그랬던 것처럼 돌멩이를 주워다 놓고 빛과 함께 그 윤곽선의 변화를 오래도록 관찰

하며 그림을 그린다. 그리고 "누가 봐도 앞으로 나아가는 사람의 모습이 아니라 구부린, 실패한 삶처럼 보일 게 분명"(p. 122)하다는 것을 알면서도 교수, 아버지, 남편이라는 자리를 떠나 다시 삶의 제자리로 돌아가기로 결심한다.

키도 크고 몸집도 육중한 경아는 열아홉 살의 소년원 출신으로 '나'의 집에 가사도우미로 오게 된다. 그녀가 오기 전에 '나'는 사람들에게 가족에 대해 이야기하기를 꺼려왔으며, '나'의 눈에 함께 사는 아버지는 불확실한 미래를 위해 투자라도 하는 것처럼 다소 엉뚱한 사람들에게 뇌물을 주며 살아온 사람으로 비쳐진다. 죽은 뒤 시체가 금방 썩어버릴 것을 염려하여 시체보관소 직원에게 점심값 봉투를 1년 반 넘게 주어왔던 것이다. 그런데 경아는 "상식적으로 생각하면 안 되는 데가 조금씩은 다 있지 않아요?"(p. 80)라고 반응한다. 그러니까 상식적으로 생각한다면 사람들을 제대로 이해할 수 없다는 것, 그 말은 '나'에게 돌아와 상식적이지 않은 것들을 통해 자신을 바라보게 만든다.

경아가 일으킨 '나'의 작은 변화들은 이전이라면 그냥 지나치고 말았을 티브이 속 한 장면을 바라보며 눈물을 흘리게 만든다. 태풍과 홍수로 물에 잠긴 집의 지붕 위에 사람들이 올라가 있는데 그중 하나는 어린아이이다. 밧줄이 내려와 가장 먼저 그 아이에게 안전띠가 채워지고 이내 어두운 하늘 위로 당겨진다. 대수롭지 않은 구조 장면을 보며 그는 생각한다.

"지금 내가 보고 있는 것을 언젠가 내 전부로 경험한 적이 있을지도 모르며 내 삶을 돌아볼 때 잊어서는 안 될 기억이라고 알아차리고 싶었다."

기억에 없는 순간을 잊지 않겠다고 말하는 일이 가능할까? 이제 그는 자기규정을 바꾸어, 버려짐 대신 구해짐이라는 빛나는 순간을 끼워 넣는다. 분명히 존재했을 것이지만 단 한 번도 떠올려본 적 없는 순간을. 그리고 그제야 그는 "빈집 한 채가 안전히 떠내려가고"(p. 92) 있는 내면의 풍경을 보게 되는 것이다.

*

제자리로 돌아오고 그곳에 발 디딘 자신을 온전히 받아들이는 일. 그렇게 '나'를 재정립한 다음에야 가능해지는 다짐이 있다. 어떻게 살지(쓸지)에 대한 지금 이 순간의 대답 말이다. 앞에서 '집'과 관련된 두 편의 소설을 살펴보았기에 이제 우리는 「492번을 타고」에 실린 '서시'라는 표현에 실린 작가의 의지를 좀더 분명하게 느낄 수 있다. 전체를 관통하는 의지가 새겨진 머리글이라는 관점에서 살펴보았을 때 「492번을 타고」에서 인상적인 표현은 "이 글을 쓰고 있는 지금은 여름이다. 그때로부터 5개월쯤 흐른"(p. 179), "나는 지금 이 글을 지난겨울에 그랬듯, 서서 쓰고 있다"(p. 188)와 같은 구절들이다. 물론 과거 로마에서의 체류를 회상하는 구조를 가지고 있기에 이와 같은 현재 시점의 문장들은 심상하게 받아들여질 수 있다. 하지만 이 문장들에는 과거의 시간을 지금의 '이 글'과 연결하려는 부단한 의지가 작동하고 있는 것 같다. 과거의 무엇이 그렇게 만들고 있는 것일까?

그중 하나는 쑥이다. '나'는 책임감과 의무감, 관성 때문에 로마의 거리로 엄마를 끌고 다닌다. 어떤 풍경에도 내내 무감하던 엄마는 길거리의 뱀밥과 쑥을 보고 감탄한다. 그걸 지켜보며 '나'는 "여기에 쑥이 있어서 다행이다,라는 느낌을 어떻게 설명하면 좋을지 모르겠다"(p. 182)고 생각하며 엄마가 오래도록 들여다볼 수 있도록 자리를 옮겨 그늘을 만들어준다. 멀리 떠나온 곳에서도 익숙한 무언가(특히나 그것이 땅에 뿌리를 내리고 자라는 풀이라는 것)가 발견된다는 깨달음일까.

물론 땅을 뚫고 올라오는 풀/씨앗이라는 이미지가 이번 소설집에서 갑자기 등장한 것은 아니다. 미국의 한 대학 도시로 온 '나'가 가방 안에 넣고 다니던 씨앗(「일요일의 철학」), 일본에 함께 머물던 아버지가 시장에서 사 온 꽃씨(「파종」), 그리고 면역질환을 치료하기 위해 외따로 살아가는 '나'가 만나는 '무순'이라는 이름의 아이(「학습의 生」) 등 바로 직전에 발표된 소설집 『일요일의 철학』(창비, 2013)에서도 이는 잘 드러난다. 하지만 아이로 인해 씨앗이 쏟아지면서, 꽃씨가 발아한 후 시금치였음이 드러나면서, '나'가 '무순'의 투포환 연습을 지켜보면서 일어나는 인물들 사이의 변화는 이 풀/씨앗이 맡고 있는 상징적인 역할을 보여준다. 「492번을 타고」에서의 쑥 또한 엄마와의 관계에 변화를 불러오는 역할을 하지 않는 것은 아니다. 그러나 그보다는 낯선 땅에서 발견되는 익숙한 대상이라는 의의에 좀더 충실하다고 할 수 있다.

또 하나는 '자딘'과의 만남이다. 목숨을 걸고 바다를 건너 온 난민 '자딘'과의 만남은 "저 너머에 있는, 이쪽 건너의 사람들에 대해 제대로 생각하고 써본 적이 없"(p. 189)다는 새삼스러운 자각으로 이끈다. 이는 바로 그러한 존재에 대해 쓰고 싶다는 강렬한 마음의 다른 표현이 아닌가? 자신과는 다른 위치에 선 절대적인 타인이 있다는 사실. 그것이 마치 처음인 것처럼 선명하게 느껴지기 시작했다는 고백. 오랜 시간 인간 존재와 타인과의 관계를 탐구해온 작가이지만, 젊은 세대의 미래에 대한 불안한 마음(「11월 30일」)이나 부모로부터 방치되다시피 살아온 아이의 삶(「김진희를 몰랐다」)이 유독 세밀하고도 조심스러운 어조로 그려진 듯한 느낌이 드는 것을 이러한 맥락에서 읽을 수 있을 것이다.

요컨대 로마에서 만난 쑥과 자딘이 말해주는 바는 이러한 것이다. 쑥의 발견을 통해 제자리가 곧 모든 자리가 될 수 있음을 깨달았으며〔화자에게는 애초에 낯선 땅에 대한 두려움이나 거부감은 없었다. 테베레강의 다리를 건너서 로마 시내로 나가는 일을 봉천고개를 넘어 한강대교를 건너면 시내가 시작되었던 것처럼 여기고 있었으니까(p. 163)], 자단과의 만남으로 절대적인 타자의 존재를 깨닫고 이를 쓰고 싶다는 강렬한 욕망을 확인하게 되었다. 그렇다면 앞으로 쓰게 될 글은 어떤 이야기일까. 「492번을 타고」에 쑥 그리고 '자단'과의 마주침이 불러온 작지만 선명한 충격과 글쓰기에 대한 다짐이 담겨 있다면 「매일 건강과 시」는 바로 그 다짐이 쓰게 한 소설이다. 이를 단순하고 거칠게 말해본다면 「492번을 타고」에서 자전적인 성격을 지워내고 새롭게 쓴 이야기가 「매일 건강과 시」라고도 할 수 있다. "성모의 팔에 안긴 그리스도 조각품으로 유명한 성당이 있는 도시"(p. 11)와 같은 설명은 그녀 역시 로마에 있다는 사실을 상기시키며, "폭이 좁고 가파른 계단 3층"(p. 9)에 있는 그녀의 집은 '나'의 엄마가 생수병을 들고 올라오던 "가파른 3층 계단을"(p. 175)을 떠올리지 않을 수 없도록 만드는 것이다.

*

「매일 건강과 시」의 주인공은 스무 살에 모교의 행정실에서 시간제 일을 시작했다가 이것이 직업이 되어 무려 19년 동안 떠나지 않고 일한 여성이다. 제자리를 벗어난 적이 없던 그녀는 사직서를 내고 로마로 가 얼마간 머물 집을 계약한다. 5년 전, 비록 한 학기뿐이었지만 수요일마다 학생들에게 시를 가르쳤던 B 때문이다. 좀더 정확하게 이야기하자면 B의 죽음이 그녀를 움직인다. 그녀는 한때 B에게 "시를 어떻게 써야 할까요?"(p. 20)라고 물은·적이 있었던 것이다.

B의 흔적을 찾기 위한 여행처럼 보이지만, 시를 쓰고 싶다는 마음이 그녀를 로마로 오게 했다는 사실을 충분히 짐작할 수 있다. 이야기의 중간마다 고딕체로 바뀌어 등장하는 단어들이 어떠한 이유 때문에 강조된 것인지 의아해하던 우리는 마지막에 이르러 그것들이 모두 시로 바뀌어 있음을 목격하게 된다. 시를 어떻게 써야 하는지 묻던 여자가 결국 시를 쓰게 된 것이다. 시를 쓰는 과정은 여자가 쓰레기통에 버려진 선인장 이파리들을 발견하고 그것을 갈고리로 끄집어내어 흙 위에 놓아주는 일과 닮아 있다. 로마에서의 한 달, 특별히 아름다울 것도 또 사무칠 것도 없는 그 시간이 시로 변했다는 사실, 흘러가는 시간 속에서 아름답고 소중한 일들만을 골라내어 만들어낸 것이 시가 아니라는 점에서 말이다.

「492번을 타고」의 "나는 사람들이 언젠가 자신이 거의 죽을 뻔한 경험담을 들려주는 것에 더 흥미를 느끼는 사람이다"(p. 160)는 「매일 건강과 시」로 오면서 "어떤 사람이 죽었다는 소식이 자신에게 그런 힘이 된다는 걸 믿고 싶지 않았지만 그 이전처럼 살 수도 없었다"(p. 12)로 바뀌어 있다. 물론 이 둘은 분명 그 결과 분위기에 큰 차이가 있으며 틀림없이 다른 의미를 가진 문장이지만 결정적으로 어떤 측면에서는 같은 말인지도 모른다. 요컨대 누군가의 죽음만이 간신히 우리의 삶을 움직인다는 것. 일방통행의 시간 속에서 납작하게 짓눌린 채로 살아가는 까닭에 좀처럼 움직이지 않는 우리를 그나마 간신히 바꿔놓는 것은 타인의 죽음이라는 소식이기 때문이다. 「매일 건강과 시」는 주인공이 마침내 쓰고 싶었던 시를 써내는 이야기이지만 다르게 말하자면 무기력함에 잠식되어 살아가던 인물이 이로부터 벗어나는 이야기이기도 하다. (물론 시를 쓰는 것과 무기력에서 벗어나는 것. 이 둘은 완전히 다른 말이 아니다.)

그녀는 "지금 이 한 달은 그녀가 이전에 보낸 한 달과는 다른 데가 있었다"(p. 33)는 것을 깨닫는다. 그러니까 불행하게 만드는 사건들이 일어났기 때문에 39년의 삶이 "무기력함"(p. 28)으로 가득 차게 된 것이 아니라 어떤 것들을 하지 않았기 때문에 단지 그렇게 되어버린 것이다. 그녀는 B의 죽음으로 어떤 것들을 하게 된다. 사직서를 내고, 비행기를 타고, 집을 계약하고, 낯선 거리를 걷고, 모르는 사람의 초청을 수락하고…… 그리고 시를 쓴다.

*

로마의 길거리에서 쑥을 보고 감탄하는 엄마를 바라보던 '나'는 낯선 땅에서 선인장 이파리를 주워 뿌리를 내리도록 흙 위에 놓아주는 '그녀'로 바뀌어 있다. 그러니 39년 동안 품고 있던 씨앗이 누군가의 죽음을 계기로 간신히 발아하게 된 이야기로 읽어도 될까. 떠나온 곳에서 무언가를 발견하게 되는 이야기가 아니라, 떠나겠다는 결심을 했기 때문에 그전에는 하지 못했던 어떤 일들을 할 수 있게 되는 이야기 말이다.

소설을 읽는 일은 그것을 쓴 사람과의 '내적 친분'을 쌓는 일인지도 모르겠다. 적어도 지금의 나에게는 충분히 그러하기에 일곱 편의 이야기로 기록해둔 작가의 2013년부터 2017년까지의 시간을 헤아려볼 수 있었다. 떠난 적 없지만 돌아올 수 있고 기억에 없지만 잊고 싶지 않다는 말. 발견에서 행위로, 각자가 할 수 있는 일을 하는 것. 제자리를 계속 맴돌고 다지면서 작가는 그렇게 말하고 있는 듯하다. 그녀는 B에게 시를 어떻게 써야 하는 것이냐고 물었다. 이는 아마도 어떠한 국면들마다 작가가 스스로를 향해 던졌던 질문의 변형일 것이다. '소설을 어떻게 써야 할까?' 이 물음은 종종 우리가 자신에게 혼잣말처럼 던지는 질문의 형식과 닮아 있다. '어떻게 해야 할까?' 혹은 '어떻게 살아야 할까?'와 같은 질문들. 그러나 사실 그것들은 궁금함보다는 간절함을 표현하는 문장에 더 가깝다고 볼 수 있지 않을까? 그러니까 정말이지 하고 싶다는 것, 또 너무나 살고 싶다는 것. '어떻게'에 상응하는 방법을 찾으려고 하면 할수록 우리는 멀리 놓인, 잡히지 않는 답에 짓눌린다. 그런데 어쩌다 내디딘 발걸음(그녀의 경우에는 B의 소식)은 그럴듯한 답을 향해 우리를 이끄는 것처럼 보이지만 실은 걷는 순간 우리는 알게 된다. 목적지가 아니라 간절한 욕망의 확인이 결국 우리를 쓰게 하고, 하게 하고, 살게 한다는 것을 말이다. 『언젠가 떠내려가는 집에서』를 통해 작가는 '어떻게'에 짓눌려 그 한 걸음을 망설이는 이들의 등을 가볍게 떠밀어주는 듯하다. 목적지를 떠올리며 망설이는 대신 그저 걸으라고, 이미 그것만으로 시간은 다르게 흘러가기 시작한다고. 목적지를 몰라 걸을 수 없다고 생각하며 스스로 속아왔던 과거가 떠내려간다.

교정지를 넘겨놓고 새 단편소설을 한 편 썼다. 청탁을 받은
것도 아니고 마감이 정해진 원고도 아니었다. 이 일곱번째 소
설집에 실린 단편들도 대부분 그렇게 씌어졌고 어떤 소설은
몇 달씩 서랍 속에 있다가 발표되었다. 청탁이 밀리고 마감일
을 넘겨 원고를 보냈던 시절이 있었나 싶다. 지금은 천천히
쓰고 오래 수정했다 기회가 오면 발표한다. 어쩌다 조금 나은
소설을 썼다는 기분이 들 때면 이 리듬 때문이라고 여긴다.

「11월 30일」은 집으로 가는 오르막길에서 본 한 청년의 뒷
모습에서부터 시작되었다. 이 시대를 살아가는 고단함과 그
럼에도 불구하고 내일을 기다리는 사람을 그려보던 중이었

다. 저녁 어스름 속에서 달걀 한 판을 두 손으로 받쳐 들고 고개 숙인 채 골목을 오르는 그 청년의 모습이 마음에 깊이 남았다가 2016년 광화문에서 보낸 11월 30일의 개인적 경험과 연결되었다. 오래전부터 나이가 조금 더 들면 한 사람이 한 사람을 떠날 수밖에 없는, 용서가 아니라 이해를 구하는 이야기를 써보고 싶다고 생각해왔다. 그런 소설은 아무래도 자기 고백적인, 형식이 자유로운 서간체가 어떨까 하다가 「오랜 이별을 생각함」을 썼다. 사람이 사람에게 주는 어떤 영향은 반드시 옳지는 않아도 미약하게나마 남은 생을 끌어당기는 힘을 갖고 있을 거라고 여긴다. 「492번을 타고」를 쓸 당시에는 고민이 많았고 거의 모든 것에 자신감을 잃은 때였다. 날마다 두세 시간쯤 정처 없이 걸어 다니며 낯선 사람들을 지켜보는 일로 나 자신을 지탱했을지 모른다. 그 시간을 통과한 후, 내가 쓰는 모든 소설이 살아가기에 관한 것이 되기를 바랐다. 이제 겨우 시작이라는 마음이 든다. '서시'라는 단어를 쓴 이유도 거기에 있겠지. 「봄의 피안」은 사람 사이에 변치 않는 마음, 그 견고함에 관해서 말해보려고 했다. 다른 방향에서 보고 다른 눈으로 보되, 사람이 사람에게 감탄하는 이야기 말이다. 그게 불가능한 일이라면 인간의 가치는 어디에 있을까, 그런 질문을 했던 기억도 난다. 「저수하(樗樹下)에서」는 제목 때문이었을까, '염상섭 포럼'에 다녀온 후 지금 느낌으로는 순식간에 써 내려간 듯하다. 자전적 요소가 개입돼 있지만 어떤 환상이 일상에 틈입함으로써 좀더 다양한 해석이 가능한 이야기가 되었으면 했다. 시간이 흘렀지만 나는 아직도 저수하에 살고 있으며 이곳에서 읽고 쓰는 하루하루를 예전보다 더 소중하게 여기게 되었다. 표제작이 된 「언젠가 떠내려가는 집에서」는 아는 분이 저녁 식사 자리에서 들려준 소소한 뇌물 이야기에서 출발했다. 부정청탁금지법이 만들어지기 이전이었으며 그 후였다면 아마 쓰지 못했을 거란 짐작이 든다. 새로운 가족의 형태에 대해서는 여전히 관심이 많다. "매일 건강과 시"라는 제목은 몇 년 전 스페인의 문학 행사 때 만났던 그곳의 한 노시인한테 들은 이야기에서 빌렸다. 자신에게 이제 가장 중요한 것은 건강과 시, 그 두 가지라는 말이 마음을 울렸다. 소설을 쓰던 중에 이 여성이 그동안 듣고 한 말로 이루어진 단어들로 결말을 쓰면 어떨까, 하는 아이디어를 떠올리게 되었고 그러자 안녕하세요, 기분이 어때요, 오늘은 날씨가 좋군요 같은 일상어들이 무척이나 특별하게 다가오는 정서적 경험을 했다. 「김진희를 몰랐다」에 나오는 다라이에 담긴 벤자민고무나무는 얼마 전에 가 보니 누렇게 말라버렸고 통 안에 색색의 팬지들이 소복이 피어 있었다. 아동 방임 문제를 어떻게 의미 있게 쓸 수 있을까 고민하던 중에 어떤 분에게 들은 앵무새 이야기가 떠올랐다. 구상 단계에서 얼핏 연결될 수 없을 거라고 느껴졌던 인물과 삽화들이 그렇게 만나 결합되었다.

이 책으로 전하고 싶었던 말은 사실 책의 표지가 충분히 보여주고 있는 듯해 마음이 놓인다. 소설집 제목을 '모르는 사람들끼리'로 하자는 말이 편집부와 오갔을 만큼 모르는 사람들, 몰랐던 사람들끼리 알아가고 이해하려는 단편들이 모였다. 많은 사건들을 통과하는 동안 인간은 이 땅 위에서 시적으로 거주한다는 휠덜린의 말을 자주 떠올렸다. 어떤 경우에도 삶이 먼저고 사람이 먼저라는 생각은 변함없다. 소설의 출발도 거기에 있으리라 믿고, 오늘은 오늘의 글을 쓰고 내일은 내일의 글을 쓸 뿐이다. 누군가 읽어주는 사람이 있다면 좋겠다라는 마음으로. 과장하지 않으며 자연스럽고 조용한 빛을 발산시키는 그런 책을 쓸 때까지.

2018년 6월
조경란

수록 작품 발표 지면

매일 건강과 시 『대산문화』 2015년 봄호

11월 30일 『문학동네』 2017년 여름호

언젠가 떠내려가는 집에서 『21세기문학』 2016년 겨울호

오랜 이별을 생각함 『자음과모음』 2013년 겨울호

김진희를 몰랐다 『문학사상』 2017년 11월

492번을 타고 『문학사상』 2015년 7월

봄의 피안 『21세기문학』 2014년 여름호

저수하(樗樹下)에서 『문학사상』 2014년 10월